磨铁经典第七辑·爱欲与忧愁

我们一旦有机会强烈地爱过,
就将毕生追寻那种热烈和光明。

碎镜

[西] 梅尔赛·罗多雷达 著

王岑卉 译

Mirall Trencat

浙江人民出版社

图书在版编目（CIP）数据

碎镜/（西）梅尔赛·罗多雷达著；王岑卉译. —杭州：浙江人民出版社，2024.8
ISBN 978-7-213-11467-0

Ⅰ.①碎… Ⅱ.①梅…②王… Ⅲ.①长篇小说—西班牙—现代 Ⅳ.①I551.45

中国版本图书馆CIP数据核字（2024）第091212号

浙江省版权局
著作权合同登记章
图字：11-2024-318号

Mirall Trencat by Mercè Rodoreda
Copyright © Institut d'Estudis Catalans, 1974
Published in arrangement with Casanovas & Lynch Literary Agency, through The Grayhawk Agency Ltd.
Simplified Chinese translation copyright © 2024 by Beijing Xiron Culture Group Co., Ltd.
All Rights Reserved.

碎镜
SUI JING

［西］梅尔赛·罗多雷达 著 王岑卉 译

出版发行	浙江人民出版社（杭州市拱墅区环城北路177号 邮编 310000）
责任编辑	徐 婷
责任校对	王欢燕
封面设计	艾 藤
电脑制版	冉 冉
印　　刷	河北鹏润印刷有限公司
开　　本	787毫米×1092毫米 1/32
印　　张	10.25
字　　数	221千字
版　　次	2024年8月第1版
印　　次	2024年8月第1次印刷
书　　号	ISBN 978-7-213-11467-0
定　　价	52.00元

如发现印装质量问题，影响阅读，请与市场部联系调换。
质量投诉电话：010-82069336

目 录

引言 _1

第一部分 _001

珍贵的首饰 _003
芭芭拉 _013
瓦尔达拉与特蕾莎 _021
圣格瓦西区的别墅 _030
春天的雷雨 _035
华金在巴塞罗那 _042
男孩赫苏斯 _050
蜜蜂与紫藤 _056
春季大扫除 _062
艾拉迪 _069
父与女 _077
戈黛娃夫人 _082
画家赫苏斯·马斯德乌 087
索菲亚的婚礼 _091
降　生 _098
夏天里的女仆 _105
孩子们 _113
窗边的斑鸠 134

第二部分 _139

里埃拉律师 _141
逝去的时光 _149
钢琴教师 _152
艾拉迪与女仆 _158
阿曼达的耳环 _164
尤拉莉娅与华金 _167
索菲亚 _172
罗莎女士 _176
艾拉迪去接孩子 _181
雷蒙与玛利亚 _185
雷蒙离家出走 _190
玛利亚在门后偷听 _193
艾拉迪与里埃拉律师 _196
玛利亚 _200
月桂树 _205
永别了,玛利亚 _208
石 板 _212
新女仆 _216
艾拉迪的守灵夜 _220
索菲亚 _227
梦 境 _230

第三部分 _235

一个早晨 _237
青 春 _240
特蕾莎之死 _250
上锁的房间 _257
早去早回,索菲亚小姐 _262
别 墅 _269
老律师出门散步 _274
搬运工 _282
玛利亚的鬼魂 _285
索菲亚与搬运工 _289
雷 蒙 _296
阿曼达 _299
耗 子 _306

人物索引表 _311

引言[1]

《碎镜》是梅尔赛·罗多雷达撰写时间最长的一本书。考虑到这部小说规模宏大，写作耗时良久也就不足为奇了。书中的故事横跨三代，细致描绘了几十位不同年龄、不同社会阶层的人物，还反映了一些重大历史事件——其中最引人注目的是1936年至1939年的西班牙内战。更重要的是，这部小说的叙事技巧独树一帜，不同于罗多雷达前后作品中的第一人称叙述手法。随着情节的推进，叙事技巧乃至文风也在悄然演变。这部小说始于一篇相当工整的短篇故事（第一章可以视为现实主义短篇小说独立阅读），但渐渐地，叙事方式越来越大胆，有时甚至模糊了小说与诗歌的界限。从这个意义上说，《碎镜》可以视为罗多雷达职业生涯的分水岭——从早期的严酷现实主义作品转向后期标志性的实验性诗化散文。

评论家约瑟芬娜·冈萨雷斯（Josefina González）指出了这部小说中的自传元素。罗多雷达对此早有预见，她为本书初版撰

---

[1] 西班牙学者何塞普·米克尔·索布雷尔（Josep Miquel Sobrer，1944—2015）为《碎镜》的英译本 *A Broken Mirror* 撰写的引言。

写了前言。在漫谈性质的前言中,她揭示了真相:"我笔下所有的人物都有我的影子,但没有一个是我。此外,我对那段历史只是相对感兴趣。我经历了太多……小说也是一场魔术表演,反映了作者自己都没有意识到的内心负担。"

"破碎的镜子"这个意象也是罗多雷达的灵感之源。不过,这个启发书名的场景直到很晚才出现。罗多雷达告诉我们,在经历多次漫长的中断后,她才终于想出书名,完成了这部作品。她解释说,不同章节是在不同时期写成的,并非遵照她最终为整个故事选择的顺序。例如,她写的第一章最后成了第二部分的第十九章,接下来写的一章则是第一部分的第十七章。不过,直到罗多雷达找到启发书名的意象(书中一个人物掉落、捡起并凝视一面手持镜),整部小说才算是彻底成型。这个人物,也就是阿曼达,在镜子的众多碎片(有些还嵌在镜框里,有些则掉在了地上)中,看见了构成整部小说的生活片段。可以说,小说展示了一系列破碎的片段,也就是众多简短的章节,由整体叙事框架串联起来。

罗多雷达本人的生平经历,也像小说中的镜子一样破碎不堪。罗多雷达1908年出生于西班牙巴塞罗那的一个中下层家庭,是独生女。20岁生日当天,她嫁给了乔安·古尔吉(Joan Gurguí)。因为乔安是她母亲最小的弟弟,他们在获得教会豁免之后才成婚。一年后,夫妇俩有了唯一的孩子——一个男孩。1930年,罗多雷达开始写作并出版小说。1935年,她进入加泰罗尼亚自治政府的宣传部工作。1936年,西班牙内战爆发。1939年1月,佛朗哥率领的部队逼近巴塞罗那。

像许多支持共和派的知识分子一样，罗多雷达于1939年初离开了巴塞罗那。在流亡过程中，她最初在巴黎附近的小镇鲁瓦西布里（Roissy-en-Brie）找到了落脚处，丈夫和儿子没有跟她一起离开，这段婚姻行将终结。夫妇俩在1939年后极少见面，后来再也没有复合。在鲁瓦西布里小镇上，罗多雷达与另一些加泰罗尼亚流亡作家住在一栋别墅里，其中就有笔名为阿曼德·奥比奥尔斯（Armand Obiols）的乔安·普拉特（Joan Prat）。根据所有传记记载，罗多雷达与普拉特坠入爱河，展开了一段漫长的恋情。他们共同生活了许多年，但一直没有结婚。（普拉特无法与分居已久的妻子离婚，正如罗多雷达无法与远在西班牙的丈夫离婚。）

1940年，德军占领法国北部，加泰罗尼亚左翼难民不得不逃离盖世太保的魔掌。（他们会被盖世太保引渡回佛朗哥统治下的西班牙，进而面临牢狱之灾，甚至可能遭到处决。）但德军与成千上万流离失所之人一同南下。小镇鲁瓦西布里相对舒适的生活被打破了。逃亡过程中，罗多雷达与普拉特忙于躲避轰炸，不得不节衣缩食，勉强糊口。直到战争结束，他们才安顿下来——先是在法国中南部城市利摩日落脚，后来又搬往法国西南部城市波尔多、法国首都巴黎（1946年）和瑞士第二大城市日内瓦（1954年），旅居生活一直持续到了1979年。在此期间，罗多雷达坚持用加泰罗尼亚语写作。从1957年起（当时她旅居瑞士），她的作品在巴塞罗那陆续出版。搬回故乡加泰罗尼亚四年后，梅尔赛·罗多雷达于1983年4月13日与世长辞。

破碎的镜子在扭曲现实的同时，也强化了现实。通过从多角度映照出同一场景，破碎的镜子提醒我们，只取一个视角是不可靠的。考虑到全书的叙事结构，这个书名可谓顺理成章。此外，除了理论层面的关联，镜子这个意象还充满了象征意义乃至魔幻色彩。镜子只能映照事物，镜中物仅仅是幻象；镜子是虚荣的象征，也是瞬息万变的人物肖像画。在许多地方的风俗中，破碎的镜子被视为厄运的征兆，而《碎镜》正是讲述了一个家族解体的悲剧。作者表示：

我当初取的第一个书名无聊透顶。一部小说就是一面镜子。什么是镜子？水面就是镜子。这一点美少年纳西索斯[1]知道，月亮知道，柳树也知道。大海就是镜子，这一点天空知道。眼睛是灵魂之镜，也是世界之镜。古埃及人有真理之镜，能映照出一切激情，既包括高尚的，也包括低俗的。世上有魔镜、照妖镜、哈哈镜，有猎人诱捕云雀的小镜子，还有我们日常使用的镜子。照镜子的时候，我们会对自己感到陌生。

19世纪的现实主义小说家常常以镜子为象征物，描绘出栩栩如生的社会风情画。罗多雷达在初版小说前言中写道："小说就是在路边举起一面镜子，捕捉经过的一切。"这句话是引自法国小说家司汤达[2]，司汤达则表示引自法国历史学家圣雷亚尔[3]。对

---

[1] 纳西索斯（Narcissus），希腊神话中的美男子，爱上自己在水中的影子，溺亡后化为水仙花。——本文脚注如无特别说明，均为译者注。
[2] 司汤达（Stendhal，1783—1842），十九世纪法国批判现实主义作家，代表作《红与黑》。
[3] 此处指塞萨尔·维沙德·德·圣雷亚尔（César Vichard de Saint-Réal，1639—1692），十七世纪法国作家与历史学家。

于这句名言的归属，罗多雷达并无异议。忠贞的幻象被敲碎，分为五十二章，归为三大部分，书中每一章都可以视为一部短篇小说，拥有独立的标题。

罗多雷达的众多小说中，唯有《碎镜》不是以第一人称写成。回想自己是如何碰巧形成这种写作手法时，罗多雷达写道："作者不是上帝，不知道自己创造的人物心里是怎么想的……我不能直接告诉读者，我笔下的人物已经丧失希望，而必须让读者体会到，那个人物已经彻底绝望……换句话说，小说中的人物或许知道她看见的东西，也知道她身上发生的事，但作者却一无所知。"

从本质上说，罗多雷达呼应了创意写作坊常常提出的建议："要展示，不要陈述。"（Show, don't tell.）《碎镜》的每个章节分别从某一个人的视角出发，通常是碰巧推动情节发展的人物。这种写作手法赋予了小说极强的张力。卡梅·阿瑙[1]将其与电影叙事以及法国小说家居斯塔夫·福楼拜[2]、英国女作家弗吉尼亚·伍尔夫[3]等人的"自由间接文体"（free indirect style）相提并论。

就主线情节来看，《碎镜》乃是一部家族传奇。开篇第一章，女主角特蕾莎·戈达伊以攀高枝的拜金女形象登场。接着往下

---

[1] 卡梅·阿瑙（Carme Arnau, 1944— ），生于西班牙巴塞罗那，散文家兼大学教师，著有《梅尔赛·罗多雷达传记》。
[2] 居斯塔夫·福楼拜（Gustave Flaubert, 1821—1880），十九世纪中叶法国批判现实主义小说家，代表作《包法利夫人》。
[3] 弗吉尼亚·伍尔夫（Virginia Woolf, 1882—1941），英国女作家，被誉为二十世纪现代主义与女性主义先锋，代表作《达洛维夫人》《到灯塔去》。

读，读者对特蕾莎的了解会逐渐加深。本书首度出版前，罗多雷达应编辑的要求，为已经完成的小说增补了一章，也就是第三部分的第二章《青春》。在这一章中，不久于人世的特蕾莎回忆起了自己的初恋：她与一名已婚男子相恋，怀上了儿子赫苏斯·马斯德乌，但赫苏斯一直以为自己只不过是特蕾莎的教子。通过闪回的方式，我们对特蕾莎方方面面的了解形成了一个首尾相接的环。玛丽琳·比德尔[1]在《花园中的女人》(*The Woman in the Garden*)一文中指出，在罗多雷达的小说中"男女角色颠倒，男性是无法适应环境的受害者，女性则是从容适应环境的幸存者"。"女性处于主导地位，男性处于从属地位或能力不足"确实是一大写作主题。但在这个主题的背后，罗多雷达让我们意识到，在父权社会中，女性的权利存在局限。没有人能掌握世间法则，正如没有人能长生不老。

作者对特蕾莎晚景的描述既引人入胜又令人毛骨悚然。在第三部分的第三章中，为了检查肢体麻木程度，年轻医生拍了拍特蕾莎的脸颊，令特蕾莎不禁哀叹岁月无情；她为肌肤不再光滑而难过，那曾是她诱惑别人的武器。她眼睁睁看着自己死去。死亡是贯穿整部小说的一大主题。书中既提及了乱伦、性癖、谋杀、轻生，也涉及了戏剧色彩稍逊但也不乏凄美的通奸、性挫败、肢体残障、阶级冲突、收养。罗多雷达之后的女作家，例如蒙特塞拉特·罗伊格（Montserrat Roig）等人，探讨了堕胎、强暴和同

---

[1] 玛丽琳·比德尔（Maryellen Bieder, 1942—2018），印第安纳大学伯明顿分校荣誉退休教授，研究十九世纪至当代西班牙文学与文化的知名学者，使梅尔赛·罗多雷达等女作家受到国际关注。

性恋等话题，这些话题对佛朗哥时代的资产阶级来说可谓禁忌。罗多雷达本人也继续探讨了世间百态。这部小说中潜藏着生活的残酷不公，而这也是现代文学探讨的基本主题。不过，除了上述较为血腥的主题，《碎镜》也描写了快乐与奢华、爱情与希望、欢笑与愉悦，以及困惑、厌倦、迷恋。

特蕾莎是一个母系家族的开创者，但这个家族似乎注定分崩离析。小说既谈及时光的无情，也涉及其他许多内容。在《加泰罗尼亚文学指南》（*A Companion to Catalan Literature*）一书中，作者阿瑟·特甲（Arthur Terry）总结说，《碎镜》"是罗多雷达最悲观的小说"。作为小说中的核心象征物，特蕾莎第二任丈夫为家人改建的别墅，像这个家族本身一样逐渐走向衰败，并在小说结尾处被凄惨地夷为平地。

不过，别墅和镜子只是小说中相互交织的两个象征物，其他象征物还包括花园、水面、花朵（尤其是紫罗兰）和月桂树，与书中人物的生活变迁紧密交织。

《碎镜》讲述了一个上流社会家族的传奇，但书中也有许多令人难忘的底层角色。其中许多人物，包括特蕾莎在内，都找到了跨越阶级壁垒的爱——事实证明，哪怕当事人试图压抑欲望，那种爱也极具破坏力。其中最引人注目的是艾拉迪·法里奥斯。这又与另一个主题紧密相连——对家的追寻。在一篇关于《碎镜》的评论文章中，冈萨洛·纳瓦哈斯[1]指出了这种追寻的寓意。家宅蕴藏着失望、悲剧、毁灭或流亡，正如由于难以撼动的历史

---

[1] 冈萨洛·纳瓦哈斯（Gonzalo Navajas, 1946— ），美国加州大学欧文分校现代文学与电影专业特聘教授，著有众多关于文学理论、当代文化研究和欧洲思想史的书籍。

大潮，罗多雷达永远无法回到她渴望的独立的加泰罗尼亚。

《碎镜》是一部描写并谈论巴塞罗那的小说。或许不是如今这个社会关系复杂、各种族混杂的巴塞罗那，而是一位长期无法还乡的本土作家心中理想化的城市。小说各章节的时间安排较为松散。故事开始于经济繁荣的19世纪70年代，随着佛朗哥独裁政权的出现而破碎，进而走向终结。罗多雷达描绘的是说加泰罗尼亚语的巴塞罗那，一个理想而非现实的精神家园（Heimat）——这是纳瓦哈斯评论这部小说时用的词。然而，这个故事深深打动了读者。它包含小说常见的主题：爱情、权力、仇恨、背叛、失望与死亡——既有自然的死亡，也有人为造成的。小说主角是女性。男性或是避开她们，或是在她们身边游走。《碎镜》也是一部探讨人际关系的小说，一部人物在时间长河中扭曲的小说，一部人物不断成长的小说。

《碎镜》既哀伤又悲观，同时也极具美感。书中每一章都恍若抒情诗，每一刻都是照亮朽物的光束，每一段叙述都如镜子碎片般尖锐。每一次失望都为故事注入了能量，使读者无法无动于衷。由于镜子被摔成了许多碎片，它的诱惑力也成倍增加。

是的，生活是矛盾之舞，也是易碎的脆弱之物。小说的书名取自第三部分的第五章，陪伴这个家族三代人的忠仆阿曼达在楼梯上滑倒，摔碎了一面镜子。

镜子碎了。大部分碎片还嵌在镜框里，但有几块滑落在地。她伸手捡起，试着拼回原处。镜子的碎片，失却了完整，还能映出事物的原貌吗？突然之间，从镜子的每块碎片里，她看见了自己在那栋宅子里度过的年年岁岁。她出神地蹲在地上,难以理解看到的一切。一切都过去了,止歇了,消失了。她的世界在镜中成形,五彩斑斓,活灵活现。大宅、公园、房间、烛火,还有人们:年轻人、老人、尸体、孩子。礼服正装,低胸长裙,昂首挺胸,欢笑或悲伤,浆得笔挺的衣领,打得完美的领带,擦得锃亮的皮鞋,踩在地毯上,踏在花园里的石子路上。那是一场昔日的狂欢,发生在很久很久以前。一切都恍如隔世……

那样的生活方式已悄然消逝。就像童谣中的矮胖子[1]一样,有些东西一经损毁就再难恢复。

---

[1] 矮胖子(Humpty Dumpty),英国童谣中体形浑圆的人物。童谣分为很多版本,二十世纪中叶起在英国通行的版本为:Humpty Dumpty sat on a wall. Humpty Dumpty had a great fall. All the king's horses and all the king's men. Couldn't put Humpty together again.("矮胖子,坐墙头,栽了一个大跟斗。国王呀,齐兵马,破蛋难圆没办法。")比喻一经破坏就无法修复的东西,类似中文的"破镜难圆"或"覆水难收"。

参考文献:

[1] Arnau, Carme. *Una lectura de* Mirall trencat *de Mercè Rodoreda*. Barcelona: Proa, 2000.

[2] Bieder, Maryellen. "The Woman in the Garden: The Problem of Identity in the Novels of Mercè Rodoreda." In *Actes del segon colloqui d'estudis catalans a Nord-Amèrica*. Yale 1979. Ed. Manuel Duran et al. Barcelona: PAM, 1982.

[3] Casals i Couturier, Montserrat. *Mercè Rodoreda; contra la vida, la literatura: biografia*. Barcelona: Edicions 62, 1991.

[4] González, Josefina. "*Mirall trencat*: Un umbral autobiográfico en la obra de Mercè Rodoreda." *Revista de Estudios Hispánicos* 30.1 (1996): 103-119.

[5] Navajas, Gonzalo. "Normative Order and the Catalan Heimat in Mercè Rodoreda's *Mirall trencat*." In *The Garden across the Border: Mercè Rodoreda's Fiction*. Ed. Kathleen McNerney and Nancy Vosburg. Selinsgrove pa: Susquehanna University Press, 1994.

[6] Rodoreda, Mercè. "Pròleg." *Mirall trencat*. Barcelona: Club Editor, 1974.

[7] Terry, Arthur. *A Companion to Catalan Literature*. London: Tamesis, 2003.

第一部分

我敬佩你,伊莱扎,因为你保守了秘密。

——劳伦斯·斯特恩[1]

---

1 劳伦斯·斯特恩(Laurence Sterne,1713—1768),十八世纪英国小说家,著有《项狄传》《感伤旅行》这两部未完成的杰作。

珍贵的首饰

车夫维森斯搀扶着尼克劳·罗维拉先生上马车。"好的,老爷,听您吩咐。"随后,他又扶特蕾莎夫人上了车。上车流程一贯如此:老爷先上,夫人后上,因为要合两人之力才能把老先生弄下车。这份活儿很费力,老先生需要特别照护。马车沿着丰塔内拉街前进,在天使之门街右转。马儿开始小跑,黑红相间、刚上过漆的车轮在格拉西亚大道上平稳前行。尼克劳先生[1]常说,维森斯是个好帮手,要是没有维森斯,他肯定会卖掉四轮双座马车,因为他不信任其他任何车夫。由于老爷出手阔绰,维森斯的日子过得相当滋润。那天清风习习,云缝间不时射下一缕阳光。包括仆人和朋友在内,大家都知道,尼克劳先生想送特蕾莎夫人一份礼物。为了庆祝两人结婚半年,他送了她一座嵌螺鎏金的日式漆柜,黑漆橱柜很漂亮,可她兴致缺缺。他大失所望。"我明白了,是我猜错了,它可花了大价钱呢。不过我喜欢,打算留下来,再送你一件你喜欢的。"维森斯在贝古珠宝店门前勒住缰绳,

---

[1] "尼克劳先生"与下文的"罗维拉先生"均为尼克劳·罗维拉先生的称呼。

从赶车座上爬下来，把高顶礼帽搁在座位上。他看见特蕾莎夫人已经打开车门，像母鹿一样灵巧地蹦了下来。两人合力将尼克劳先生扶下了车，就像老先生常说的，"从柜子里弄出来"。老先生站在人行道中间一动不动，出了马车以后，他只能勉强直起腰板。他朝两边瞄了几眼，脑袋几乎没动，仿佛不知该怎么办似的。最后，他挽起妻子的胳膊，两人缓缓走进了珠宝店。

他们表示想见贝古先生，店员便将他们领进了办公室。贝古先生相貌英俊，肤色红润，头发极短，眉毛浓密。"哪阵风把两位吹来的？"他大声打着招呼，在两人进门时起身迎接。他已经有一段时间没见过夫妇俩了，发现尼克劳·罗维拉先生苍老了许多，这场婚事肯定耗了他不少心力。罗维拉先生没有寒暄，直奔主题："希望你能给我们看看好东西，要上等的珠宝首饰。"

他在一张有助于保持坐姿的直背扶手椅上坐下，心想自己也该买一两张这样的椅子。特蕾莎打量着珠宝商的指甲：完美无瑕，修剪整齐，闪闪发亮。她偷偷瞥了他一眼：他肯定已经年过半百了，可看起来最多四十出头。只见他身材高大，姿态优雅，身穿深色细条纹西装，领带夹上镶了一颗灰珍珠。他手里拿着一支铅笔，微笑地看着夫妇俩。

"两位喜欢哪一类首饰？"

尼克劳先生望向特蕾莎。特蕾莎说："还是来个胸针吧……"她有耳环，戒指也有，又不喜欢手镯。贝古先生拽了拽铃绳，请助手把装胸针的盒子拿来，所有的统统拿来。他的眼睛刚才盯着特蕾莎，现在却只看罗维拉先生一个人。他很清楚两人的故事：罗维拉先生已是风烛残年，娶了个出身低微的姑娘。谁知道那双看似天真的明眸和惊人的美貌背后隐藏着什么？他心想："这种婚姻有时是天作之合，但最好还是别冒这个险。"他不知该对两人说些什么。尼克劳先生咳个不停，仿佛命不久矣。这可怜的男人肯定是得了支气管炎。"大概是抽烟抽太凶，喝酒喝太猛了吧。"看见助手进门来，珠宝商终于松了口气。他打开的第一只首饰盒里装满了式样简单的胸针，尼克劳先生看都没看，就摆手让他收起来。他想找一款昂贵的首饰。贝古先生满意地微微一笑，打开了其余的首饰盒，专注地盯着夫妇俩。刚才一直纹丝不动的特蕾莎突然俯身向前，拿起了一款首饰。上面的红宝石与钻石交相辉映，是一枚漂亮的胸针。可她丈夫冷笑一声，劈手夺过，扔在桌上。于是，贝古先生走向保险箱，掏出一只黑丝绒首饰盒。

"这是本店顶尖的货色。"他边说边轻抚那束钻石花胸针，足有他的手掌那么大。特蕾莎倒吸一口凉气，惊得直摇头，仿佛以为自己在做梦。尼克劳先生从首饰盒里取出胸针，拿在手里掂了掂。

"你不觉得太夸张了吗？"特蕾莎惊叹道，开心得脸颊绯红。她丈夫没有回答，只是用沙哑的嗓音请珠宝商帮太太别上胸针。随后，当特蕾莎对着展示柜上的镜子顾影自怜时，尼克劳先生平静地数出一沓钞票，整整齐齐地搁在桌上。贝古先生将夫妇俩一路送到了店门口，心说："这人肯定在证券交易所赚了大钱！"两人握手道别之前，尼克劳先生问贝古先生那把扶手椅是从哪里买的。"拉帕拉街的一家古董店。"尼克劳先生道了谢，贝古先生表示期待两人再度光临。爬上马车的时候，特蕾莎心想，这枚胸针能救自己一命。

两三周后的一天,特蕾莎一大早就出了门。过去几天,她丈夫得了重感冒。她告诉丈夫,自己要去见裁缝,但不想坐马车,想要走动走动,呼吸一下新鲜空气。毕竟,她已经在病菌和桉叶蒸汽里憋了两天。她能戴上胸针吗?她想让裁缝看得目瞪口呆。就像贝古先生说的那样,这枚胸针能证明男士的财力。"看见我的人不会想,这位太太真漂亮!他们只会想,她先生真了不起!"卧病在床的尼克劳先生勉强笑了笑。特蕾莎就像一颗珍珠。第一次看见她的时候,他站在利塞乌剧院的露台上,她跟女性友人从街头走过。她母亲在波盖利亚市场摆摊卖鱼。后来有一天,特蕾莎独自走在街头,他跟在后面走了一段,然后上前询问,能不能跟她一起散个步。特蕾莎当即就解释了她母亲是做什么的。在那之后,他们又见了几次面。那年冬天,特蕾莎的母亲因病去世。母亲入土为安还不到一个月,尼克劳先生就向特蕾莎求了婚。他开诚布公地表示自己能给她的只有钱;他知道自己垂垂老矣,没有哪个姑娘会爱上他。特蕾莎说自己会考虑一下。不过,她有个大问题,是个天大的错误:一个十一个月大的儿子。孩子的父亲名叫米奎尔·马斯德乌,是个已婚男人,靠点路灯为生,但是极其帅气。尼克劳先生一求婚,特蕾莎就把儿子藏到了姨妈家。几天后,她答应了婚事。"让鱼摊见鬼去吧!"这一切似乎发生在很久很久以前,但其实并没有过去多久。

这天天气晴朗,阳光明媚,特蕾莎走得飞快,仿佛脚下生了翅膀。过了一会儿,她迅速钻进门洞,解下胸针,塞进钱包。她紧张极了,慢腾腾地穿过加泰罗尼亚广场。如果冷静不下来,她就做不成想做的事。而她别无选择,必须那么做。丈夫为了打扮她，不惜花钱如流水，但给零用钱的时候却抠门得很。他肯定会发现她花钱花得有多快。她最担心的是，阿德拉姨妈年纪越来越大，随时可能撒手人寰，那以后要怎么办呢？格拉西亚大道上几乎空无一人。珠宝店的橱窗里摆着一条三股珍珠项链，珍珠是浅灰色的，就像贝古先生领带夹上那颗。特蕾莎推开店门，走了进去。

店里光线昏暗，大概是天还太早。那天取首饰盒的年轻人还记得她，冲她微微一笑："您运气真好，罗维拉夫人。贝古先生刚到。"

贝古先生大概是透过窗帘看见了她，立刻从里间走了出来。"不胜荣幸，罗维拉夫人，您来是为了……"

特蕾莎既好奇又不自在地看着他，跟他进了办公室。桌上摆着一盏绿罩台灯，她刚好处于阴影中。这样更好，她觉得更安全。她从钱包里掏出钻石花束胸针，搁在台灯旁边。他肯定觉得她是来投诉的，因为掉了颗钻石。由于特蕾莎一言不发，贝古先生只好先开口，问是不是出了什么问题。

"是搭扣不好使吗？"

"不是，我来是为了请您买回去。"

贝古先生站起来，踱到展示柜前，又转身踱回去，重新坐下。情况十分微妙，他不知该怎么开口。

"我想问您一件事，可又不敢……我不想冒犯您。"他又站起身来，伸手捋了捋头发，终于下定了决心。"您丈夫知道吗？"

特蕾莎迅速否认："不。"

她用蜜糖色的眼睛瞄着他，补了一句："我丈夫不知道，也不用知道。"她希望贝古先生从她手里买回胸针，当然价钱会低于原价。贝古先生揉着脸颊，直勾勾地盯着她，似乎还没弄清楚状况。特蕾莎告诉他，自己急着用钱。

"咱们做个交易吧：您必须向我保证，两三个月内，既不展出这胸针，也不卖掉它。另外，如果一定要卖，在卖掉之前，您要找人做个一模一样的。"贝古先生露出了狡黠的笑容。特蕾莎接着说："您愿意出我丈夫付的三分之二的价钱吗？我没法向您保证，不过我们很可能会再把它买回去。"贝古先生止住笑，掏出支票簿。特蕾莎打了个手势，阻止了他。"不，不要支票。"

贝古先生心领神会："要是我昨天按计划去了银行存钱，现在就只好请您下次再来了。"他打开保险箱，取出一沓钞票。"您要点点看吗？"

"不用点了，您说多少准没错。"贝古先生递过钞票时，手轻轻拂过她的指尖。接着，他把胸针收进了办公桌的抽屉里。特蕾莎站起身来，贝古先生轻轻按住她的胳膊："咱们还会再见面吗？"

走出珠宝店时，特蕾莎用最自然的口气回答："肯定会的。"

她紧紧攥着皮包，走向出租马车招停站。到了阿德拉姨妈家门口，正在扫地的邻居告诉她，家里没人，但阿德拉太太很快就会回来。要是她愿意等的话……不一会儿，阿德拉姨妈就回来了，看起来疲惫不堪，一手拎着菜篮，一手抱着宝宝。她们把宝宝放进摇篮，在饭厅里坐下。特蕾莎简洁扼要地告诉姨妈该怎么做：去见米奎尔，给他钱。她从包里掏出一沓钞票，分成两份。

"米奎尔会收养这个孩子。我们已经说好了,他太太也答应了。"当然,他太太不知道这个孩子是他亲生的。米奎尔给她讲了一个特别凄惨、特别复杂的故事。由于他们自己生不了孩子,他太太最后还是接受了。男孩受洗以后,特蕾莎会付他余下的一半钱。"我会做他的教母。这么一来,等我老了以后,他就能来看我,我也能帮衬他。我不希望我儿子在这世上无依无靠。"阿德拉姨妈似乎没太弄明白,但还是一口答应了下来。

"这些钱能给米奎尔和他太太帮上忙。"当然,米奎尔这事做得很不地道。两人刚开始交往的时候,他并没有告诉她,自己已经结了婚。不过,特蕾莎并不是怨妇,一直都爱着他。阿德拉姨妈叫她别担心,说自己会尽力办好。"他睡着了。你想看看吗?"孩子睡得像个小天使。特蕾莎不太喜欢他,觉得他鼻子太翘,跟她自己的一样。虽说她喜欢自己的鼻子,却觉得孩子的鼻子难看。她给孩子掖了掖被角。"我得走了,姨妈,我赶时间。"走到门口,她又塞给姨妈一叠钱,"这是给你的。"她叫姨妈放心,说自己永远不会缺钱花。

她得找一家离裁缝店不远的药店,因为她先要去量体裁衣。街角就有一家药店。她一进试衣间,就喊服务员赶紧,因为她有点不舒服。半小时后,下楼梯的时候,她发现自己的手在打战。走在人行道上,她陡然停下脚步,心想:"只要运气好,一切都会好起来的。"接着,她滑倒在地,半倚在墙上。很快就有人围了上来,一位先生扶她起来。在药房里,他们给她闻了嗅盐。她说自己犯头晕,她刚结婚没多久。

药剂师微微一笑,给她开了一剂药。"每隔两小时用水冲服半勺。"

扶起她的那位先生去街边招出租马车。

"如果您不介意的话，我陪您回去吧。"

"那可真是帮大忙了。"

门童看见两人一起下车，急忙扶她上楼。这正是特蕾莎想要的效果。女仆菲利西娅替她打开了卧室门。

"要是老爷问起，就说我累坏了，身子不舒服。"她直接躺上了床。当天晚上，菲利西娅给她送来睡前牛奶，并告诉她，老爷的病还没好，但得知她上床休息了，就喊了医生过来。特蕾莎有些慌乱，但也用不着编故事：她的心跳得飞快，脸也热得发烫。

当天深夜，响起了一声惊叫。听见女主人拉铃召唤时，菲利西娅正睡得迷迷糊糊。她披上长睡袍，推开卧室门，见女主人站在梳妆台前，衣衫凌乱，眼眶通红，问她收拾裙子的时候有没有取下胸针。菲利西娅镇定地问："哪个胸针？""你说哪个？那个钻石胸针！"菲利西娅说没看见。她取走了裙子，彻底刷洗了一遍，但还是能瞧见泥点，就把它送去了洗衣店，不过夫人可以放心，衣襟上什么也没有。特蕾莎拿手帕捂住眼睛，放声大哭。第二天一大早，菲利西娅就去了洗衣店，问她们有没有看见罗维拉夫人裙子前襟的胸针。洗衣店的姑娘说没看见，还说把裙子送去清洗之前，她仔细检查过一遍，确保上面什么也没有。"肯定是我摔倒的时候被人摸走了。"特蕾莎绝望地说，"我还不如死了算了呢。"菲利西娅把这事说给了马车夫维森斯听，维森斯讲给门童，门童说给药剂师，药剂师又告诉了厨娘。厨娘去找尼克劳先生领薪水的时候，顺口提起夫人离开裁缝店时弄丢了钻石胸针，难过得快疯了。尼克劳先生感冒刚有好转，立刻去探望特蕾莎。只见她脸色惨白，因为她一夜没合眼。前一天她是装不舒服，现在则是真的病了，也真的相信胸针丢了。尼克劳先生坐在床尾，问她为什么没有马上告诉他。特蕾莎虚弱得几乎说不出话来。她告诉丈夫，肯定是有人趁她晕倒的时候偷了胸针，他根本想象不出她有多难过；她觉得像是掉进了地狱，不是因为那枚胸针有多贵重，虽然它确实很贵重，而是因为那是丈夫送她的礼物，证明了他对她有多重视。她突然放声痛哭，把脸埋进枕头里。尼克劳先生握住她的手，告诉她，他当然觉得遗憾，但不想再见她伤心难过，他会尽快想办法补救的。

后来的某一天早上，特蕾莎感觉好些了，脸色也恢复了红润。这些天她的确受尽了煎熬。夫妇俩叫了马车，尼克劳先生像往常一样，在维森斯的搀扶下先上车，特蕾莎夫人则紧随其后。贝古先生看见夫妇俩，不得不努力憋住笑。特蕾莎给他解释了胸针的悲惨遭遇，尼克劳先生则打断了她，问店里还有没有类似的胸针。"不，店里没有同款的，因为它是独一无二的。不过，我留了设计图，如果您想要的话，我可以找人重做。难的是找做花蕊的那些完美无瑕的钻石。不过，我向您保证，我能完成这项艰巨的任务。"两个月后，夫妇俩回到珠宝店，贝古先生从保险箱里掏出一只内衬白缎的紫色首饰盒，打开后搁在桌上。罗维拉先生掏了一大沓钞票，让珠宝商十分满意。贝古先生将胸针别在罗维拉夫人裙子的前襟上，直视她的双眼："没人猜得出这是原来那一枚。"

那年春天，特蕾莎·戈达伊·德·罗维拉当了一个小宝宝的教母。那个可怜的小家伙没有妈妈，他刚呱呱落地，妈妈就在医院里一命呜呼了。特蕾莎向丈夫解释说，米奎尔·马斯德乌是她打小就认识的一名工人，也是那位不幸母亲的大表哥。由于那个孩子孤苦伶仃，马斯德乌和他太太又没法生养，就决定收养他，接过这个大麻烦。"真是好心人。"罗维拉先生说。不过，他觉得没必要陪特蕾莎去参加孩子的洗礼。

在教会办公室的一角，米奎尔·马斯德乌眼含热泪，握住了特蕾莎的手。"谢谢。祝你幸福，老天会报答你的。"他瞪大眼睛，盯着嫁给了老富翁的特蕾莎。烛光下，她左胸前的钻石花束胸针璀璨夺目，晃花了他的眼。

芭芭拉

小提琴奏响了第一乐章《有活力的快板》的第一个音符。萨尔瓦多·瓦尔达拉闭上了双眼，全神贯注，被音浪包围，几乎忘了呼吸。管弦乐队演奏完三和弦后，钢琴重复了呈示部的旋律，他睁开了眼睛。台上的第一小提琴区有个年轻女子，裙摆下方缀饰着一小段蕾丝花边。那条花边随风轻摆，看起来相当不合时宜，害得他一瞬间走了神。他再次闭上双眼，试图集中注意力。钢琴奏出了第二主题，传递给管弦乐队，随即又铿锵有力地接回。可他就是没法静下心来。"非得让个姑娘进管弦乐队吗？"他早些时候怎么没注意到她？音乐会开场前，他一直忙着看曲目单。后来，等全场安静下来，乐队奏响开场音符的时候，他在众多乐手中间瞥见她的手臂和琴弓。他十分恼火，因为她不注意着装，破坏了他今晚的美好时光。突然，他的心跳漏了半拍，不禁仔细打量那个姑娘：那个裙摆累着蕾丝花边的年轻女子，正是他五六个月前在萨尔茨堡见过的小提琴手。当时，她在一场由音乐学院学生举办的音乐会上拉琴。她身材纤弱，金发如丝，美目流盼，秀发盘起，但有两三绺头发溜了出来，散落在颈部。他整个晚上都盯着她看,后来也常常想起她,虽然形象略显模糊。她看起来是如此脆弱,他总觉得她最终会被生活压垮。他向好友华金·贝尔加达提起了她。那是个糟糕的选择,时机也不巧。当时,华金刚勾搭上一位英国参赞的太太,一名以多情著称的女郎,他的心思根本不在这上面,只是顺口说道:"是吗?你小心点哟,被这种姑娘黏上了可很难甩掉。"于是,瓦尔达拉转换了话题,决定再也不向别人提起她。她肯定是维也纳人,他从未在世界上任何地方见过如此清秀的女郎,也从没见过如此优雅的身姿。他一度确信再也不会见到她了,可现在两人只有咫尺之遥。他听见了华彩乐段[1]的最后一个音符,仿佛一声叹息。随后,乐曲走向了令人难以承受的尾声。定音鼓加入了钢琴的演奏。他再次闭上双眼,但根本不管用,眼前还是浮现出了她的情影:歪着脑袋,眉头紧锁,和在萨尔茨堡时一样。他感到小提琴声、钢琴声和长笛声都渐渐远去。

许多年以后,每当萨尔瓦多·瓦尔达拉听见贝多芬《第三钢琴协奏曲》,都会想起那个夜晚。他随着人流离开了音乐厅,然后漫步了许久,不知要去哪里。天寒地冻,街上行人寥寥,而且都行色匆匆。他突然觉得,那晚之后,一切都会改变,再也不复从前。接下来的两周,他都没有见到她。再次见到她还是在周日:她换了个发型,秀发中分,卷发用黑丝带束起。他看不到她的眼睛,只看见她额头雪白,形状可爱。每当她停止演奏,就会垂下头,全神贯注,看上去恬静又安详。

---

[1] 华彩乐段,通常出现在古典乐曲的结尾部分,用以凸显独奏演员的技巧。

第二天，瓦尔达拉请华金外出用餐，忍不住提起了在萨尔茨堡见过的那位年轻女郎。

华金哈哈大笑，盯着他说："你是说那个有时候会在周日音乐会上演出的姑娘？我当然认得她啦！她是我一个朋友的表妹，叫芭芭拉，姓什么记不清了。有时候，她下午会去德梅尔咖啡馆喝茶。她就住在大使馆后面，阳台上摆着花盆，窗户上有小窗格……跟你真是绝配！总有一天，我会介绍你俩认识。"

华金·贝尔加达和萨尔瓦多·瓦尔达拉走进德梅尔咖啡馆时，芭芭拉和她表哥已经到了，坐在里间的一张黑色大理石小桌旁。店里人头攒动，拥挤不堪。芭芭拉一见他们就举手示意。她穿了一件毛领大衣。瓦尔达拉觉得，近看她更加动人。华金给大家做了介绍。为他们端茶送水的女服务员年纪颇大，身穿浅蓝色衣裙，腰间系着大围裙。他们在一起待了不到半个小时，芭芭拉几乎没开过口，一直在认真听她表哥说话。她表哥是个脸色红润的中年绅士，跟华金聊音乐聊得十分投机。芭芭拉显得心不在焉，似乎在想别的事。瓦尔达拉找不到机会跟她搭话，但趁着谈话的空隙告诉她，自己很喜欢维也纳。

"真的吗？我也喜欢，但肯定是因为我出生在这里。"她微微一笑。

他觉得她的法语说得地道极了。她开始戴手套。

"大家接着聊吧，不用起身。但我真得走了。"

但大家全都站了起来。四人走在街头，华金和他朋友远远落在后面。瓦尔达拉问芭芭拉，愿不愿意周日下午跟他一起去公园散个步。芭芭拉扭过头，眯起灰眼睛打量他。

"好。"她小声说。

他怀疑她是出于礼貌才答应的。大家分道扬镳后，他走进一家花店，请他们每天给芭芭拉送一束紫罗兰。那些紫罗兰花大色淡，与其说是紫色，不如说是丁香色。不过，它们没有香味，也许是因为产自寒冷的地方。

周日那天风和日丽，瓦尔达拉睡到很晚才起，直接去找酒店的理发师修了面，然后慢悠悠地用了午餐。他在带小阳台的大宅前下了马车，刚好看见芭芭拉下楼来。她身穿灰色长裙，肩披丝绒斗篷，胸前别着几朵紫罗兰。出租马车的门关上后，芭芭拉坐在瓦尔达拉身边。他觉得自己幸运极了。两人初次见面那天，芭芭拉几乎没开过口，现在却说个不停，只是没有看他一眼。瓦尔达拉心想："这姑娘话有点多。"马车驶入普拉特大道时，她已经说到，她跟爷爷奶奶住，她妈妈是个美女，允许她留过腰长发。

"我五六岁的时候，她让我进浴室看她洗澡。等她开始穿衣服的时候，就会指着浴室门说：'芭芭拉，你该出去了。'"但在某天之后，芭芭拉就再也没见过她妈妈。有很长一段时间，每当她独自一人，就会到处找妈妈，轻声呼唤妈妈。她妈妈跟住在意大利的老情人跑了。芭芭拉对她爸爸知之甚少，只知道他经常出差，基本见不到人。但她爷爷……当她告诉爷爷，她想学小提琴的时候，爷爷简直高兴坏了。"他热爱音乐。"随后，她陷入了沉默。有好一阵子，只能听见马蹄嘚嘚。瓦尔达拉心想："她到底是怎么了，跟我说这么多话？"大街上行人寥寥，天色暗淡下来，有点儿冷。两名穿浅蓝制服的骑警从旁边的岔路拐了过来，离他们比较近的那个人手扶平顶军帽，俯身朝马车里张望。另一个戴单片眼镜的说了句什么，两人都哈哈大笑。芭芭拉的目光追随了他们好一会儿。

"我爷爷也参过军。我还记得，我偷偷拽掉了他军装上的纽扣。"她转过身，面对瓦尔达拉，指着自己胸前的紫罗兰说，"这还是第一次有人送花给我。"瓦尔达拉涌起一股冲动，想握住她的手，但又觉得最好别吓到她。于是，他聊起了萨尔茨堡。芭芭拉笑了："有时候我很没信心，觉得我永远拉不好小提琴。"过了一会儿，瓦尔达拉让出租马车停下，两人朝别墅餐厅鲁斯特豪斯走去。她不肯进去。"我想走一走。我很久没来这里了……"他们站在餐厅入口处，周围都是树林。他们沿着一条泥泞小路往前走，两侧是被寒风摧折的高草丛。两只鸟儿拍着翅膀，从树上飞下来，厉声尖叫。芭芭拉吓了一跳，瓦尔达拉连忙扶住她的胳膊。

"别怕，只是鸟啦。"她哈哈大笑。瓦尔达拉从没见过哪个人一笑起来就会人变样的；她像完全变了个人，一副恶作剧得逞的模样。

"我跟爷爷来过这里。你瞧见底下那块大石头了吗？爷爷总叫我爬上去。然后，我们就会下到河边去。那条河离得不远……以前我们经常在夏天过来。那时候树叶很多，草地也很软。"她看起来真美。此时此刻，瓦尔达拉真希望自己拥有神力。"让那大树长叶，让那花朵盛开。"他微笑着想，离开公园前一定要吻到她。

"芭芭拉。"他轻声呼唤。她从胸前摘下一朵紫罗兰递给他，双眼凝视着他。瓦尔达拉将紫罗兰送到唇边亲吻。树梢间能看见近乎白色的天空，河边飘来了袅袅雾气。芭芭拉捡起一块鹅卵石，用力扔了出去。

"小时候，我总觉得我扔的石头能砸死鱼。"两人相对而立，瓦尔达拉深深望进她的眼眸，斑驳的虹膜，深色的瞳孔，白到发青的角膜。他没有说话，伸手捧住她的脸，亲吻了她。两人慢慢走回出租马车。把她送到家门口之前，他问她愿不愿意第二天跟他共进晚餐。芭芭拉答应了。

餐厅领班打开房门，将瓦尔达拉领进私人包厢。天花板很低，蒙着与窗帘同样的布料。包厢内侧的一面大镜子底下，屏风半掩着一张沙发，上面堆满靠垫。瓦尔达拉看了看镜子，发现玻璃上有两块白乎乎的指印。

"就没有镜子干净点儿的包厢吗？"领班深表歉意，说其他包厢都有人了，不过他马上就找人擦干净，花不了几秒钟。领班带着服务员回来后，瓦尔达拉连声催促："赶紧，快点。"他站在走廊里等着。要是芭芭拉现在就到的话……领班和服务员匆匆离开，瓦尔达拉又等了好一会儿。他大步踱来踱去，检查每个细节，在餐桌前陡然停步。圆桌上摆着两座银烛台，桌布长及地板，高脚杯颜色碧绿，杯梗则是粉色。一切都完美无缺。一名女服务员敲门进来，开始慢慢点燃蜡烛。她还没点完，芭芭拉就到了。瓦尔达拉有些惊讶地看着她。她看起来前所未有地漂亮，但是穿了一身黑。

芭芭拉将最后一杯香槟一饮而尽，从桌边起身，抹了抹额头，朝沙发走去。刚迈出几步，她陡然停步，转身尖叫起来："哦，拜托，这镜子！"她目光灼灼，像发烧了似的。瓦尔达拉问她还好吗。

"我很好，没事。"但她过了好一会儿才平静下来。后来，她向他解释说，妈妈离开后，她有时会梦见一个轻柔的声音呼唤她"芭芭拉！"然后，她就会走进一面镜子，镜框是镀金的，就像餐厅里那面镜子。她觉得自己被困在了里面，怎么也逃不出去。瓦尔达拉不知该说什么才好。芭芭拉环顾四周，一把抓起自己的大衣，跳上沙发，拿衣服遮住镜面。"这样就好了。"她坐下来，伸手摘下发夹。瓦尔达拉凑近了一些，拨开散落在她脸上的秀发。

"多美的头发，这么长，这么亮。"芭芭拉突然哈哈大笑，伸出一根手指，按在他的脸颊上，使劲往下压，似乎想留下印记。

"人死了以后，头发还会继续长。你知道吗？"她解开紧身胸衣，身子朝后仰去。她拉起他的手，按在自己一侧的乳房上。

两天后，华金去找他，拿报纸给他看。芭芭拉投水轻生了，有人在运河里发现了她。

接下来的几个月，瓦尔达拉始终不肯相信芭芭拉不在了。他总觉得还会见到她，某天下午在公园里，或是某个晚上在咖啡馆里。他浑浑噩噩地走在两人曾一起走过的地方。有一天，他在博物馆里漫步，在意大利画家布伦齐诺[1]的名画《神圣家族》

---

1 阿尼奥洛·布伦齐诺（Agnolo Bronzino，1503—1572），意大利矫饰主义画家，佛罗伦萨美第奇家族的宫廷画家，笔下的肖像画往往追求艳丽华贵的效果。

（*Sagrada Família*）前陡然驻足。他的心跳漏了半拍：画上的圣母马利亚跟芭芭拉像是同一个模子刻出来的——同样的眉形，同样的鸭蛋脸，脖颈优雅，秀发中分，头颅微侧。从那以后，他每天都去博物馆。每天下午，他都坐在酒店房间里，靠近阳台的地方，茫然地望向对街的窗户。医生告诉他，如果他想从深渊里爬出来，就得找点消遣分分心。大使馆里的人都在说他的闲话。华金·贝尔加达给他们讲了芭芭拉的故事，大家都担心他会做傻事。派驻巴黎对他有些帮助，但到了冬天，他又深陷抑郁难以自拔。圣诞节过后，在拜访巴塞罗那的时候，华金的哥哥拉斐尔给他介绍了一位美丽动人的女士，金融家尼克劳·罗维拉的遗孀，名叫特蕾莎·戈达伊。

瓦尔达拉与特蕾莎

特蕾莎那双天鹅绒般的眼睛和极富感染力的笑声诱惑了他。他永远不会忘记她进屋时的模样：她身穿淡褐色云纹绸裙，胸前别着一朵粉玫瑰，貂皮大衣长及脚面，边哆嗦边抱怨天气。他们没说上几句话，但在道别的时候，她微笑着跟他握手，仿佛两人已相识多年。主显节[1]后的第二天，他又见到了特蕾莎，还是在华金的哥哥家。拉斐尔告诉他，邀请两人来共进晚餐，是因为他们都有些失落：她已经孀居一年多了，而他在巴塞罗那无亲无故。饭后咖啡端上桌，两位男士独处的时候，瓦尔达拉问拉斐尔，特蕾莎来自戈达伊家族的哪个旁支。

"我也不清楚，"拉斐尔支吾吾地答道，"但她是尼克劳·罗维拉的遗孀，所以朋友遍天下，每扇大门都向她敞开。"

特蕾莎和拉斐尔的妻子尤拉莉娅已经成了密友，两人偶尔会一起出门逛街。那次晚宴后又过了一周，瓦尔达拉独自沿着格拉西亚大道散步，看见两位女士在卡斯普街的街角下了马车。特蕾

---

[1] 主显节，又称三王来朝节，十二天圣诞季的最后一夜，庆祝耶稣基督在降生为人后首次显露给外邦人。

莎戴着一顶饰有天堂鸟羽毛的帽子。

"多美的羽毛。"瓦尔达拉一边说着,一边走到她身边。

"您不是在取笑我吧?"特蕾莎看起来风姿绰约,路上的男士纷纷扭头打量她。瓦尔达拉本打算挽起她的胳膊,但转念一想,在巴塞罗那可不能这么做。

他们相伴走了一段路。跟两位女士道别之前,他说接下来一段时间都见不到她们了,因为他收到了一封巴黎来的信,必须在本周末前离开。

两天后的下午,瓦尔达拉去了"勺子之家"[1]。他有个习惯,每当离开之前,收拾好行装后,都会去那家咖啡馆吃一碟鲜奶油。那是他跟巴塞罗那道别的方式。他正坐着出神,突然听见了特蕾莎的声音:"方便跟您一桌吗?"

服务员立刻迎了上来:"还是老样子吗,罗维拉夫人?"

特蕾莎笑着说:"对,乔安,还是鲜奶油和蜗牛面包。"

她把手套和钱包搁在旁边的椅子上,对目瞪口呆的瓦尔达拉说:"瞧,我俩喜欢一样的东西。"他们聊起了天气,聊起了贝尔加达家族,还聊到了特蕾莎素未谋面的华金。聊完后,两人枯坐了一会儿,不知还能说些什么。

特蕾莎叹了口气:"能到处旅行真好啊……"

他回答说,他已经厌倦了一个人到处旅行,但一直害怕娶外国女人。"也许会有结果吧,可我从没想过要试试。"他突然想起了芭芭拉,脸唰的一下红了。特蕾莎拿起茶匙,搅了搅鲜奶油。

---

[1] 勺子之家(Can Culleretes),创立于1786年的传统餐厅,位于西班牙巴塞罗那的兰布拉大街附近。据吉尼斯世界纪录记载,它是加泰罗尼亚最古老的餐厅,也是西班牙的第二家餐厅。

她凝视着他，装作一脸天真，心里却想："我敢打赌，你肯定睡过不少外国女人！"两人没有再交谈。起身离开时，瓦尔达拉很不情愿地道了别。他被这位女士深深吸引了。

第二天，带着行李箱离开旅馆之前，他在花店付了定金，请他们每天给特蕾莎送花。"要紫罗兰，当季的紫罗兰。"仿佛那段维也纳罗曼史再度上演。不过，他也很明智地留下了一盒名片，每张都写着"全心全意献上"。

女仆菲利西娅捧着第一束紫罗兰走进卧室时，特蕾莎刚刚醒来。不用看名片，她就猜到是瓦尔达拉送的。过去两天里，她常常想起他，也不能说不喜欢他：毕竟，他相当帅气，满头金发，举止优雅。

"如果你是我的话，你会怎么做呢，菲利西娅？你会不会再婚？"

女仆笑嘻嘻地看着她："我想我会的，夫人。"

菲利西娅离开后，特蕾莎略感不安。每当回想起跟尼克劳·罗维拉的那段婚姻，她就会感到不安。丈夫过世后的头几个月里，她一直想念他。如今的一切都是他给的：他塑造了现在的她，带她脱离了贫困。他病逝前不久，对她说："现在你可以想去哪里就去哪里了。"每当看着镜子里胸前的钻石胸针，愧意就会涌上她的脸颊。她已经渐渐习惯一个人生活了。然而，时光飞逝，岁月无情。尼克劳把一部分财产留给了他妹妹，一个拉扯着两个孩子的寡妇。特蕾莎分到的财产并不是无穷无尽，更何况她花钱大手大脚，现在已经负债了。她想过卖掉一栋宅子，但又不是很想卖。也许她可以炒炒股——有朋友能给她当参谋。但尼克劳生前告诉过她："如果你不是特别擅长，可能一眨眼就会变成穷光蛋。"瓦尔达拉是个颇有魅力的男人……但在咖啡馆见面的那天，他的眼神让她深感不安；他在维也纳的那件事也让她心烦意乱——每个人都知道那个故事，那件事彻底把他压垮了；此外，她也不喜欢他住在国外这一点。人人都说他腰缠万贯。可是再想想，自己先是嫁了个风烛残年的老头，再嫁个来历不明的家伙……她重新闭上双眼，心道："为什么要浪费时间想这些？"眼下又没人向她求婚！她把紫罗兰搁在床头柜上，钻进了被窝。

每年的狂欢节，贝尔加达家都会举办舞会，这事在巴塞罗那可谓家喻户晓。特蕾莎一收到邀请函就登门造访。"我没法参加，尤拉莉娅。我服丧不满一年就脱了黑衣，因为你也知道，黑色不衬我。可参加舞会又是另一回事了。"

尤拉莉娅伸手搭在她的膝头。"满不满一年有什么关系？听着，别一直伤心难过了。我们只请了朋友……你怕别人会说三道四吗？"尤拉莉娅不肯放弃，最后还是说服了她。离开之前，特蕾莎告诉好友，瓦尔达拉每天都给她送紫罗兰。尤拉莉娅起身亲了亲她："婚礼的钟声快要敲响喽！"

特蕾莎不禁笑出了声："才没那么快呢。"

尤拉莉娅坐了下来，依然一脸严肃。突然，她两手一拍："我明白了！我会请他过来的。瞧好了吧，你俩准能跳上舞。穿你最漂亮的裙子来。"

第二天一大早，特蕾莎就走进了泰伦西·法里奥斯的服装店，买布料为舞会做准备。

泰伦西·法里奥斯个子瘦高，彬彬有礼："罗维拉夫人，您可能不信，我正想着您呢。"

特蕾莎笑着坐下："我才不信。请拿些蕾丝来看看，好吗？还有做兜帽斗篷的缎子。"

法里奥斯惊讶地看着她："咱家店里的蕾丝质量上乘，您大概都没见过那么精美的料子。"

服务员在柜台上摊开几款样品，特蕾莎瞧了又瞧，最后挑了最贵的那款。绸缎史是精美绝伦。在选定颜色之前，特蕾莎犹豫了片刻。她想起了紫罗兰，便定了紫色的。

"您选了最美的颜色，罗维拉夫人。这颜色很衬您。"送她出门的时候，泰伦西·法里奥斯对她说。

舞会当天，特蕾莎抵达贝尔加达家时稍迟了一些。第一个上前迎接她的就是萨尔瓦多·瓦尔达拉。

"真是个惊喜……我还以为您在巴黎呢。"

她看起来魅力四射——纤腰盈盈一握，手持面具，手套过肘，肩膀裸露，雪白的蕾丝衬得她的肤色越发黝深。她胸前别着一朵紫罗兰胸花，发间也插了一朵，没戴任何首饰。瓦尔达拉心想："女人四十一枝花，到那时她肯定风韵更足！"

特蕾莎指着自己的紫罗兰胸花，说："还认得它们吗？"

他问她喜不喜欢紫罗兰。特蕾莎撒了个小谎。"那是我的最爱。"她进门的时候，乐师刚奏完 曲。接下来奏响的是玛祖卡舞曲，瓦尔达拉伸手邀她共舞。两人与翩翩起舞的拉斐尔和尤拉莉娅擦肩而过时，尤拉莉娅冲特蕾莎眨了眨眼。特蕾莎扭过头去，假装没看见。瓦尔达拉让她保证，接下来每支舞都跟他跳。

她脸颊发烫，用一只手扇风。"您不觉得只跟我一个人跳不好吗？"她一边说着，一边把自己邀舞卡上的空白页统统打了叉。她的胸花掉落在地，瓦尔达拉弯腰捡起，在递还给她之前闻了闻。

"真香啊……跟所有花儿一样。"

特蕾莎放下面具，好重新戴上胸花。她忙着别胸花的时候，瓦尔达拉静静欣赏她卷翘的睫毛，还有浓密的栗色头发。两人走近自助餐台，吃了些甜食，喝了些香槟，然后端着酒杯走到角落坐下。他们身后的金色立柱上摆着个花瓶，里面有几枝白丁香。

"我走到哪儿，花儿就跟到哪儿。"特蕾莎边说边整理长裙的拖尾。裙裾边缘多了个脚印，她意识到瓦尔达拉在看，就把裙裾藏到了身后。"您知道我最喜欢香槟哪一点吗？泡沫！"他们把空杯递给端托盘的仆人，接过刚斟满的香槟。

"你为什么不来巴黎呢？"

特蕾莎佯装没听见。瓦尔达拉想要再问一遍，但突然觉得难为情，便默默喝完了杯中的香槟。他看起来帅气过人：燕尾服剪裁考究，白衬衫一尘不染，金色髭须略显凌乱。乐师刚奏响枪骑兵方块舞[1]曲，特蕾莎面具下的眼眸就亮了起来。她拎起裙裾，挽起瓦尔达拉的手臂，款款走向舞池中央。他们时不时交换舞伴，每当凑近就深情对视，笑语晏晏。瓦尔达拉心想："如果可以的话，我愿意带她一直跳到世界尽头。"一曲舞毕，四周观众的掌声震耳欲聋。特蕾莎气喘吁吁，仰着头。她提醒自己，

---

[1] 枪骑兵方块舞，十九世纪的一种方块舞，由八到十六对舞者以敏捷的走步、严谨的音乐节拍，演变出五种队形。

她从来没经历过这样的夜晚。她觉得有些热，便慢慢拽下了长手套——它们似乎怎么拽也拽不到头——然后用手抹了抹脸上的汗。

"我失态了。"

瓦尔达拉笑着摇了摇头。

"请稍等，"特蕾莎说，"我去去就回。"她找到尤拉莉娅："拜托，借我一把扇子吧。我实在热得受不了啦。"尤拉莉娅把自己的小折扇递给她。"你留着吧，还能做信物哟。"扇骨镶嵌螺钿，扇面上画着苹果，扇柄垂下流苏。

乐师又奏起了舞曲。跳完这支舞后，特蕾莎说："呼！要不要再来点香槟？"她把酒杯凑到唇边，仰头一饮而尽。"我不该喝这么多的，已经开始犯晕了。您也是吗？"她轻快地打着扇子。扇面上画着绿苹果，淡淡的绿，带一抹粉红，茎是巧克力色，伸出两片叶子。

"就算喝上一整瓶我也没感觉。不过，有些东西一下就能让我犯晕。"

特蕾莎美目半闭，调情似的问道："比如什么？"

"比如美人。"

舞会一直持续到黎明。散场前，特蕾莎说自己累了，想回去了。瓶里的丁香花已经开始打蔫，但镀金镜子映出的烛光、礼服、绸缎依然华丽绚烂，活力四射。

"这么快就要走了吗？"瓦尔达拉问她，仿佛再也见不到她了似的。特蕾莎感觉寒风刺骨。两人站在大门边，瓦尔达拉的目光始终没离开过她。"这一夜过得真快！"

她久久凝视着他，持扇抚过他的前襟。在熹微的晨光中，她的发髻有点儿松脱，几绺秀发散落在紫色面具上，整个人恍若梦中仙子。瓦尔达拉扶她上马车，手搭在车门把手上，低声说："我明天就得走了。能写信给你吗？"

特蕾莎的公寓布置得十分雅致。她扔掉了亡夫添置的旧家具，在一位古董商的指导下购入了上乘的新家具，只留下了那个日式漆柜。随着时光流逝，她渐渐真心喜欢上了它。客厅墙壁上贴着金黄色锦缎，沙发边的角落里摆了一尊白瓷宁芙[1]仙子，跟她差不多高，优雅地托起肩头的圆罐。瓦尔达拉常回巴塞罗那，特蕾莎也常请他过来喝茶。一天下午，他向她求了婚。他紧紧捏着茶杯柄，有好一阵子一语不发，全神贯注地等待回应。她若有所思，目光低垂，既没有答应，也没有拒绝，只说自己深爱亡夫，至今仍然想念他。

"这话让我受宠若惊，可是太突然了……"

瓦尔达拉紧张地盯着她，突然俯身向前，握住了她的手。为什么他们不能彼此扶持，好好活下去呢？他离开时像来时一样，没有得到明确答复。第二天，他又来了。不得到答复他可不甘心。菲利西娅领他进了会客厅。

"瓦尔达拉先生来见您了，夫人。我请他进来了。"

正穿衣打扮准备出门的特蕾莎急忙脱下外套，换上最华丽的家居长袍，在氤氲的香水味和绸缎摩擦的沙沙声中走进会客厅。

---

[1] 宁芙（Nymph），希腊神话中的仙女，出没于山林、原野、泉水、大海等处，是自然幻化的精灵，多为美丽少女形象，喜爱歌舞。

她请瓦尔达拉原谅,自己只能这样迎接他。她说自己刚才在休息,但又不想让他久等。她镇定地问道:"您还好吗?"

"昨天我们有个问题没有解决。"瓦尔达拉严肃地看着她,并补充说,他是来索吻的,"给我一个吻,就表示没问题了。"

特蕾莎伸出一根手指,按在自己唇上,然后抚过瓦尔达拉的脸颊。"给。"然后,她连开口的机会都没给他,就连忙问道,"我能离开一会儿,去叫个茶吗?"她在走廊上,一手捂住自己的胸口,做了好几次深呼吸。

那年春天,他们在海之圣母教堂[1]举行了婚礼。瓦尔达拉决定在自己的庄园里度蜜月,那座位于维拉弗兰卡郊区的庄园。"你等着瞧吧,那里的葡萄园可壮观了!"一天晚上,他们在苹果树下散步,瓦尔达拉摇了摇树枝,只见落英缤纷。特蕾莎张开双臂,伸出双手,认真打量落在掌心的一朵花,轻声说:"这朵花,这朵小小的花,是我的。"

瓦尔达拉一把搂住她。"这一切都是你的:这些葡萄园,这片土地,还有我。"他闭上双眼吻住了她,这样他就不会分心了——那是个悠长的吻,差点让她喘不过气来。

---

1 海之圣母教堂(Santa Maria del Mar),建于十四世纪的加泰罗尼亚哥特式风格大型教堂,位于巴塞罗那旧城区东南部。

圣格瓦西区的别墅

初秋,夫妇俩回到了巴塞罗那。萨尔瓦多·瓦尔达拉意识到特蕾莎闷闷不乐。他心想,她住在巴黎肯定很难受。他没有再往下想,直接去找了自己的财务顾问何塞普·佛特尼斯。佛特尼斯肩宽体胖,短胳膊短腿,是出了名的老好人。

他一看见瓦尔达拉,就开玩笑似的抱怨起来:"您怎么也不提前说一声?原本我可以去找您的。"他让瓦尔达拉坐在自己最舒服的椅子上。透过阳台的落地门,能看见圣彼得殉道山顶的隐修院。瓦尔达拉听说,在晴朗的夜晚,佛特尼斯会推掉商务会谈,在一片静谧中欣赏夕阳落山。

瓦尔达拉说:"我想带我太太去巴黎,可她是土生土长的巴塞罗那人,我担心她会想家。如果她没法接受住在国外,我打算放弃外交事业。希望你能帮我找栋别墅,按我的品位改造。不过不用急,慢慢来就好。"

"真是巧了,"佛特尼斯答道,"我手头刚好有栋别墅要卖。业主是个败家子,卡斯特尔朱萨侯爵,败光了父母留下的家产。不过,那宅子的状况糟透了。"

他们当天就去看了房，瓦尔达拉对它一见钟情。别墅建在一条尚未铺路的大街上，位于圣格瓦西区的上城区。宅子自带大花园，旁边是开阔的田野，屋后有一条湖滨大道，再远处是一片树林。在一切敲定之前，他不打算让特蕾莎知道。佛特尼斯约了业主见面，双方很快达成了协议。瓦尔达拉将协议文件递给了那份房产的律师阿马德乌·里埃拉。

"请确保房产一切正常，没被拿去抵押。"

里埃拉律师办公桌右侧摆着个小花瓶，里面插了一朵玫瑰。瓦尔达拉笑着说："据我所知，你是唯一在办公室里摆花的律师。"

两周后，双方正式敲定了买卖。卡斯特尔朱萨侯爵带着一大沓钞票离开办公室后，里埃拉律师向瓦尔达拉表示祝贺。"您打算怎么处置这份三十万平方英尺[1]的房产？"

"是三十五万六千平方英尺。"刚才始终一声不吭的佛特尼斯补了一句，"瓦尔达拉先生，如果我像您这么有钱，也绝不会放过这份房产。"

返回巴黎前，瓦尔达拉带特蕾莎去看房，佛特尼斯也跟着去了。三人刚下马车，特蕾莎就大为震撼，止不住惊叹："天啊，它看起来像座城堡！"

大铁门后是一条宽阔的车道，通往宅邸门前，两旁种满栗树；车道尽头的大宅有四层，包括两座塔楼，屋顶覆盖着绿色陶

---

[1] 1平方英尺约合0.0929平方米，30万平方英尺约合2.787万平方米。

瓷瓦，瓦片上爬满了爬山虎，叶子正由绿转红，在秋日碧空中勾勒出屋顶的轮廓。秋风呼啸，通往前门的三级台阶被落叶遮住了一半。门边摆着两只装满泥土的大瓷盆，还有几个小花盆，里面的植物早已枯萎。瓦尔达拉举起手杖，指向由四根粉色大理石柱撑起、为前门遮阴挡雨的露台："我要拿玻璃把这里封起来，冬天可以做阳光房。"

佛特尼斯把钥匙插进锁孔，边扭边摇晃。"这些玩意儿全锈了，瓦尔达拉先生，不过我会找人修好的。"

前厅宽敞气派，看起来像个舞厅。左边有一段弧形楼梯，锻铁扶栏，通往二楼。他们走进一个又一个房间。屋里的壁纸片片剥落，光线昏暗，令人压抑。从四楼通往塔楼的楼梯又窄又陡；楼梯拐角处开了扇门，推门出去就是屋顶。佛特尼斯推开门："两位想看看吗？"

特蕾莎惊叫起来："快关上，好吓人。"

他们没有再往上爬。站在只剩残枝败叶的花盆边，瓦尔达拉问妻子："你喜欢吗？"特蕾莎什么也没说，直接搂住了他。佛特尼斯都不敢正眼看他们，心想："还能怎么办呢？为了这样的女人，花再多钱都值得。"

天色渐渐转暗，他们沿环绕大宅的石子路走了一圈。路的右侧有棵大树，树枝紧贴大宅外墙，树叶狭长闪亮。

"那是月桂树，对吗？"特蕾莎问。

"没错，夫人，很少有树能长这么高。"

月桂树边有一口水井，还有两张石头长椅，摆在挂满枯萎紫藤的木架底下。他们穿过湖滨大道，特蕾莎望向空地尽头茂密的树林，心想："这里很美，但也挺吓人的。"他们从蕨类植物和荆棘丛中走过，头顶上传来斑鸠咕咕的叫声。

瓦尔达拉说："这里根本不是树林。这房子刚造的时候，这里肯定是个公园。"

"我想您说得对，"佛特尼斯低头盯着脚下，生怕被绊倒，"这是个废弃的公园。"

不久，他们就走到了池塘边，周围爬满了黑藤。

"瓦尔达拉大人，这个池塘永远不会干，最深的地方超过五英尺[1]。这块地的尽头有三棵雪松，很有些年头了，据说能带来好运。您想看看吗？"

突然之间，藤蔓丛中传出了兽类奔逃的沙沙声。特蕾莎凑到丈夫身边："我们还是走吧。"风越刮越猛，树枝摇曳不定。他们走回湖滨大道，特蕾莎发现天还没黑。

佛特尼斯指向树林边缘的一座小屋。"那是洗衣房，也可以当工具棚用。屋子背面有个门廊。"他说，他会送一些攀缘玫瑰过来，让它们爬满墙壁。"帮我照看普雷米亚[2]乡间别墅的老人总是从他家树上剪枝给我，开出的肉色玫瑰花有您的拳头那么大。"

特蕾莎一点儿也不喜欢巴黎，她觉得巴黎的房子太昏暗，天空太阴沉。而且，她不得不跟人打交道，但那些男士太郑重其事，女士则太过势利。法语老师也总让她觉得不自在。可她连单独待上五分钟也受不了，因为她会开始想念巴塞罗那。一想到远

1　1英尺约合30.48厘米，5英尺约合1.524米。
2　普雷米亚（Premià），巴塞罗那近郊的滨海小镇，巴塞罗那人的旅游度假胜地。

离故乡，她就会焦虑不安。不过，要是跟丈夫同事的太太出门散步，她会觉得更煎熬。怀孕以后，情况越发糟糕。每天下午，她都会想念位于维拉弗兰卡郊区的庄园。

有一天，瓦尔达拉发现她在掉眼泪，便对她说："我们得回巴塞罗那。"他又补了一句："回去定居。我并不在乎我的外交事业，更何况你怀着孩子，事业就更算不了什么了。"他变得越来越容易嫉妒。每次跟特蕾莎一起出门，他都焦虑不安，因为特蕾莎实在太迷人了。

她欣喜若狂，连声发问："真的吗？回去定居？"

"真的，定居。"

她要在巴塞罗那，在自己的家乡生孩子了。

"如果是女孩，"瓦尔达拉对她说，"就叫索菲亚，随我妈妈；如果是男孩，就叫埃斯蒂芬，因为我们是在圣斯蒂芬节遇见的。"

特蕾莎生了个女孩。仍然住在维也纳的华金·贝尔加达来参加了洗礼仪式，因为瓦尔达拉坚持要华金做孩子的教父。华金的大嫂尤拉莉娅做了教母。庄园的翻修工作已经完成，整栋别墅像镜子一样崭新锃亮。不过，园丁手头的活儿还得忙上很多天，要清理道路，除杂草，烧枯枝，还要在栗子树边挖好的花圃里种上牡丹和海棠。一个周日早晨，搬运工还没来得及送来所有家具，瓦尔达拉夫妇就带着仆从搬进了别墅，还带来了一位戴多股项链的优秀奶妈。

春天的雷雨

用过午餐后,特蕾莎坐在餐厅的大窗边,什么都懒得做。如果瓦尔达拉在家,他们会走出家门,像往常一样在花园里散步,看克莱蒙浇花。克莱蒙是他们的新车夫,身形消瘦,鬓角乌黑,眼睛又黑又亮,像煤炭一样。两人婚后不久就雇了克莱蒙,因为他们搬去巴黎以后,为特蕾莎第一任丈夫服务多年的车夫维森斯在巴塞罗那失了业,搬回了故乡伊瓜拉达。克莱蒙和妻子住在马厩上层改建的小公寓里。马厩原先是个旧门廊,瓦尔达拉找人修整了一番,在那里停放马车并畜养马匹。从大铁门就能看见马厩,掩映在紫荆树篱背后,紧靠花园一侧的围墙。由于照顾马匹花不了多少时间,克莱蒙就在花圃里打杂,给那两个每周来几次、动作有点慢的园丁帮忙。三天前,瓦尔达拉和财务顾问佛特尼斯一起离开,去巡视蒙特塞尼山附近的一处庄园。他自从放弃了外交事业,就忙着管理自己的房产。

特蕾莎看见奶妈拎着个小包袱经过,肯定是刚给孩子换过尿布,把脏尿布拿去洗衣房给安托尼娅清洗。能找到这个奶妈真是走运。她名叫埃瓦莉斯塔,长得非常漂亮,眼眸碧绿,肌肤胜雪，让不止一位淑女贵妇眼红。她干净利落，浑身清爽，比花骨朵还要青涩，也许有点太青涩了：每次在花园里看见克莱蒙，她都会脸红。索菲亚刚满六个月，脸小小的，身子瘦弱，焦躁不安，成长过程一点儿也不顺利。奶妈说："我给她喂奶的时候，她都不喝，只顾着玩。"如果特蕾莎想要抚摸孩子，孩子就会转过身去，紧紧搂住奶妈的脖颈，哇哇大哭。"夫人，可别多想，她认得你，就是脾气不好。我想她在长牙，正疼着呢。"特蕾莎听见屋外有人说话。奶妈肯定是在跟厨娘安塞玛聊天。厨娘嗓音尖细，跟她肥胖的身材形成了鲜明对比。

天气闷热，特蕾莎昏昏欲睡，一滴汗珠从她脸颊边滑落。她想起了刚回巴塞罗那时自己送给丈夫的那颗珍珠，是一颗灰珍珠，总是在她心头挥之不去。从她跟已故的前夫去贝古先生的珠宝店算起，后来又发生了多少事啊……她站起身来，走向楼梯。她不记得丈夫离开前有没有戴它了。她在梳妆台上发现了那颗珍珠，跟其他领带夹一起摆在衬垫上。他肯定是怕弄丢了，所以选了另一款领带夹。她微微一笑，但感到有些不安。肯定是天气害的，天空从午餐时分就开始阴云密布。她推开阳台门，没有跨出去，而是借窗玻璃打量自己的身形。她的肚子并不显。助产士说得没错："耐心点儿。如果您能忍得住，好好躺上三四天，肚皮就会跟以前一样平。"每天下午都来做检查的法奎拉医生曾笑着说："这些女人啊，总能想出些怪点子……"特蕾莎没有理会，肚皮上压着三套床单，在床上躺了整整一周，最后肚子像怀孕前一样平坦。但有些东西变了，她的发色变深了，不再是二十岁时的浅栗色。

她到自己的房间转了一圈，然后走回楼下。她坐不下来，便站在前厅，望着镶嵌黑色马赛克瓷砖的水池，出了一会儿神。水池是最后建的：池子中央耸起一只大石盆，盆里盛满用雪花石膏雕刻的葡萄和香梨，喷泉从水果中间汩汩涌出。这个点子是她想的，她越看越喜欢。藏在莲叶间的三朵睡莲刚刚绽放，它们是第一批开的。几周前，她订了一批红锦鲤，但还没送到。她穿过厨房，走到户外。安托尼娅正蹲在地上刷锅，用厨房门边的水龙头冲洗；安塞玛叫她到室外洗锅，因为那锅太重，会蹭花大理石水槽，一旦留下划痕，就算拿去污粉也去不掉。

"我觉得快下雨了。"安塞玛嘴里说着，眼睛一直盯着安托尼娅。

"快下吧，不然我可要憋死了。"特蕾莎抱怨道。

安塞玛舔湿一根手指，举过头顶。"一丝风都没有。"特蕾莎笑了，慢慢穿过湖滨大道，也许能在树下找个凉快的地方吧。她真不明白，明明才五月份，怎么会这么热。

安塞玛目送她远去。"要是她得像我一样把鼻子贴在烤箱上，才有资格喊热呢。"

特蕾莎站在树下，转身望向别墅。她还没在这里住习惯。整个冬天，她都从一个房间走到另一个房间，或是靠在阳台上俯瞰庭院。等壁炉烧起来后，她会在黑暗中跑遍整栋宅子，或是久久坐在自己房间里的壁炉前，眼睛紧紧盯着火苗。现在，她已经习惯了。她继续在树林里散步。云缝间投下一缕阳光，但没能穿透树荫。她听见树上传来了声响：上面肯定有很多鸟。可她不时驻足抬头观望，却一只也没看见。井边的月桂树上有很多鸟。麻雀不停地飞进飞出，疯了似的叽喳乱叫。她走到养珍禽的铁笼前。那座笼子又高又大，顶部是南瓜形状的一颗金球。瓦尔达拉在里面养了孔雀、雉鸡和珍珠鸡。黄昏时分，孔雀会发出诡异的啼叫，隔着老远都能听见。珍珠鸡躺在地上，尖嘴半张。她一走近，它们就站了起来。有只雉鸡站在笼子中央的枯树上，斜着眼睛打量她。她打开笼门，走了进去。"小家伙，小家伙……"她走向站在枝头一动不动的雉鸡，从它尾巴上拔了一根羽毛。它还是一动不动，大概是病了。饮水槽里的水浑浊不堪——她应该告诉蒙黛塔，再狠狠训她一顿。蒙黛塔是家里最年轻的女仆，负责照顾动物。"这么可爱的鸟儿，竟然喝脏水……"珍珠鸡全挤在角落里——黑乎乎的一团，只看得见羽毛上的浅色斑点，还有它们小小的脑袋。她觉得应该让笼门敞开，如果它们能在树下自由活动，也许能过得快活点儿。关上笼门离开前，她忍不住问它们："你们不觉得吗？"离铁笼不远的地方，池塘绿幽幽的，池水近乎黑色，里面全是游来游去的蝌蚪。她拎起长袍下摆，走向最远处的围墙。走到墙边之前，先经过了一片空地，那里矗立着三棵雪松。三棵树靠得很近，都颇有些年头了。那就是据说"能带来好运"的雪松。高高的墙头嵌着碎玻璃，她摸了摸墙壁："你是我的。"说完，她笑了起来。她喜欢触摸属于自己的东西，这个习惯是从哪里学来的？她转过身，蹑手蹑脚地从笼边走过。雉鸡站在枝头昏睡，珍珠鸡躺在地上，眼睛紧闭。她听见树上传来斑鸠咕咕的叫声，但无论是她还是瓦尔达拉，都没亲眼见过那些斑鸠。要是她有胆量开口，肯定早就叫人把树砍了；那些树一棵挨一棵长得那么密，真是叫人不可思议。随着时光流逝，情况会越来越糟,因为每棵树都会抽出新枝。瓦尔达拉让人在铁笼周围和其他一些地方种了丁香,那些花儿含苞待放。"要是他叫人把丁香种在太阳底下,肯定早就开了。"一切都那么幽绿、那么昏暗……一只大蜥蜴从她脚边嗖地蹿过,消失在一丛青草后面。

晚餐吃到一半,特蕾莎就叫女仆格蒂丝换掉壶里的水,说水不够凉,还请她再拿些冰块过来。就在这时,一道闪电划破天际,照亮了整条湖滨大道,就连远处的树林也能看得清清楚楚。格蒂丝愣在门边,手里拎着水壶,整个人像被定住了似的。雷声随即炸响,接着雨就下了起来。第一阵雨点又大又稀。特蕾莎已经不觉得饿了,便推开餐盘,抓来装坚果的小篓。她听见有人往楼上跑,肯定是索菲亚被吓醒了。

"她一下午都好紧张,一直在吐奶。她有点不舒服。"奶妈抱着号啕大哭的孩子进了餐厅,对特蕾莎说。

又一道闪电照亮了整片天空。奶妈把索菲亚的小脑袋按在自己肩头。特蕾莎屏住呼吸,等待雷声响起。天空就像被撕裂了一样。她手里攥着胡桃夹子,浑身颤抖地站起身来。刚从厨房回来的格蒂丝脸色惨白,声音低得几乎听不见:"我把壶摔了,夫人,真抱歉……"

特蕾莎根本没听她说,只顾连声吩咐:"赶紧去告诉她们,关上所有百叶窗,确保阳台门全关好了。"她根本没意识到自己在做什么,就钳开了一颗坚果,扔在桌上。"奶妈,你觉得呢?我们去客厅吧,那里安全些。"

她们穿过前厅的时候,听见了从门缝下钻进来的风声。进了客厅后,她们缩在沙发一角。月桂树的枝条抽打着外墙。

"它好像想进来。"奶妈边说边给索菲亚擦眼泪。索菲亚哇哇大哭,像是有人要害她似的。格蒂丝拉开窗扇,去关外面的百叶窗,不想雨打到自己脸上,她就稍稍前倾探手过去,百叶窗两次从她手中挣脱。索菲亚还在哭,奶妈想让她安静下来,便开始喂奶;孩子摇头晃脑,就是不肯喝奶。

"别管她了,奶妈,别费劲了。"特蕾莎神经紧绷,觉得该转一圈看看有没有出事。安托尼娅坐在厨房角落里,洗到一半的碗扔在旁边,正在呜呜地哭。特蕾莎看都没看她一眼。

"给大家煮点浓咖啡吧,安塞玛,"她径直对厨娘说,"等这姑娘好些了,就让她把白兰地和酒杯端过来。"离开厨房前,她转身补了一句:"如果你们害怕的话,就一起过来吧,大家都来客厅。"

她站在楼梯底下,听见楼上传来"嘭"的关门声,看见费罗梅娜跑下楼来。"是塔楼上的阳台门,可我不敢爬那么高。"

特蕾莎拉住她的胳膊:"跟我来。"

她们爬上三楼,点燃了一根蜡烛。可刚走到楼梯口,一阵大风吹来,蜡烛灭了,她们不得不摸黑下楼去。客厅里,奶妈正在摇晃索菲亚。小姑娘平静了一些,但仍然时不时抽泣。"可怜的小家伙,"特蕾莎看着她,心想,"连我都吓得够呛呢。"她有点儿想哭。她母亲就很怕闪电,每次打雷都会捂住耳朵。特蕾莎想:"要是她还在世的话,我会让她活得像个女王。"

厨娘安塞玛和安托尼娅端来了咖啡。最后进屋的是格蒂丝和蒙黛塔,她们在特蕾莎和费罗梅娜回来以后,上楼去关塔楼的阳台门。门上的插销坏了,她们不得不拿熨衣板封住百叶窗。大家都默然不语,似乎被吓坏了,不知该说些什么。蒙黛塔说,她小时候，在她出生的小镇上，有个男人就是被雷劈死的。费罗梅娜坐在地板上，因为沙发上已经没位置了，而她又不敢离开房间去搬椅子。每次有闪电划过天际，格蒂丝都会在胸前画个十字。安塞玛端起杯子凑到嘴边，每喝一口都先吹一下，不耐烦地训格蒂丝："你画够了没？"特蕾莎站起身，打开窗户，透过百叶窗的缝隙，能看见一条小溪蜿蜒流过庭院。她正准备关上窗户，突然被闪电吓了一跳，夜空仿佛被它撕成了两半。"它打中了墙边的月桂树。"安塞玛走到她身边说。刚睡着的索菲亚又被吓醒了，咧开小嘴哇哇大哭。"夫人，"奶妈说，"她长牙了。"特蕾莎伸手掀起孩子的嘴唇，看见她上牙床一侧露出了一个小白点。

黎明时分，雨势减弱了一些，只听见雨水顺着檐边水槽流下的声音。费罗梅娜躺在地板上，大咧咧地睡着了。特蕾莎说"别弄醒她"，然后就跟其他姑娘一起出去清点损失了。户外空气清爽，乌云也散了，井边多了个大水坑，只剩半截的月桂树仍然屹立不倒。克莱蒙头戴遮耳帽，脚蹬破烂的旧鞋，正在拽倒地的半截月桂树。听见特蕾莎和姑娘们的声音，他便抬起头来："我正打算把它挪走呢，免得挡路。树遭殃总比人遭殃好，您说是吧，夫人？"

第二天下午，当一切重归平静之后，安塞玛告诉特蕾莎夫人，她的外甥女阿曼达要第一次领圣餐了[1]。

"夫人，我能请个假去参加吗？"

特蕾莎同意了。

---

[1] 第一次领圣餐是天主教会的传统仪式，参加者通常是 7 至 12 岁的儿童。

华金在巴塞罗那

瓦尔达拉坐在书桌前,背对窗户,拆开了最后一封信。读到一半,他就对特蕾莎说:"华金说他下周会过来,要在巴塞罗那待上几天。我想请他来这里住。"

特蕾莎像往常一样在书房用早餐。她呷了一口咖啡,抬起头来。"他住他哥哥家不是更好?不过,如果你想的话……"

华金是周六下午来的。他请他们不要去接,结果因为车夫找不到别墅,在附近转了好几圈,浪费了将近半小时。瓦尔达拉觉得他似乎老了一些,但嘴上还是说:"你一点儿都没变。"

"你也是。"华金给了他一个大大的拥抱,然后走向特蕾莎,亲吻她的手:"打扰了,特蕾莎,你比我来参加孩子洗礼的时候还要美。"

只听见噔噔的脚步声,索菲亚冲了进来。她现在已经四岁了。华金让她坐在自己膝头。"我都快认不出来了。"

特蕾莎心想:"这话倒是没错!他上次见她的时候,她还裹着尿布呢。"

索菲亚有点儿害怕,问:"这是谁呀?"

"我是你的教父。"华金边说边伸出手指，抹了抹她一边的眉毛，又补了一句，"你这双日本人的眼睛在瞧什么呢？"

特蕾莎不乐意了，牵起女儿的手，领着她往外走。"我们走吧，你挡着别人的道了。"走到门边，她转过身对华金说，"我会叫人把你的行李箱拿上来。"华金的到来让她颇感疲惫。

华金三年前被派驻哥伦比亚首都波哥大。他非常想念欧洲，尤其是维也纳。来巴塞罗那之前，他在维也纳待了几天。他跟瓦尔达拉一直聊到天黑，聊起了共同的新朋老友。维也纳变了许多。

"你还记得那个英国参赞的太太吗？你也知道，我一直爱着她。几年前，她丈夫过世了，所有人都以为她会回伦敦，结果她跟曼努埃尔的儿子跑了，那人足足比她小八岁。他们设法遮掩了过去。"他在波哥大难过得要命，"我怎么结得了婚？想在那儿找到一个不用丝带系头发、不弹钢琴的姑娘，简直难如登天。显然你从来没去过那里。更何况，你也知道我的麻烦事……"

没错，瓦尔达拉清楚得很。华金刚开始追求某人的时候，一切都顺畅无比，可是过不了多久，对方就会叫他滚蛋。华金说起自己的麻烦事时表现得满不在乎，可他显然情绪低落。

"你知道吗，我真想说'统统见鬼去吧'。我真想回来定居，像你一样！"

"可别这样。"瓦尔达拉脱口而出。过了一会儿，他勉强补了一句："你不适合被流放到巴塞罗那。"

华金还没来得及回答，房门突然开了。身材苗条、面色红润的格蒂丝走了进来，手里端着摆满各色酒水的托盘。她离开后，华金说:"你瞧见了吗？要是有这样的姑娘愿意要我,我下一秒就会娶她。"

"你品位还不错,"瓦尔达拉笑着说,"可她已经订婚了。"

华金站起身来,端着酒杯,走到窗前。

"你瞧见了吗？要么是她们离我而去,要么是我来得太迟。"

他望着窗外,纹丝不动。窗外不远处有个圆形大花圃,里面的鲜花五彩斑斓。

"哇,多美的花！"他轻声赞叹。

瓦尔达拉走到他身边,语气沉郁地说:"那是长寿花。"华金吓了一跳,扭过头来打量他。瓦尔达拉站在朋友身边,面朝花园。是的,他看起来不一样了,但说不出是哪里变了。也许是皮肤晒成了古铜色,颧骨更显突出了,鼻翼翕动的幅度也大了些。也许吧。华金看得出瓦尔达拉十分忧郁,心道:"也许他还想着她,可怜的芭芭拉。我最好当心点,可他说不定想谈谈那事。"瓦尔达拉已经走到了窗边,额头抵着玻璃。华金揽住了他的胳膊。"我该对他说些什么。可我能跟他说些什么呢？"他意识到瓦尔达拉抬起了头,声音微不可闻。"没事的,华金,没事的。你什么也不用说。"

天色渐渐转暗,只看得见映在花园围墙上的树影。突然,他们听见一阵尖锐的啼叫。

"养这些畜生还真是个好点子！"瓦尔达拉转过身,背对窗户。现在,逆光望去,华金发现他的朋友看上去似乎又年轻了。

"什么畜生？"

"孔雀。我太太一直缠着我不放,我只好买了六只回来。"

华金松了口气。他差点打开了凄惨的回忆之门,尽管他并不喜欢那么做。但谁想得到,那段罗曼史只持续了短短两周而已。

孔雀叫个不停。

"它们怎么了?你确定它们不是饿了?"

"我确定,它们每天都这样。每天一到这个时候,它们就坠入爱河了。"

华金忍不住哈哈大笑。"想象一下,要是我用这种叫声向那英国女人求爱!"

瓦尔达拉用力拍了拍他的后背。"我们起码会收到一份外交照会。"

他们笑了一阵子,等到笑累了,便默默对坐。

"你府上富丽堂皇,过得如你所愿,太太又那么漂亮。只不过,我觉得她一点儿都不喜欢我。"

瓦尔达拉安慰他:"别乱想。听说你要来,她可乐坏了。"

"你说是就是吧。"

这时,特蕾莎打开了房门。"屋里这么黑,你俩在这里做什么呢?"

当天晚上,她为晚餐梳妆打扮的时候,瓦尔达拉走进房间告诉她,自己下周要去维拉弗兰卡郊区的庄园,会带华金一起去。

"我觉得他心情不好。我敢打赌,他肯定遇上了什么事。"

正在别钻石胸针的特蕾莎心想,华金是个大傻瓜。"挺好的。那样的话,他就不会待在这里烦我了。不过相信我,没什么好担心的。他来参加我们女儿洗礼的时候,还爱上了日本领事的夫人呢,你还记得吗?"

两人在维拉弗兰卡郊区待了三天,华金彻底爱上了那里的庄园。

"多美的葡萄园!还有那些门廊!你该多来这里的。我都待得不想走了。"

两人吃完甜点,坐在餐厅里没有起身。

瓦尔达拉感到心满意足。

"我所有的房产都很棒。但我更喜欢金塔纳,因为那里有松树。"

华金跷着二郎腿听他说,显得心不在焉。

"你要那些松树干吗?"

"当然是拿来卖了,不然呢?"

趁他们没注意,索菲亚进了屋,静静走到父亲身边,跟他道晚安。

华金拉起她的一只手。"过来。你知道你长了双日本人的眼睛吗?"

特蕾莎在门外喊索菲亚,索菲亚跑了过去。"那位先生又说我的眼睛像日本人。"

房门合拢之前,瓦尔达拉听见了他太太气呼呼的声音:"别听他瞎说。"

第二天,他们去了利塞乌剧院。拉斐尔和尤拉莉娅邀请他们去私人包厢听歌剧《茶花女》,因为他们知道瓦尔达拉夫妇有多爱这部戏。特蕾莎穿了一条白缎长裙,戴上了瓦尔达拉为庆祝女儿出生送她的钻石项链,项链上镶了七颗红宝石,好似七滴红泪。他们坐在前厅等了将近半小时,华金才下楼。

"他会害我们迟到的。"特蕾莎怒气冲冲,瓦尔达拉则时不时地望向楼梯。华金缓缓走下楼梯,看起来像个模特。他边走边吹口哨，哼着《茶花女》第三幕的旋律。三人走进包厢入口处时，歌剧已经开演好一阵子了，舞台上传来的男高音，演唱的是咏叹调《饮酒歌》。

拉斐尔肯定是听见了他们的声音，掀开门帘迎了上来。"我太太还说你们不来了呢。小声点。"

特蕾莎把斗篷搭在高脚凳上，走进包厢，坐在尤拉莉娅身边。她们不像过去那样经常见面了，两人的友谊已经淡了许多。尤拉莉娅压低声音问："你们怎么回事呀？"

"没什么，还不是你家小叔子喜欢悠着来。"

中场休息的时候，三位男士出去抽烟。

"你看起来真美。"特蕾莎称赞尤拉莉娅。她穿了一条亮蓝色绸裙，镶边是黑色的尚蒂伊蕾丝[1]。

"你也是。"

两人坐在包厢里，看着观众席一点点变空。

"我神经一直紧绷着，都快受不了了。我跟你说，华金快把我逼疯了。"

"他很久以前就把我逼疯了。要是你看过他写给我们的信……他是那种一辈子都在犯傻，然后不停抱怨的家伙。"

特蕾莎理了理项链，正打算回答，却发现尤拉莉娅在打量她，似乎想告诉她什么，可又不敢说出口。

"怎么了？"

"没什么。我不该向你提这事的。我们刚知道，他要为维也

---

[1] 尚蒂伊蕾丝，起源于十七世纪法国的顶级蕾丝，以法国城市尚蒂伊命名，通常用丝绸线轴手工编织而成，以复杂的花卉图案为特色，色彩多样，黑色是最常见的一种。

纳那件事负责。"

特蕾莎看着她。"什么意思？哪件事？"

"好像是他劝了又劝，才把那姑娘介绍给你家先生的。那可怜的姑娘，是个无名小卒，靠拉小提琴谋生。整件事实在太可怕了，就因为华金怎么也甩不掉她。"

特蕾莎心想："亲爱的姑娘啊，你肯定很羡慕我。"她想换个话题，但尤拉莉娅一脸兴奋地接着说："惨的是她寻了短见。要是说闹出了丑闻，那是因为华金到处散布消息。他这个人啊，你可千万别信。"特蕾莎有些心烦，但还是微微一笑。"都是老生常谈了，还是别说了吧。"她还不知道那姑娘寻了短见。她心想："那姑娘比他值得同情，或者说比我值得同情。"她顺手从护栏上拿起手包，打开又合上，没掏出什么。

"下半场怎么还不开始？"

"再等等，马上就要开始了。"

尤拉莉娅瞄了一眼包厢入口处。"趁男士们回来之前，我还要告诉你一件事，你可能会觉得有点儿意思。里埃拉律师的妹妹玛丽娜似乎在音乐会上见过你丈夫几次，每次他都是一个人。她觉得奇怪，问我你怎么没去。我告诉她，你不喜欢音乐。不然，我还能说什么呢？"

特蕾莎很惊讶，觉得有点儿不自在，但佯装平静地说："你也知道，不是我不喜欢音乐，只是有时候他叫我一起去，我不太想出门。我觉得两个人不该时时刻刻黏着。"

中场休息结束，观众纷纷归位。特蕾莎看见尤拉莉娅冲一位先生挥了挥手，那位先生走进了前面的包厢。他身材高大，古铜肤色，前额搭着一缕刘海，身边陪着个美人儿。"那是谁呀？"特蕾莎问。

"你不认得他吗？"

三位男士回到包厢之前，还有充裕的时间闲聊。尤拉莉娅告诉她，那人是里埃拉律师。"全巴塞罗那的人都认得他。旁边的女士是他妹妹玛丽娜，就是她跟我说了音乐会的事。"

华金离开的前一天，在晚餐时对瓦尔达拉说："你知道我在想什么吗？你可以把维拉弗兰卡郊区的庄园卖给我，反正你从来都不去。我可以在那里过下半辈子。我已经开始厌倦一切了。"

特蕾莎什么也没说，只是睨了他一眼。晚餐后，瓦尔达拉和华金去了书房，在里面待了很久。回到卧室后，瓦尔达拉显然十分激动。"华金简直是疯了。你知道他为那庄园开了什么价吗？是个天价！我不知该怎么办才好。当然，我告诉他，我会考虑一下。我想找里埃拉律师聊聊，听听他的意见。"

特蕾莎怎么也睡不着。她没敢提醒瓦尔达拉，他们是在那座庄园度的蜜月，那份产业实在太棒了，绝不能落进那浑蛋手里。那浑蛋觉得他们女儿有双日本人的眼睛。他过不了几天就会腻味，佃户会冲他扔石头，把他赶跑。突然，她恍惚觉得自己手里还托着那朵苹果花。

黎明时分，瓦尔达拉起身去洗手间。等他回来的时候，特蕾莎已经从床上坐了起来。"你知道我怎么想吗？如果华金想远离城市，安安静静地过日子，身边没有女人可勾引，最好是去修道院待着，别来烦我们！"

瓦尔达拉问："你是睡不着吗？"

男孩赫苏斯

圣特蕾莎节[1]那天中午，有人敲响了瓦尔达拉别墅的大门。这有点儿奇怪，因为通常在那个时间段，只有送货员会上门，而他们都知道侧门从不上锁。格蒂丝去开门，边抚平围裙边想："他们肯定是给夫人送礼物来了。"门外是个十来岁的男孩，头发梳得整整齐齐，手里捧着一束花。

"你有什么事吗？"

男孩说他是瓦尔达拉夫人的教子，是来祝她命名日快乐的。两人并肩走过栗树下时，格蒂丝才意识到，她根本不知道夫人有个教子。她正打算问他叫什么，却发现他抬头看着她。"拽门铃的绳子其实是在狮子嘴里，对吗？"

格蒂丝说："没错。有时候它还会咬人呢。"

男孩哈哈大笑。进屋前，他十分镇定地在地垫上蹭了蹭鞋底。"稍等，我先去通报一声。"格蒂丝让他在前厅等着，自己进屋去通报夫人。男孩乖乖待了一阵子，但没过多久，他就凑上去

---

[1] 每年10月15日是圣女特蕾莎（1515—1582）的纪念日。

瞧从石盆边缘洒落的喷泉。他走到池边，蹲了下来。水里有许多大红鱼，身上有黑色斑点，在大叶子底下游来游去，那些叶子像是蜡做的。他只在爸爸带他出去玩的时候，在公园里见过那种花。有些花是白色，有些则是粉色。他见周围没人，便小心翼翼地伸出一根手指，摸了摸离自己最近的那朵花。他认真打量手上有没有留下粉尘，直到被人推了一把，才意识到身边多了个人。他吓了一跳，扭头看去，发现是个衣着时髦的小姑娘，留着一头长长的鬈发，看起来像个洋娃娃，眼睛直勾勾地盯着他。

"这些花不能碰，"她气冲冲地大吼，"要是你再敢乱碰，我就告诉大人去。"

她站在他身边，问他叫什么名字。

"我叫赫苏斯。"

她冷冷地看着他："我叫索菲亚，是这家的女儿。"她没有再说什么，径直上楼去了。跑上二楼之前，她倚在楼梯扶手上，冲他吐舌头。赫苏斯·马斯德乌有些丧气。但过了一会儿，他抬头望了一眼女孩消失的楼梯，回到水池边，又摸了摸那朵花。

格蒂丝带他进了客厅。"坐下吧，别打破东西。"

赫苏斯·马斯德乌几乎没听见她说话。他仍然站在门边，简直不知该往哪里看：天花板好高好高，以形状各异的木片镶嵌而成各式各样的图案；窗户两边垂下灰丝绒窗帘；沙发上方挂着巨幅油画，画的上半部分是个大蒜编成的花环，底下摆着个南瓜，旁边躺着两只兔子摆件和一捆茄子。门边立着个大花瓶，里面插了几根羽毛，羽毛顶端的图案像眼睛。赫苏斯从远处冲它们吹了几口气，然后蹑手蹑脚地走到房间中央。那里摆着一张带脚爪的桌子，旁边有一把鎏金的红色扶手椅。他摸了摸椅背，马上缩回了手：表面有小绒毛，害得他打了个寒战。桌子后面，靠墙的地方，摆着一座亮闪闪的黑色橱柜，每扇柜门上都有贝壳镶成的古怪武士，手里拿着金灿灿的长刀。

特蕾莎推开房门之前，先从门缝往里瞄了一眼。几天前，她去拜访了早已不怎么出门的阿德拉姨妈，说自己想跟那个男孩熟悉一下。她们决定写信给米奎尔·马斯德乌，请他在圣特蕾莎节让孩子来别墅一趟。

阿德拉姨妈并不是太热衷："你不觉得保持原样更好吗？"

特蕾莎当时不觉得，直到现在，那个瘦瘦小小的男孩，穿着学校统一发的罩衫，手里捧着花束，站在她面前。赫苏斯觉得有人在看自己，便面对橱柜站着不动。

"你喜欢这些武士吗？"

他慢慢转过身，看见一位白衣胜雪的美艳贵妇。"是的，夫人。"

"你为什么不坐下呢？"贵妇坐在椅子上，指了指他面前的小凳。特蕾莎不知该说些什么。她在他的脸上仔细搜寻，却什么也没找出来。最后，她不禁心生爱怜，问道："你多大了？"

"我马上就要十一岁半了。"

十一年过去了！时间过得真快啊。那些在闹市区度过的夜晚，与米奎尔·马斯德乌的相依相偎，那些爱意融融的片段，那些纯真美好的时光，最后只剩下这个慌乱的小家伙。特蕾莎看着自己的儿子：肤色好似橄榄，乌发犹如黑莓，嘴唇薄薄的，而鼻子……

"你鼻梁断过，对吗？"

赫苏斯伸手摸了摸鼻子，笑了："我从树上摔下来，把鼻梁摔断了。"

"肯定很疼吧。"他还没来得及回答，她又接着问，"你是自己一个人来的吗？"

"不，夫人，爸爸陪我来的，他在街上等我。"

特蕾莎别过头去，双手绞在一起："你想吃甜点吗？"

"不用了，夫人，谢谢。我刚吃过早饭。"

"你渴吗？"

"不渴，夫人，谢谢。"

两人默默对坐了一会儿。赫苏斯想看橱柜上的武士，但又不敢盯着那边看。特蕾莎突然指了指墙："你想拽拽那根铃绳吗？"赫苏斯走上前，怯生生地拽了一下，似乎生怕拽断了。

"用点儿力，多拽几下，不然没人听得见。"

菲利西娅走了进来，瞄了一眼那个男孩。格蒂丝已经告诉过她，男孩是夫人的教子。

"打包一些甜点，多装点巧克力。"特蕾莎说话的时候，才意识到男孩还捧着花：五六朵黄色康乃馨，还有一团云朵似的小白花，肯定是为她准备的，可他不敢递给她。

"这些花是给谁的呀？"

赫苏斯立刻送上花束。"是给您的，祝您节日快乐。"特蕾莎伸手接过，却不知该拿它们怎么办。

特蕾莎站起来，背对着男孩。将花束搁在桌上之前，她瞄了一眼自己的手。这双手已经跟穷困潦倒的时候大不一样了。过去一到冬天，她的手就会冻得通红，指甲开裂，跟她母亲一模一样。每次特蕾莎去摆摊卖鱼之前,母亲帮她戴上套袖,把深蓝色围裙系在她皱巴巴的裙子上时,总会检查她的双手。"这些花真漂亮,赫苏斯。"有件事她早就想问了,"你妈妈爱你吗?"

赫苏斯知道不能撒谎。"我也不知道。她说我得努力学习,长大后才能做个绅士。爸爸也说我得做个绅士。"

不到半小时前,格蒂丝告诉她有个男孩要见她时,特蕾莎不得不先坐下缓缓,因为她脑袋发晕,看什么都模模糊糊。但此时此刻,男孩看起来忸怩不安,说起话来活像背书……不,这孩子一点儿也不像她。她在期待些什么呢?男孩坐在她面前,看起来怪怪的,跟她奢华的生活格格不入,倒像是对她的谴责。菲利西娅带着一包甜点回来了,包装纸十分精美,上面还捆着金绳。

"把这些花插进花瓶,再拿回来。"

赫苏斯把甜点包裹搁在大腿上,眼看着女仆拿走了花束。特蕾莎对他说:"请稍等。"她一去就是很久。回来的时候,她看见赫苏斯站在橱柜边,在摸上面日本武士的脸。她心想,他肯定很喜欢摸东西,这一点倒是随便。她走上前,递给他一个信封。"拿好了,可别弄丢了。你能来看我,我很高兴。不过,时间不早了,你也该走了。"她忽然百感交集,摸了摸他的鼻子,补了一句,"以后可别再爬树了。"

格蒂丝在前厅等着他。赫苏斯离开前瞥了一眼楼梯,那个女孩站在楼上打量他。他迅速扭过头去,不让她有机会冲他吐舌头。走到石头喷泉边,他突然停下了脚步,在他面前,正门两侧,像有火焰在燃烧。那里有四扇椭圆形的花窗,每扇窗户中间都有个盾形纹章,阳光透过彩色玻璃照进来。格蒂丝转身催他:

"快跟上。你该走了！"走在栗树下，赫苏斯心中喜忧参半。不过，看见爸爸站在离大铁门很远的地方等自己，他一下子开心起来，跑了过去，递上信封。把信封塞进口袋之前，他爸爸打开瞧了一眼，看见里面有若干枚小金币。

从那天起，赫苏斯·马斯德乌就时不时去拜访教母。十四岁那年，他告诉教母，他开始跟着画家学艺了。

"你画什么？"特蕾莎问。

"现在还没开始画，还在给阿维利先生打下手，不过很快我就会像他一样画壁画了。"他还说，业余时间他每周上两节绘画课。"我想当大画家，给人画肖像。"

蜜蜂与紫藤

两人坐在井边的紫藤架下,特蕾莎问尤拉莉娅:"怎么不脱帽子?脱了会舒服些。"

"不了,戴回去太麻烦了。你喜欢吗?"尤拉莉娅的帽檐上站着一只栩栩如生的青鸟,眼睛乌溜溜的,鸟身被网纱遮住了一半。

特蕾莎心想:"这些细皮嫩肉的女人花期真短。"尤拉莉娅脸上已经出现了小细纹,在烛光下还不明显,但在阳光下暴露无遗。菲利西娅推来小推车,将茶具逐一摆上桌。

"她跟了你挺久了,对吧?"女仆离开后,尤拉莉娅说,"真不知你是怎么办到的。我家女仆待上三年都难。"

特蕾莎微微一笑。"她是同一批里最后一个了。格蒂丝回去结婚了。还有蒙黛塔,你可能不记得了吧,她回去照顾父母了。"她把装柠檬片的小碟推了过去。

"不用了,"尤拉莉娅立刻婉拒,"我只加奶,因为奶味能盖过茶味。你也知道,我没那么爱喝茶。"

索菲亚从屋里走了出来,穿了一身白,像只小白鸽,手里拿着带套的球拍，上前跟尤拉莉娅打招呼。"您好，教母。"她边说边偏过脸，让教母亲吻。

"你一天比一天漂亮了，孩子。过不了多久，你就该有未婚夫了。"

索菲亚告诉教母，她不喜欢年轻小伙。"我喜欢上了点儿年纪的绅士，两鬓斑白的那种。"说完，她就笑着离开了。

尤拉莉娅脱口而出："再过几年……"她也不知自己想说什么，于是就没再说下去。但特蕾莎意识到，尤拉莉娅本打算说些不妥的话。

"别说白头绅士的坏话啦。我丈夫已经开始长白发了，可他看起来比我第一次见他的时候还帅气。问题就在于，你教女恰好爱上了她爸爸。"特蕾莎拎起茶壶，斟满茶杯，"只要我们说起这事，她就会发脾气。小路易斯·洛卡经常带她去打网球，已经有一段时间了。她喜欢吸引男孩的关注，但是等着瞧吧，她最终会选择一位成熟男士的。她会没事的。"

尤拉莉娅猛地将茶杯搁在桌上，挥手驱赶绕着糕点托盘打转的几只蜜蜂。特蕾莎不禁笑了。"别怕，我们把它们训练得可好了……如果有必要的话，我丈夫会过来帮忙的。"

瓦尔达拉穿着外出的套装，朝她们走来。

"我们正说起你呢。"尤拉莉娅对他说。瓦尔达拉吻了她的手，然后问起拉斐尔的近况。

"我们几乎见不着面。他一直泡在工厂那边，为工人的事头疼。"

"那你有华金的消息吗？有人告诉我，他可能会去首都马德里，进外交部。"

"我们也听说了。但上周我们收到他的一封信,他没提要搬家。他正打算出书呢,满脑子装的都是那个。"

"出书?"

"对,一本关于他爷爷的书,他爷爷是个法学家。我们都很激动。"

他们又聊了一会儿。最后,瓦尔达拉说他正打算去巴塞罗那文体中心。

"你也在写书吗?"尤拉莉娅笑着问他。

"不,我是去上击剑课。"

两位女士默默对坐了片刻,目送瓦尔达拉离开。

"要换个新杯子吗?有朵花掉进去了。"

尤拉莉娅用茶匙挑起花,搁在茶碟上。"不用了,谢谢。"她又呷了几口茶,就用餐巾盖住了杯口。"能晒晒太阳真好,但我和拉斐尔都喜欢待在屋里。"

"这就是为什么你脸色这么苍白。晒晒太阳对你有好处,明天你看起来会更美。"她们能听见鸟儿在月桂树上唱歌,紫藤花纷纷飘落。

尤拉莉娅把花全抖落了下去。"你知道玛丽娜·里埃拉嫁给了夸特卡斯铁厂的继承人吗?那人富得流油,能用金子把她埋起来。"她拈起一块糕点,咬了一小口,"她还挺走运。她年纪可不小了呢。婚礼上,我坐在她哥哥旁边,就是那个律师。你认识他的,对吧?"

"你不觉得风太大了吗?"特蕾莎说着,又给自己添了些茶。

"不大呀。你懂的,那是个能让我犯傻的男人。就是那种盯着你看,你就想脱衣服的人。他的工作是帮人立遗嘱,那种事肯定能让他兴奋。当然,他太太就没什么好说的了。"她的话匣子一打开就关不上了,只是时不时抬起头,瞥一眼在紫藤花丛中飞舞的蜜蜂,"你想得通吗?那男人想要什么美女不行啊,怎么会娶了最丑的那个?"

"这样的男人多得很。"特蕾莎喃喃说道,突然心生警惕。

尤拉莉娅接着往下说:"可是,那个可怜虫不光长得不行,人家说她脑子也不大好。他肯定是求之不得。他很有礼貌,也很严肃,但我确定他有个情人,一个很不错的情人。"

她沉默了一会儿,又补充说:"当然啦,她也没什么可抱怨的。她耳环上的钻石足有榛子那么大呢。"

特蕾莎猛地摇了摇铃,召唤仆人。

"哎呀,吓我一跳。"

"如果我不摇响一点,她们就会假装没听见。"菲利西娅随即出现,特蕾莎让她添些热水。"不,桌子不用擦了,这些花掉在桌上挺好看的。"然后,她转身面对尤拉莉娅,问她要不要再用些茶点。"不要了?那就撤下去吧,菲利西娅。有甜点的香味在这里,蜜蜂都快把我们逼疯了。"

菲利西娅撤走托盘之前,尤拉莉娅又拈起了一颗糖渍樱桃。"再吃最后一颗吧。我觉得已经吃得太多了,可它们实在是太好吃了。"她又用同样的语气补充说,"如果我是男的,肯定不会娶一个叫康斯坦西娅的女人。"

"康斯坦西娅?"

"对。她那人本来就不怎么样,名字还叫康斯坦西娅[1]。好了好了,说够了,要不然你该觉得我太八卦了。你呀,我真不知你是怎么办到的,你从来都不说别人的坏话。"

特蕾莎掂起一朵花。"我呀,我只喜欢美好的东西。"她把花放进嘴里,吃了下去。

"你真是疯了!你确定不会得病吧?噢,我刚想起来,你知道贝古去世了吗?他得了病,在床上躺了八天,然后就再也没爬起来。"

"那个卖珠宝的?"特蕾莎觉得往昔的一幕幕还历历在目:那盏绿色灯罩的台灯,他领带夹上的珍珠,殷勤的态度,还有那些痛苦煎熬的时刻。

"不过,生意还会继续做下去。他儿子已经接手店铺开始卖珠宝了。"

"她为什么要对我说这些?"特蕾莎暗忖,"总不可能是……"两三只蜜蜂朝她们飞了过来,尤拉莉娅吓得一下子跳了起来。

"我该走了,已经不早了。我怕被蜜蜂蜇到。"她伸手掸掉了落在裙摆上的点心碎屑。

特蕾莎心想:"你怕?你还什么都没见过呢。"接着,她大声补了一句:"你走之前,我给你摘几朵玫瑰吧。"

她领着尤拉莉娅走向洗衣房,那面墙上爬满了盛放的玫瑰。"请在这里稍等一下,里面肯定有剪枝的工具。"她走进洗衣房,拿着修枝剪走了出来,"我们刚买下别墅的时候,佛特尼斯送了

---

[1] 康斯坦西娅,原文为 Constància,有"恒心""耐心"之意。

我们一些玫瑰枝,是海滨小镇普雷米亚的品种。"她平静地剪着玫瑰,选的全是还没完全绽放的。

尤拉莉娅突然尖叫起来。

"快点,特蕾莎,你没看见这里全是蜜蜂吗?"

特蕾莎转过身。"遮好你的脸,这里的蜜蜂特别凶。"

尤拉莉娅快步朝大宅走去。特蕾莎集满一束玫瑰后,也缓缓跟了上去。她穿过厨房门时,看见阿曼达站在炉膛边。"你能叫菲利西娅把这些花扎起来吗?"

尤拉莉娅早就迫不及待地想离开了。她问特蕾莎,能不能借用洗手间梳洗一下。"在太阳底下晒了那么久,我怕是没法看了吧。"

春季大扫除

阿曼达在厨房里兜了一圈,既然一切都井井有条,她想自己可以上楼休息一下了。一路上,她可以检查其他姑娘做得怎么样。虽然阳台门大敞着,但能闻见浓浓的薰衣草味:气味来自两只橱门半掩的衣橱。那是家里最大的两只衣橱,专门用来放旧衣服的。阳台门边的两只小衣橱里放的是床单桌布什么的。一摞冬装大衣放在椅子上,大衣防尘套散落在地。克里斯蒂娜正在收拾大衣,把它们扔进大提篮,准备送去洗衣房。

"来呀,阿曼达,快来帮我们赶蛾子。"衣橱里传来了西蒙娜的声音,她正钻在里面掸灰,"可别把我锁在里头啊,我可不想憋死。"

熨衣板旁边摆着个大纸盒。路易莎轻声哼着歌,正在叠衬裙。她把叠好的衬裙搁进柳条筐,又拎起一件领口袖口带蕾丝花边的睡衣。接着,她拿蜡包抹了抹熨斗,朝旁边一努嘴。

"你喜欢老古董不?"

阿曼达走到熨衣板前,掀开纸盒的盒盖,里面是绢纸包裹的紫色绸缎。

"看看又没啥好怕的，那是一种怪模怪样的礼服。真不懂他们为啥要留着这么老的玩意儿。我觉得可麻烦了。"

刚才一直没开口的阿曼达不禁感叹："这颜色真美啊！"她揭开绢纸，小心翼翼地取出绸缎摊平。"这是兜帽斗篷。"她家以前有一本日历，里面有一页画的是狂欢节舞会，许多女士都穿着类似的礼服。

路易莎说："瓦尔达拉先生看到穿这件礼服的夫人，他的心跳得哟……"她把熨斗搁在一边，伸手拍打自己的心口——"怦，怦，怦。"

西蒙娜从衣橱里钻了出来，一言不发地拿起兜帽斗篷披上。她身材高挑儿，杨柳细腰，可惜其貌不扬。特蕾莎常说，在所有女仆里，西蒙娜身材最好，脸蛋最差。西蒙娜把兜帽斗篷裹在身上，大步走来走去，边走边说："索菲亚小姐会继承这玩意儿，还有其他所有破烂儿。要是艾拉迪先生见她穿着这块裹尸布，准保会说：'永别了，我的美人儿。'"

阿曼达帮她脱下兜帽斗篷，叠好后又盯着瞧了一会儿，然后放回盒子里，压在一件镶白色蕾丝的长裙上面。她已经有些不高兴了："你就不能不拿艾拉迪先生开玩笑吗？你们都爱上他了，你们所有人！"

"别气了，不值得。总有一天，我会去他店里，告诉他，我是瓦尔达拉夫人的女仆，你想尝尝我的味道吗？"

"就跟他不认识你似的！"阿曼达说，"还有，别拿那家店开玩笑。除了那家店，他们还有一家做灯芯绒和天鹅绒的工厂。他们家可有钱了。"

西蒙娜挂起刚熨好的裙子，又拿起另外一条。"还有索菲亚小姐，她眼睛长在头顶上，从来都不正眼瞧我们。像她那种人，会肯站在柜台后面打理店铺？"

路易莎说："我喜欢那个跟她一起打网球的小伙子。"

西蒙娜拎着裙子，走近了一些："她自己一个人去打网球已经一年多了。"

"她自己一个人？也许那人不来接她，但我敢打赌，他俩经常见面，想怎么见就怎么见。"

西蒙娜转身望向阿曼达。"你呢？你选哪个？"

阿曼达撇下了她们。"你们接着聊吧。"她回到自己房间，想躺一会儿，看看能不能打个盹儿。透过左手边的阳台，她望向远处的树林，觉得它们跟自己刚来那天一样，一点儿也没长高。月桂树叶在阳台下方轻轻摇曳。安塞玛姨妈告诉过她，在她第一次领圣餐的前几天，闪电是怎样击中灌木丛的。几年后，安塞玛姨妈问阿曼达的妈妈，能不能让她女儿到别墅的厨房来帮忙。安塞玛向特蕾莎夫人提起了这事，特蕾莎夫人答应了。"她可以剥洋葱和西红柿，我会教她做酱汁。她还可以擦银器。其他女仆都快忙不过来了。"阿曼达关上阳台门，躺在床上，抚平自己的裙摆，免得起皱。想到这里，她猛然意识到，自己很快就得开始擦那些大件物品了：有咖啡壶和茶具、内壁边缘镀金的香槟杯，还有盛汤的大盖碗。她的手指已经熟悉那些器皿的形状了。银器摆在厨房隔壁的小间，收在一座高高的橱柜里，柜子抽屉里铺着红毡。

姨妈跟她说过很多遍："只有拿布使劲蹭，银器上一丝灰影也不留，才能说是好好擦过了。"

有一天，阿曼达忙着擦玉兰花形状的银果盘，夫人坐在对面跟她聊天。住进大宅的头几周，一听见外面门铃响，阿曼达就会跑去开门。格蒂丝火冒三丈，说那是她的活儿，可阿曼达就是忍不住。直到那天，特蕾莎夫人叮嘱她："阿曼达，听到门铃响的话，你可别去开门。"

有一天，阿曼达问姨妈："为什么特蕾莎夫人叫所有女仆都那么正式，喊我却那么随便？是不是因为我年纪太小？"

"要不然呢？"

从那时起，她就再也没去开过门。不过，每次听见门铃响，她都不得不努力定住身子，因为她恨不得像栗树下的兔子一样马上蹿过去。冬天的厨房就像天堂，是整栋宅子里最暖和的地方，可到了夏天……

"人不可能事事如意。"姨妈会边摆弄锅碗瓢盆边说，汗珠顺着脖子往下滴。阿曼达开始犯困了。躺在床上，她想起了一些往事，想起了艾拉迪先生第一次来吃饭时的情景。他举止优雅，浑身散发着奎宁须后水的气味，穿着深灰色套装，前襟别了一朵红色康乃馨。

姨妈对她说："今天你来煮鸽子。你会做得很棒的。"

每次有人来做客，家里总会做鸽肉酿卷心菜。当天晚上，夫人特地来祝贺她，显然心情大好。

"你怎么说，安塞玛？那个年轻人戴了康乃馨，我戴了玫瑰。我们很搭呢！"

每次胸前戴玫瑰的时候，特蕾莎都会亲自挑选。她只喜欢洗衣房墙上爬的肉色玫瑰。那些花有拳头那么大，香得叫人犯晕。

从那以后，艾拉迪先生就经常来做客。有一天，她在擦厨房的窗玻璃，他趁索菲亚小姐离开片刻，走到她身边问："那颗'美人痣'是真的吗？"

她的脸涨得通红。当天晚上，睡觉之前，她对镜检查自己的雀斑：就在眼睛底下，小小的，黑黑的。

"阿曼达，你睡了吗？"有人敲她的门，她差点儿没听见。门外是西蒙娜，似乎心情不错。"快来瞧瞧我们发现了什么。"

阿曼达跳下床，动作僵硬地跟在西蒙娜后面。刚才闭目养神了太久，现在亮光刺得她眼睛疼。

西蒙娜打开熨衣间的门，阿曼达立刻说："我看我是睡不着了。"只见路易莎站在熨衣板旁边，脸上戴着镶亮片的黑色面具。

"你得用一只手扶着，因为松紧带断了。"西蒙娜笑话都说不连贯了。她们从来没见过那个面具。前段时间，周六熨衣服的时候，她们发现了紫色兜帽斗篷和蕾丝长裙，但没看见压在绢纸底下的黑面具，也没看见那把小折扇。扇骨镶着螺钿，扇面上画着苹果。

"总有一天，"西蒙娜边打扇边说，"我会穿着这件旧衣服，脸上戴着这个黑玩意儿，给大家上晚餐。"

"你喊我来就是为了这个？"阿曼达气不打一处来，因为她们搅了她的午睡。不过，她听见走廊上传来了脚步声，就没有再说什么。克里斯蒂娜坐在角落里，刚才笑得都快瘫倒了，这会儿听到声音，立刻蹦了起来，被单都掉到了地上。她连忙捡起来，假装在干活儿。西蒙娜赶紧把折扇搁在熨烫桌上。门把手转了半圈，夫人走了进来。

"天哪，薰衣草味真浓！"特蕾莎左右看了看，然后对路易莎说，"别忘了熨我的奶油色礼服和棕色缎面大衣，明晚我要穿。"她看着那把折扇，神情有些恍惚。"那是尤拉莉娅的扇子，我都把它忘了。"她喃喃自语。她拿起折扇，开合了几次。扇柄垂下的流苏已经褪了色。她慢慢转过身，对西蒙娜说："把东西放回原先的盒子里。"

西蒙娜向她保证："夫人，我们也不是第一次打理它们了。"

特蕾沙检查了一下柳条筐里熨好的衣服，然后离开了。

"她明明可以摇铃叫我们，不用自己过来的。"路易莎有些不满。

西蒙娜答道："她想看看咱们在做什么。她变得爱管闲事了。可我不懂，她为啥要把扇子拿走。"

阿曼达伸手抚过紫色绸缎。"要是她发现你在瞎胡闹……"她朝房门走去，离开前又补了一句，"还有，别再弄醒我。"不过，她已经不觉得困了。

四楼有两三间没配家具的屋子。阿曼达的房间相当大，跟她姨妈的房间一样。其他姑娘的房间在另一侧，靠着熨衣间，一间挨一间，逼仄不堪，摆一张小床都紧巴巴的。她的房间却很宽敞，不但摆了一张床，还有一座带全身镜的柠檬木衣柜，床罩和窗帘都是蓝灰色棉布。她走到镜前，打量镜中的自己：个头娇小，身材偏胖。她妈妈常说："阿曼达说不上漂亮，但她的皮肤像缎子一样。你大概不觉得，但这一点很重要。"她打开衣柜，掏出一只半空的锡盒：饼干没了，该补货了，但还剩下几块巧克力。有些时候，她晚上好不容易忙活完，终于能上楼回房了，却累得怎么也睡不着。清晨时分,她肚子饿了,便倚在阳台边缘,一块接一块地吃饼干和巧克力,看着天空一点点亮起,听小鸟在月桂树上叽叽喳喳,那感觉说不出有多幸福。她还有时间打个盹儿,但得拉上窗帘,脱掉衣服。她脱下衣服,一件件挂起:深蓝色的围裙,灰白条纹的细棉布长裙,还有下摆带三道花边的衬裙,花边一层摞着一层。脱鞋之前,她推开阳台的窗户,想呼吸点新鲜空气,好让自己放松下来。她慢慢拉开窗帘,看着帘布悠悠晃动,渐渐进入了梦乡。

艾拉迪

艾拉迪的问题在于无所事事。他试着跷起二郎腿，却发现相当费劲。他也说不清自己是从什么时候开始发胖的。他以前多苗条啊，比父亲还瘦。可怜的老爸，也许是因为他的父母没能送他上大学，所以他就一直希望艾拉迪能做个大律师。为了让父亲开心，艾拉迪拿到了法学学位，但没有接着念下去——别人遇到的问题让他倍感沮丧。他父亲相当善解人意。有一天晚上，父子俩准备出门的时候，父亲站在楼梯底下，拉住他的胳膊，略带忧伤地说："别担心，艾拉迪，一切都会好起来的。"第二天早上，父亲去拜访了弟弟泰伦西。泰伦西拥有巴塞罗那最著名的服装店，那是他用汗水浇筑的事业。兄弟俩达成了协议：哥哥给服装店投资，条件是艾拉迪成为叔叔的合伙人。对于这个安排，泰伦西相当满意。

"我正好需要人帮忙。工厂运转得不错，但店里需要人手。"

艾拉迪的父亲不经商，他继承了舅公的遗产，用了很大一部分做投资。艾拉迪的母亲是虔诚的天主教徒。母亲过世后，父亲便一蹶不振。过去，他常常嘲笑艾拉迪的母亲痴迷教堂和牧师，如今却每天早上八点准时参加圣梅尔赛大教堂的弥撒,每天晚上则数着念珠做祷告。他无比虔诚地求主保佑自己能活下去,好把儿子抚养成人。他瘦削佝偻,看起来比弟弟泰伦西老得多。他得过肾结石,每次回想起痛苦的排石经历都不寒而栗。签完新公司的协议书后,三人走出阿马德乌·里埃拉律师的办公室。进了电梯间,艾拉迪突然爆笑出声。父亲问他:"什么事这么好笑?"

"那个律师,看着像个诗人,桌上还插了朵玫瑰。"

对艾拉迪来说,这份工作相当轻松。每天上午十一点,他准时出现在服装店,浑身香喷喷的,梳着中分发型,髭须闪亮,衣着考究。圣诞购物季开始前,他和叔叔会翻看样品目录,然后下订单。他们每年去巴黎一趟,既是为了紧跟潮流,也是为了维持声望。工厂不忙的时候,泰伦西叔叔下午会回家休息,或是外出散步;他对法国小说特别着迷。艾拉迪举止殷勤,总是笑容满面,负责接待顾客。顾客一进店门,他就上前问候,然后招来对方喜欢的售货员。如果售货员在忙,他就跟顾客聊天,需要等多久就聊多久。顾客离开时,不管有没有买东西,他都会热络地将对方送到门口。他本可以利用职权谋福利,毕竟世上有许多不满足的女人。有时候,他会笑着告诉自己,他完全可以利用这家服装店建个后宫。

不过,工作就是工作,赚钱就是赚钱。此外,他的心头好不是普通女人,而是夜总会的歌舞女郎。普通女人让他望而生畏,但为了身穿亮片礼服的歌女,或是除了披戴羽毛或面纱外一丝不挂的舞女,他会欣然将自己的灵魂出卖给魔鬼。他二十岁那年就有了政治抱负,但一直拒绝加入政党,因为拿不准该入哪个党。父亲推荐他读法国外交家塔列朗[1]的传记，他读完后心潮澎湃。有很长一段时间，他漫步在大学校园里，梦想成为伟大的外交家。不过，他的狂热渐渐消退，某天突然加入了加泰罗尼亚左派党[2]。右翼的地方主义同盟[3]其实更符合他的气质，但在听父亲和叔叔谈论多年之后，他对地方主义同盟的弗朗西斯科·坎博[4]去首都马德里迎接国王这件事十分不满。每周他都会跟一群朋友在鸽友俱乐部小聚两次，除了政治，什么都聊。

他准是长胖了。几天前他就意识到了这一点，更确切地说，是在鸽友俱乐部。那天晚上，他坐在扶手椅上，第一次觉得跷二郎腿费劲。现在，打领带的时候，他又觉得裤腰勒肚皮。他在穿衣打扮，准备去店里。店里……几年前，十月的一个下午，天快黑的时候，一位风姿绰约的女士走进了店里。她大约四十过半，胸前别着一束钻石花胸针。他亲自上前为她服务。她妆容清新，眼眸深邃，笑容甜美。到了量料裁布的时候，艾拉迪招来了店里最英俊的售货员。那位女士极其引人注目，既神秘又动人，让他想起了自己的母亲，尽管两人长得一点儿也不像。他小时候，母亲经常亲吻他，浑身散发着玫瑰香水味。第二天，他向叔

1　夏尔·莫里斯·德·塔列朗-佩里戈尔（Charles Maurice de Tallevrand-Périgord，1754—1838），法国资产阶级革命时期外交家、政治家。
2　加泰罗尼亚左派党（Esquerra Catalana），1921年11月在巴塞罗那成立的政党，宗旨为"通过一切合法手段实现加泰罗尼亚人在西班牙最广泛的自治"，于1923年12月解散。
3　此处指地方主义同盟（Lliga Regionalista），加泰罗尼亚地区的资产阶级右翼政党，1901年成立，主张加泰罗尼亚民族主义、保守主义与君主主义。第二共和国成立后，于1933年改称"加泰罗尼亚同盟"（Lliga Catalana），1936年内战爆发后解散。
4　弗朗西斯科·坎博（Francesc Cambó，1876—1947），保守派的加泰罗尼亚商人和政治家，地方主义同盟的创始人与领导者。

叔提起了那位女士。

"那是瓦尔达拉夫人，咱们店最优质的客户。你肯定听说过她吧？"

她经常来店里，总是一个人，既是为了打发时间，也是为了看新鲜玩意儿。某个周日，艾拉迪从账簿上找到了她家的地址。出于好奇，他跑去看了她的住处。站在那栋别墅前，儿时的回忆翩然而至。他小时候，母亲还在世的时候，父亲会带他到城里的住宅区散步，让他去带前院的大宅门口拉铃。这么一来，等有人来应门的时候，他们已经走出老远了，用不着撒腿跑。他拽过好多次狮子嘴里的铃绳，看着两旁种满栗树的车道，望向车道尽头孤零零的大宅。他心想："下次瓦尔达拉夫人来店里的时候，我肯定会绷不住笑出声。"但她下次来店里的时候，他大吃一惊，因为这回她不是自己一个人来的。

"艾拉迪，你还没见过我女儿吧？这是小女索菲亚。"

艾拉迪怎么也想象不出，瓦尔达拉夫人竟会有如此瘦小、冷漠、高傲的女儿。第二天，他向叔叔提起了这件事。

"没错，但那又能怎么办呢？有时候，美貌绝伦的妈妈会生出平平无奇的女儿。不过你可得当心了，看似平静的水底下说不定有什么波澜呢。"

艾拉迪常常想起索菲亚，那姑娘身上有某样东西深深吸引了他，尽管他觉得她并不讨人喜欢。他喜欢优雅、活泼、天真的女孩，最好有乌黑的大眼睛。索菲亚眼睛很小，像是睁不开似的，头发梳成中分，在脑后系成马尾。他曾在巴尔扎克小说的插图上见过她这样的姑娘，他叔叔将那本插图版巨著视若珍宝。从那天起，瓦尔达拉夫人就经常带女儿一起来店里。那个姑娘特别难以取悦。在她眼中，质量多上乘的布料都不够好。售货员都快被她逼疯了，一见她进门就两股战战。她明明穿得那么朴素，为什么会那么难缠？她喜欢非正式的打扮，总是选择偏中性的颜色，比如灰色或褐色。为了等她敲定具体颜色，售货员等得头发都要白了。她不像她母亲，不爱戴璀璨夺目的珠宝首饰，只在左手小指上戴了个镶绿宝石的金戒指。有一天，趁瓦尔达拉夫人在看做内衣的绉绸，艾拉迪对索菲亚说："你的戒指真漂亮！"

索菲亚转了转戒指，摘了下来。戒指很紧，在她手指上勒出了一圈红印。递还戒指的时候，艾拉迪偷偷摸了一下她的手指。

"绿宝石毫无瑕疵，颜色深邃。"他停顿了片刻，又意味深长地补了一句，"真漂亮。"后来，他们在一块丝绸底下牵了手。索菲亚脸上毫无波澜。艾拉迪讶异万分："这姑娘真不简单！"

为了减肥，他加入了一个朋友推荐的网球俱乐部。

"巴塞罗那的上流人士都去那儿。"

他在俱乐部遇见的第一个人就是索菲亚·瓦尔达拉。她身穿绸裙，一侧开衩，露出美腿，上身是白衬衫，翻领立起，打着领带。她一身雪白，坐在金合欢树荫下，球拍横架在大腿上。从上次在店里见到她算起，已经过去了三个月。两人淡淡打了个招呼。"她可能会觉得，我加入俱乐部是为了见她。"她总是跟路易斯·洛卡形影不离。那人看着像英国人，开一辆希斯巴诺牌豪车。后来，索菲亚和艾拉迪渐渐熟络起来。这位年轻女郎让艾拉迪有些心烦意乱。两人一起去看了一场网球赛，第二天，瓦尔达拉夫人就邀请他去家里共进晚餐。

"我们都希望你能来,是不是呀,索菲亚?你周日方便吗?"

两周后,他终于登门造访。"谁能告诉我该怎么办,也许现在我就该跑掉躲起来。"他边拽狮子嘴里的铃绳边想。女仆将他领进了一个满壁书籍的房间,特蕾莎·瓦尔达拉立刻出来迎接。"请到餐厅来,那里的阳光好极了。不用拘束。"

瓦尔达拉先生一见他就放下手中的报纸,从窗边的座位上站起身来,温文尔雅地跟他打招呼。那位先生个子高挑,风度翩翩,留着浓密的金色髭须,看起来和蔼可亲,穿戴更是无可挑剔。"等我跟他熟悉一些了,要问问他的裁缝是哪位,他肯定会很开心。"艾拉迪已经很久没见过如此令人心折的人物了,一时竟不知该说些什么。他暗暗惊叹:"真是一位完美的绅士。"前段时间,他听说了瓦尔达拉先生在维也纳的罗曼史,那时他在大使馆工作。不过,他已经记不太清,是不是有个年轻姑娘寻了短见?直到索菲亚站在他面前,他才恍过神来。由于一心想着她父亲的事,没看见她进来,他感到有些过意不去。索菲亚穿了一条极其贴身的真丝长裙,戴着一根短短的珍珠项链。如果她能多几分热情,这顿晚餐会愉快得多。但她显得心不在焉,几乎一句话都没说。特蕾莎夫人大部分时间都在跟艾拉迪说话,瓦尔达拉先生则不时好奇地打量他。他通常对人心怀敬意,但对面这个年轻人,彬彬有礼,讨人喜欢,接受过大学教育,本该在社会上大展拳脚,却窝在商店里虚掷青春,对此他不太满意,心中默默下了定论:"从根本上看,这人肯定相当庸俗。"

饭后,瓦尔达拉领艾拉迪去书房喝咖啡。

"女士们都该休息了。"他微笑着说。两位男士坐下后,西蒙娜端上咖啡。艾拉迪盯着她看,简直目不转睛。

瓦尔达拉递给艾拉迪一支雪茄,平静地摘下自己雪茄上的烟标,开口说道:"这栋别墅以前是卡斯特尔朱萨侯爵的,是他们家的夏宫。我决定退休的时候,低价买下了它。最后一任侯爵是个败家子。他不喜欢旧纹章的样子,就打算改掉家族纹章。不过,我从来没见过以前的纹章。他费了很多力气,终于设计出了新纹章:蓝底上的三棵柏树,就像盖雷兹家族的纹章。但有一点不同:在盖雷兹家族的纹章上,柏树前面有一头鹿;而在新纹章上,柏树前面是一头公牛。我的财务顾问常说:'他们只剩下这么几棵树,简直不足为奇。'"瓦尔达拉意识到艾拉迪根本没在听,便转换了话题。他问艾拉迪:"对在店里工作还满意吗?"

"还行吧,不过生意很好。我叔叔……"

瓦尔达拉不想聊泰伦西叔叔的事,便打断了他:"你不觉得这咖啡太苦了吗?"

"苦吗?我觉得还好呀。"艾拉迪答道,"维也纳肯定把您惯坏了。"他抿了一口,小心翼翼地把杯子放回桌上。

瓦尔达拉默默地看着他,找不出聊天的话题,只好等特蕾莎或索菲亚回来。"顺便说一句,"他突然开了口,"我还记得,我在维也纳住的旅馆旁边,有一家跟你们一样的布料店,店主被称为维也纳最美的女人。"

"那肯定不容易拿下。"艾拉迪笑了,心想:"我闻到了后悔的味道。"

瓦尔达拉问:"你去过那里吗?"

"哪里？"

"维也纳。"

"没去过，有一两回差点儿就去了，为了工厂的事。我叔叔似乎觉得，我们能在那里找到客户，不过我可不信。"

"如果有机会去，千万别错过。我有个朋友，是个外交官，来自莱里达[1]，曾被派驻维也纳。他常说，那座城市有独特的魅力。我知道，这话被说滥了，但的确是事实。在我看来，城市嘛……我喜欢的是细节，细枝末节的东西。你知道我为什么喜欢维也纳吗？我想，是因为那里的紫罗兰是深紫色。还有，那里的音乐听起来不一样，虽说这一点并不完全是细节。"

艾拉迪离开的时候，全家人将他送到了正门的台阶前，索菲亚则一路把他送到了大铁门边。跟他握手道别之前，索菲亚告诉他，自己马上要去伦敦了，去寄宿学校提高英语水平。

她刚从伦敦回来，全家人就邀请艾拉迪去做客。他发现索菲亚变了，变得更成熟，也没那么冷漠了。她的小眼睛越发闪亮，极具穿透力。连续好几个周日，他都受邀去她家共进晚餐。过了一年半，在考虑良久之后，他向她求了婚。不久后，他和父亲穿戴得极为正式，去索菲亚家提亲。为了庆祝两人订婚，泰伦西叔叔兴高采烈，喝掉了一整瓶雪利酒。那年冬天，萨尔瓦多·瓦尔达拉中风去世。艾拉迪感慨万分，索菲亚更是难过得病倒了。她想要服全丧，两年后再成婚。在这期间，艾拉迪·法里奥斯爱上了一位来自帕拉莱尔街区的夜总会歌女。

---

[1] 莱里达（Lleida），西班牙加泰罗尼亚西部莱里达省的首府和最大城市，也是加泰罗尼亚最古老的城市之一。

父与女

索菲亚小时候，父亲希望她每天一早梳洗完毕就下楼问安，必须穿戴整齐、发卷闪亮才行。有一天早上，她病倒了，父亲没有事先说一声就来看她。父亲把她抱上膝头，脸颊贴着她的头发，告诉她："孩子啊，有些人只靠一段回忆就能过一生。"

她问："什么叫一段回忆呀？"

"你很快就会知道的。也许很多年以后，这一刻就是你的那段回忆。"

葬礼那天，索菲亚坐在教堂里，感觉体内似乎有什么崩溃了。她眼前浮现出了儿时的自己，那天早上坐在父亲膝头，问："什么叫一段回忆呀？"泪水突然夺眶而出，旁边的人不得不扶她去教会办公室休息。阿曼达也去了教堂，看到这一幕简直目瞪口呆。"小姐平常一向那么冷冰冰的。"晚上，索菲亚已经恢复了平静，但满脑子都是与父亲相伴的时刻。母亲外出的日子里，父亲经常带她去看雉鸡。父女俩在树下漫步，当时她还那么小，得伸长胳膊才能牵到父亲的大手。小草拂过她的双腿，树叶调皮地躲避她的触摸。有些下午，他们会坐在鸟笼前的铁艺椅子上，默默欣赏珍禽。索菲亚害怕雉鸡，因为它们颜色很怪。但她会爬下椅子，走到笼门口，踮起脚尖，握住门把手。"如果我进去，它们会害怕，对吗？"说完，她就跑回父亲身边，扭头确认雉鸡没有跑出来追她。父亲会哈哈大笑，把她抱起来，轻轻搂住她，像搂着一朵云。父亲第一次带她去看鸟笼的时候，解释了它们分别是什么鸟。

"那些羽毛偏红、脖子有蓝绿光泽的是雉鸡；珍珠鸡是那些浑身乌黑，带白色斑点的；公孔雀和母孔雀……"

索菲亚插嘴："就是那些会叫的？"

"就是尾巴羽毛上有蓝圈的。"

父亲突然陷入了沉默，就像他常做的那样。她觉得父亲走神了，便攥起小拳头，敲了敲他的大腿。

"我们走吧。"父亲终于回过神来。

有一天下午，他打开了通往田野的后门。

"出去看看吧。"

她大吃一惊——没了遮天蔽日的绿叶，太阳成了天空的主宰。摘紫罗兰的那天，户外狂风呼啸。父亲坐在鸟笼前。她发现许多毛毛虫排着队往前爬，便蹲下身去，想看看那条队伍通往哪里。她来到一棵大树前，树根旁长了不少青苔，还有一丛丛野生紫罗兰，有些开紫花，有些开蓝花。她摘起花来。那些花小小的，香香的，还挂着露珠。她听见父亲喊她，但没有应声。也许她不该摘这些紫罗兰，父亲会骂她的。摘满一束后，她把花捧在胸前，站在原地环顾四周，直到看见父亲的身影。

"我在这里。"

看见父亲分开高草丛走了过来,她便举起胳膊,给他看那束紫罗兰。父亲停下脚步,盯着那束花,把她扛上了肩头。头顶的树枝好似如她一般在摇摆呻吟。她搂住父亲的脖子,扔下一朵朵紫罗兰,任它们散落在地。

她并不怎么爱母亲。每次看见母亲穿上绣水钻的披肩和长筒袜,她就希望母亲赶紧走,最好永远别回来。有一次,母亲把她拽出栗树旁的花圃,狠狠训了她一顿,当时她还以为母亲要杀了她。因为她常去厨房,看见阿曼达在杀鸡或杀兔子之前,那些畜生会吓得蜷成一团。很久以后,也许是因为菲利西娅爱八卦,她得知母亲以前结过一次婚,将丈夫玩弄于股掌之上。她心想:"我绝不会像我父母那样,因为我的心肠已经变硬了。"自从阿曼达告诉她,她父母在找健身教练,想帮她改掉高低肩的坏习惯,她就越发坚信自己的心肠已经变硬。足足三天时间,她都没跟人说过一句话。他们怎么会觉得她有高低肩?她见过别人健身。父亲在文体中心上过击剑课,他的教练叫比亚,是个瓦伦西亚人。击剑课结束后,教练会让他练举重。父亲带她去上过一次课。她心小在焉地打量周围的新奇玩意儿,突然觉得父亲快不行了:只见他缓缓举起一根两端带大球的铁棍再放下,脖子和额头青筋暴起。铁棍快碰到地面的时候,父亲迅速扔下它并跳到了一旁。

"去瞧瞧它有多重。去吧。"

索菲亚滚都滚不动它。比亚告诉瓦尔达拉先生,自打文体中心开业以来,只有两个人能举起这个分量。"一个是你,瓦尔达拉先生;还有一个是我,那是我年轻的时候。"

索菲亚都快忘记阿曼达跟她提过这事了。一天早上,噩耗突然袭来。全家人正在吃早餐,母亲往她的杯子里添了些牛奶。

"我们给你找了个健身教练,索菲亚。你后天就可以开始练了。"

她的脸变得像纸一样白。

"怎么了?"父亲问她。她静静盯着父亲,眼中怒火熊熊燃烧。接着,她把茶杯和茶碟扔到地上,大哭起来。父亲起身向她走去,她却猛地后退。

"别管她了,"母亲说,"如果她想当罗锅,那就驼着吧。"

她没有去上课,怒火中烧了许久。

两年后,索菲亚第一次领圣餐。就在这时,父亲病倒了。他以前从来没生过病,所以那次特别吓人。

法奎拉医生试着为他打气:"瓦尔达拉先生,您壮得像头牛,偶尔生个小病对身体有好处。"

下病床后的第一天,父亲带索菲亚出去散步。漫步在树荫下,他提起了自己的珍珠领带夹,就是小时候他经常让她摸的那一枚。

"就是上面有颗灰珍珠的。等我过世了,希望你能给我别上它。我现在跟你说,是因为我相信你能记住。"他停顿片刻,伸手搭在她肩头。"我会给你留一大笔钱。我的一切都会是你的。但你不能告诉别人,好吗?这是个秘密。"她很高兴能跟父亲分享秘密。秘密就是压低声音说出的几句话,就连树上的小鸟也没听见。那天晚上,她梦见自己变得极其富有,穿上了绣水钻的披肩和黑色长筒袜。也许正因为这样,许多年之后,当她和母亲一起去律师事务所听遗嘱宣读,得知别墅将属于她母亲时,她震惊极了。她狠狠咬了一下嘴唇,不得不拿手帕按住止血。母女俩走在栗树下，身穿丧服，面纱在身后飘荡。这时，她突然意识到，母亲现在走进别墅的姿态都不一样了：她心满意足地打量树林、鲜花、撑起上层阳台的粉色大理石柱、盾形纹章，还有前庭里的雪花石膏雕塑。索菲亚心想："特蕾莎·戈达伊，瓦尔达拉的遗孀，正步入她的宅邸。"身为当今巴塞罗那最富有的年轻女郎，她不禁潸然泪下。那是愤怒与羞惭的泪水。她一哭就哭到了大半夜，因为父亲欺骗了她。

戈黛娃夫人

戈黛娃夫人客厅里的潮腐味让艾拉迪觉得恶心。他的肝病经常发作；毕竟，他喜爱美食，饮酒无度，又是个老烟枪。女仆接过他的帽子和手杖，告诉他女主人正在洗澡。他顿时气不打一处来。皮莱尔知道他总是准点过来，为什么就不能早点儿或晚点儿洗澡？心情大好的时候，他总爱喊她"夫人"。我的——夫——人。戈黛娃夫人[1]是她的艺名，喊她"夫人"会让他心生怜爱。她的肌肤柔嫩光滑，绿眸极富异国情调，总让他联想起兰花。雨天，她看起来会多一分忧郁，而她忧郁的时候像个女神。"告诉我，阿嘉特，你心可曾飞翔？"[2]一天清晨，他躺在宽大的床上，躲在珊瑚粉的床罩底下，压在镶满瓦伦西亚蕾丝的枕头上，缠着她反复吟诵这句诗。她被惹恼了，抡起拳头直捶他脑袋。他被捶得生疼，却哈哈大笑，翕动着嘴唇反复吟诵："可曾

---

[1] 戈黛娃夫人，英国传说中的伯爵夫人，为了帮助民众减税，仅以长发遮体，裸身骑马穿越市区。
[2] 本句为法国十九世纪现代派诗人波德莱尔（Charles Pierre Baudelaire，1821—1867）的诗歌《苦闷与漂泊》（*Moesta et errabunda*）的首句，中译文引自刘楠祺译本，本章节的仿宋体字均引自此书。

飞翔，可曾飞翔，可曾飞翔……"

他走向阳台，先是透过薄薄的窗帘朝外看，随后便把窗帘拽向一边，发现右下方的玻璃窗上有个气泡。他不知道玻璃是怎么造出来的。他想，大概是用沙子吧。他知道瓶子是怎么造的——是靠吹气吹起来的。夜幕降临，天色转暗，有点儿起风。阳台底下突然响起了乐声。那是个小个子男人，身穿黑衣，脖颈上系了条红手帕，正在摇动风琴手柄，琴身两侧画的花环早已褪色。乐声让他有些烦躁，但他不由自主地用脚打起了拍子。"真是多谢了啊！"他大声说，他实在忍不住了。虽说他不想被对街的人看见，但还是走上阳台，扔下几枚硬币。摇风琴的人抬起头来，见艾拉迪示意他走开，便捡起硬币，然后愉快地脱帽致意。接着，他便把风琴推上了大街。艾拉迪让阳台门敞了一会儿，好给屋里换换空气。他用一根手指抚过窗玻璃上的气泡，然后拉上窗帘，坐进了扶手椅里。四周的色彩着实令人不快：酒红色的墙壁却配了黄绿色的地毯和窗帘。那天下午，由于肝不舒服，那些色彩让他格外反感。更烦人的是那些小饰品，那些孟加锡发油，还有那些边桌。"唯独缺了女主人。"他心想。壁炉架中央摆着一尊蓝石膏半身像，肩头赤裸，薄纱飘扬，头颅高昂，五官精致。他确信钢琴上摆的一大束绣球花是假的，因为它们的颜色一直那么鲜艳。挂在门边的小画肯定是新买的：白绸底板凸显了美妙的色彩，年轻的牧羊人跪倒在十字架前。他凑近了细看。"该死，这不是画，是刺绣。"他听见脚步声，便匆匆坐下。可是没人进门。他从马甲口袋里掏出怀表，瞄了一眼时间。金表是他刚进店工作时叔叔送的。"把握时间乃人生大事，人是由分分秒秒组成的。"

大约一年前的一个晚上,他觉得百无聊赖,就去了伊甸夜总会打发时间。前三个登台献唱的姑娘都不值一提。但皮莱尔上台后,他顿时来了兴致。她一丝不挂,骑在一个扮成骏马的男人身上。她的面容隐约可见,长发垂至腰间,但她的大腿、小腹、胸部上的雀斑一目了然,还有那珍珠般的肌肤……演出结束后,他递上了自己的名片,皮莱尔立刻接待了他。她裹了件粉色长袍,领口遮得严严实实,袖口宽大,腰间系着金绳。她扬手绾起长发时,广袖从肩头滑落,艾拉迪差点喘不上气来。他从来没有过情人。每次想要姑娘的时候,他就去卢克雷西亚夫人那里选个喜欢的;第二天一早,那姑娘就会被他抛到脑后。他对皮莱尔·塞古拉一见钟情,疯狂地爱上了她。她十分甜美,既粗俗又高雅,让他觉得可爱极了。"跟索菲亚真是一个天一个地。要是索菲亚在某些方面能像她妈妈就好了,哪怕只有一点儿也好啊!"索菲亚是个既尖酸又内敛的女人,虽然充满了令人钦佩的品质,但得花点时间才能发掘出来。

艾拉迪和皮莱尔从一开始就打得火热。几乎每天晚上,他都从伊甸夜总会送她回家。没过多久,泰伦西叔叔就听到了风声。"不要紧,"两人聊起这事时,他告诉侄子,"没有什么是时钟解决不了的——我是说时间。趁着还有时间,好好享受吧。但要记住,你的未婚妻富得流油,家世又好……"

近旁传来的声响打断了他的思绪。房门打开的那一刻,为了不至于显得无所事事,他从手边的桌上抄起了一把角质手柄、银色刀刃的拆信刀。皮莱尔款款进屋,带起阵阵香风,橙色薄纱长袍底下一丝不挂，系了一条亮片腰带，打着赤脚。

"是不是让你久等了？"

艾拉迪站起来，亲吻她的耳后，让她坐在自己大腿上。奇迹在他眼前缓缓呈现。只要能跟皮莱尔在一起，他就觉得宛若置身天堂。多么强大的魔咒！他用拆信刀的刀尖撩开她长袍的前襟，欣赏她胸部的雀斑。她戴着他送的那条项链，铂金与钻石镶嵌而成的十字架，挂在细到几乎看不见的链子上。皮莱尔目不转睛地盯着他。"《苦闷与漂泊》。"艾拉迪边想边挪开视线，躲避那双诱人的美目。

"要我给你拿杯酒吗？"她走到门边，拉动铃绳。"我的新女仆耳朵不好使，要是她在公寓另一头，就什么也听不见——不过，只要我想找她，就会拉铃；要是她没来，我就去找她。你介意吗？"魔咒被打破了。他感觉周遭一片寂静，这才意识到天色已经暗了下来。蓝石膏宁芙仙子在壁炉架上盯着他。艾拉迪冲她咧嘴一笑，然后闭上了双眼。他眼前突然浮现出了瓦尔达拉家前厅的睡莲。"它们也是宁芙，或者说是宁芙的化身[1]，"他喃喃自语，"只不过是给富人服务的。"

皮莱尔端着酒水托盘静静进了屋，把托盘搁在桌上，然后打开了灯。阳台的玻璃窗外夜色朦胧。艾拉迪总觉得哪里不对劲，那种不安感跟他刚进门时的不安截然不同。也许皮莱尔遇到了烦心事，而他不知为什么感同身受了。通常来说，她 见到他，就会说起当天遇见的趣事。她会把别人对她说的甜言蜜语统统告诉

---

[1] 睡莲的拉丁文学名为 Nymphaea，源自希腊神话中生于山林水泽的精灵仙女宁芙（Nymph）。宁芙是一群仙女的统称，她们通常会幻化成睡莲，静静漂浮在水面上。

他，还会给他看她收到的鲜花附带的名片。"拿着，你可以把它们统统撕了！"她可能是花光了钱，不敢再问他要，也可能是跟另一个歌女吵架了，"我真是搞不懂……"她微笑着走近他，拿着高脚小酒杯，坐在他大腿上。那股该死的香水味是什么？那股味道令他窒息。她肯定是直接从香水瓶往外倒，把自己里里外外浇了个透。他觉得自己的幽默感又回来了。显然，他的肝问题不大。他要取笑她一下。

"你还记得吗，皮莱尔？"他低声呢喃，"可曾飞翔，可曾飞翔，可曾飞翔？"

她将红唇凑到他嘴边，轻声说了几个字。他没听清。

"你说什么？"

她喃喃重复了一遍。虽说艾拉迪担心会出丑，但还是忍不住又问了一遍。

"你猜不出来吗？"她又轻声说了一遍。艾拉迪静静凝视着她。"我有喜了。现在你听见了不？"她伸出一根手指，抚过他的脸颊，又吻了一下他的额头。"你开心不？"

画家赫苏斯·马斯德乌

他一手托着调色板,一手握着画笔,退后一步打量画面,觉得该把摩西[1]袍子上最长的那道衣褶再加深一些。在丝绒上作画难度颇大,因为绒毛会迅速吸收颜料,导致难以顺畅挥笔,虽说这块画布主要是棉的,含绒量并不大。整体草稿已经打好:从中分开的海水,地平线上的云层,还有所有的人物。虽然他不是故意把摩西画成瓦尔达拉先生,但看起来很像。他还需要对四周的边框做最后的润色。周围一圈是深绿色的树叶,中间点缀着红色小浆果,框起这幅《圣经》中的著名场景。赫苏斯·马斯德乌替伊达尔连锁画廊绘制挂毯,他们每两个月就委托他画一幅。现在他才意识到,《穿越红海》画起来困难重重。这完全是他自己的错。罗德斯先生原本委托他画《亚当与夏娃》,他却提议改画《穿越红海》。"您会喜欢这幅挂毯的!"他挥动画笔,边在丝绒上涂抹边想:"我倒想看看,那些在画廊开展的小屁孩画不画得了挂毯。他们光是画个空瓶加四个梨,评论家就惊掉了下巴。"

---

[1] 摩西(Moses),犹太人先知,《圣经·出埃及记》中有摩西带领希伯来人穿过红海的故事。

他生来就不走运。父亲常常告诫他:"有空就去看看瓦尔达拉夫人,她很有钱,而你是她的教子。"她替他付了学画的钱。每次去见她,她都会塞钱给他。他忐忑不安地穿过大铁门,但在等待主人允许进入客厅时,他会望着五彩斑斓的椭圆形花窗,心潮澎湃。

有一天,他去探望教母,胳膊底下夹着一卷挂毯——《海妖之石》。他觉得那比他们客厅里挂的南瓜与兔子的静物画漂亮得多,可她看都没看一眼。还有一次,他壮着胆子提出,想画一幅画给他们挂在前厅:纹章燃起熊熊火焰,将海水统统染红。瓦尔达拉夫人打着那把画着苹果的扇子,用锐利的眼神盯着他:"你还差着火候呢,赫苏斯。就像我丈夫说的,谁还不会画上几笔?"

他心灰意冷地离开了,小心翼翼地踏在铺路的石子上,仿佛脚底下踩的是金子。每次接待他的时候,瓦尔达拉夫人总是一脸惊讶和担忧。他生怕自己会因鞋底带走几粒珍贵的尘埃而挨上一顿臭骂。他眯起眼睛,又添了几笔。他不得不在那块丝绒布前站上几个钟头,尽管很可能永远找不到买家!他突然灵思泉涌:他要让摩西左边的女人穿普鲁士蓝长袍,让她怀里的孩子穿柠檬黄。他使劲眯起眼睛,皱起眉头,退后一步远离画板,细看衣褶投下的阴影。

赫苏斯·马斯德乌个头不高但也不算矮,乌黑的眼睛亲切和善。工作的时候,他会戴一顶贝雷帽。他的桌子上方钉着一张等待晾干的商业海报,写着:"先生,您的鼻子是细菌的老巢,抗菌剂会把它们统统杀掉。"他确信这幅海报能抓人眼球。画上是个希腊式的高鼻子,周围爬满了小虫。他为一家制药公司工作了两年,为伊达尔画廊工作了五年。这幅海报会给他带来丰厚的收入,挂毯则会让他得不偿失。罗德斯先生不会为他在《穿越红海》上花的时间付钱。在此之前,他画的《通奸者》[1]卖了个好价钱。他画得十分卖力。每当需要休息的时候,他就走到外面,眺望一路延伸到海边的层层叠叠的屋顶。他很高兴能在这么高的建筑里有间工作室。不过,这份开心中带着一丝从小就有的惆怅:母亲并不怎么爱他,父亲则每晚外出工作,去街上点煤气灯。

他小的时候,父亲带他走过点灯的路线。赫苏斯一直没弄懂父亲是怎么用长杆打开小玻璃门并点燃煤气灯的。他们有自己的房子,但他刚开始用油彩作画时,母亲就抱怨亚麻油和松节油有怪味,还怪他洗笔总是弄得脏兮兮的。"水槽永远干净不了。"为了不妨碍母亲,他租了房子并搬了出去。那是个带凹室[2]的阁楼,凹室正好用作厨房。每隔一周,他就会抽一个晚上回家探望父母,全家人会聊上一会儿,吃个晚饭。其余的晚上,他洗完画笔以后,会往脸上泼点水,换件衬衫,打上软领结,去探望瓦尔达拉夫人。不是因为他想要什么,而是因为他喜欢瓦尔达拉夫人。

为了不浪费时间,第二天清早,去工作室作画之前,他会把所有的杂货统统买好。蔬菜和水果从玛蒂尔德太太那里买。她脾气暴躁,走起路来像只鸭子,店里也乱糟糟的。牛奶从塞雷太太那里买。她总是给他打满满一罐奶,还卖给他美味的奶酪。卖肉

---

[1] 《通奸者》(*Adulteress*),宗教画常见题材,《约翰福音》第八章中的故事。一个女人犯了奸淫罪,被带到耶稣面前受审,耶稣说:"你们中间谁是没有罪的,就可以先拿石头打她。"
[2] 凹室是房间中一个内凹进墙壁的部分,一般用来安装壁炉之类的东西,空间不是很大。

大娘名叫莱塔,称肉的时候斤斤计较,但卖的肉质量上乘。每画完一幅挂毯,他都会拿给她们看。她们都很欣赏他的作品,对他十分尊重。"你这会儿在画什么呀,赫苏斯?"他从不抱怨自己的生活,因为在某些时刻,站在离画架三步远的地方,他觉得心里暖洋洋的,脑子里如痴如狂。除了工作,其他任何东西都给不了他这种感觉。从自己小小的"鸽子笼"里,眺望一眼看不到边的屋顶和露台,还有在海风中飘扬的晾晒衣物,他绝不肯拿自己这样的生活跟任何人交换。

索菲亚的婚礼

服务员上开胃菜的时候，尤拉莉娅跟索菲亚一起去了洗手间。

等旁边再没有别人了，尤拉莉娅给了索菲亚一个大大的拥抱，对她说："你看起来美极了。"说完，她挪到旁边，补了一句："隔着一里地都看得出，艾拉迪疯狂地爱着你。"

索菲亚对镜微笑："那我就没有吗？"

"噢，你呀……你这辈子真的爱过别人吗？"

索菲亚没有回答。婚礼结束后，离开教堂的时候，她发现路易斯·洛卡的汽车停在广场另一侧。她订婚以后，路易斯给她写过几封信，她都珍藏了起来。那些信不是情书，但她读得出字里行间的情愫。"我的朋友索菲亚……""我亲爱的朋友……""我的朋友……"她不该再想那些了！她理了理耳畔的橙色花朵，开始涂口红。

"我能跟你说件事吗？"尤拉莉娅也从包里掏出口红，往嘴上涂抹。"你俩足足拖了两年才结婚，我常常担心艾拉迪会等得不耐烦。这事比你想的险得多。"

索菲亚背对教母，往上拽长筒袜。

"腿给我看看有什么不好意思的？你一生下来我就见过了。"

索菲亚转过身，调皮地眨了眨眼。"它们是我丈夫的了。"

她不希望尤拉莉娅对她那颜色鲜亮的长袜指指点点。最近几个月，艾拉迪像是为了招惹她似的，时不时送她一个用金绳扎起的小包裹，里面总是装着一双粉色长筒袜。她会陪他走到大铁门边，在他的脖子上掐一把。"你这个小坏蛋。"两位女士离开洗手间，跟三个正聊得热络的年轻小伙擦肩而过。有个小伙子大声说："真希望我是新郎啊。不是现在，是今晚洞房。"

尤拉莉娅掐了一把她的胳膊："男人啊。"

整个晚宴过程中，索菲亚都紧张极了。她母亲坐在阿马德乌·里埃拉律师和赫苏斯·马斯德乌中间，一直在说说笑笑。为什么母亲没征求她的意见就邀请了马斯德乌？她列出的宾客名单上可没有他。他身穿黑衣，打了领带，但发型不合时宜，真该好好理个发了。律师的太太康斯坦西娅·里埃拉身穿浅蓝长裙，浑身上下戴满了价值不菲的钻石，直挺挺地坐在财务顾问何塞普·佛特尼斯身边，时不时扭头望向丈夫，显得焦躁不安。有那么一瞬间，索菲亚有些害怕：马斯德乌在跟他身边的女人聊天，她母亲和里埃拉律师幸福地对视。香槟上桌后，每张桌边的客人都躁动了起来，泰伦西叔叔不得不请大家安静下来，好发表致辞。他边说边打量自己衣襟上的栀子花，那朵花肯定被他摆弄过，有几片花瓣都皱了。致辞结束后，他举起酒杯，请大家一起为新婚夫妇干杯。

服务员上咖啡时，艾拉迪说："真不知道我们在这里干吗。"索菲亚在桌子底下踢了他一脚。

舞会进行到一半，索菲亚和艾拉迪决定离开，不告诉任何人。他们差点儿撞上了拉斐尔·贝尔加达，他正站在镜前整理衣装。两人迅速跑开，冲他挥了挥手。艾拉迪的父亲远远看见两人上了车，他痛苦地想："今天这样的大喜日子，要是我太太还在就好了。他们至少也该安排我跟弟弟坐一起吧……"他环视四周，搜寻了一圈。看见弟弟泰伦西后，终于平静下来。"泰伦西知道该怎么好好活，我却不知道——我从来就没有真的活过。"他忧伤地绕过一对对舞伴，穿过乐声飘扬的大厅走回自己的座位。掀起燕尾服后襟坐下后，他望向特蕾莎·瓦尔达拉。只见她眼波流转，皓齿闪亮，笑语晏晏，一手按在胸口。谁能想得到，里埃拉……

索菲亚希望能有自己的住处，至少能单独住上几年。她没有对艾拉迪提起过。但当母亲告诉他们，自己不敢一个人住这么大的别墅时，艾拉迪展现出的热情让索菲亚大吃一惊。"你们上哪儿去找这么好的住处？你们可以给我做伴，我不会妨碍你们的。"索菲亚不情不愿地接受了。她最不喜欢的一点是，母亲坚持让他们度蜜月之前先在别墅里住上几天。"把新婚之夜的回忆留在这里。"为了不打扰小两口，特蕾莎会暂时住在好友佛特尼斯家。"可怜的妈妈，还真是体贴周到啊！"

女仆们身穿正式制服，站在门口台阶上迎接新婚夫妇。艾拉迪想把索菲亚抱进屋，叫索菲亚说那样很怪，怕遭仆人嘲笑。她只想让阿曼达看见，因为她发现那姑娘偷瞄过艾拉迪一两回。她的长裙背后绷得很紧，上台阶之前，有那么一瞬间，她真怕会绊倒。等她回过神来，已经站在了卧室中央，面对大大的婚床。她已经结婚了！她有个打网球认识的朋友，叫欧内斯特娜，年纪比她大，特别爱嫉妒。有一天，欧内斯特娜问了个跟尤拉莉娅一样的问题，只不过并非出于好意："你确定你俩会结婚吗？艾拉迪可比你想象的受欢迎哦。"索菲亚把新娘捧花搁在梳妆台上，开始摘下固定面纱的发针，脸色苍白得可怕。她的长发披散下来，几可及腰；她不肯赶时髦，一直留着长发。她一头棕发，发色比母亲稍浅。艾拉迪走到她身边，抚摸她的长发，一句话也没说。"尤拉莉娅，还有欧内斯特娜……她们都怎么了？"她们为什么都怀疑她嫁不出去？她们觉得她就这么无足轻重，就这么配不上艾拉迪？艾拉迪总是打扮时髦，仪态优雅又完美。索菲亚能感觉到，他站在自己身后，呼吸温热，胸口起伏。"我到底是怎么了？"她心想，"我到底有什么毛病？"父亲已经过世两年了，她从未感到如此孤独。父亲曾告诉她："你是我的一切，既是女儿也是儿子。"父亲是唯一爱过她的人。另一个人，艾拉迪，从一家卖服装兼卖蕾丝的店铺柜台后面走了过来，满面笑容，带着精打细算的虚情假意。她确信他很想娶她。现在，他拥有了她，永远拥有了她。"是的，教母，我顺利嫁出去了。他有点儿性急，但长得不错。他觉得，我能有现在的生活，应该懂得感恩。没错，要感恩。"艾拉迪扳过她的身子，开始吻她。"显然我是拦不住你了。这么急不可耐……"索菲亚一把推开他，抬脚踩在梳妆台配套的小凳上，拎起裙摆——那是一团网纱组成的薄雾。肉色长筒袜紧绷绷的，在灯光下闪闪发亮。

"吻我，但只能吻脚。听见了吗？哪只都行，随你选。"

艾拉迪大吃一惊，打算搂住她，却被一把推开。

"听见我说的了吧？要吻就吻脚。"

她把裙摆拎高了一些，露出的长腿线条优美，膝盖光滑圆润，脚踝小巧精致。艾拉迪伸手拽了拽自己的衬衫领口，低声嘟囔："索菲亚……"

她指着自己的脚。"这要求又没什么特别的。要是我的长袜碍事，你干吗不把它脱掉呢？"他伸手摘下她的吊袜带，然后剥下长袜。她的脚小巧玲珑，极富青春活力。"开始之前，你可以先宽个衣，就跟在自己家一样。"

艾拉迪瞪了她一眼，把外套扔在床上，开始解领带。她似笑非笑地看着他。

"我又不是女仆，别装模作样了。"艾拉迪俯下身，开始用脸颊摩擦她的足弓。"就是这样，艾拉迪先生，真是乖狗狗。好了，去洗洗干净吧。"她伸出脚尖，点着他的额头往后一推。艾拉迪走进浴室，用湿毛巾擦了擦自己的脸颊和嘴唇，然后吐了口唾沫。当他回到卧室时，索菲亚正在梳头。艾拉迪倚在床边，双手抓住床尾板，嗓音中充满怒火："有件事我本不想这么早告诉你的，也许永远都不会告诉你。不过，有些事还是越早说清越好。"

索菲亚猛地停下手边的动作，还以为自己听错了。但她很快意识到，艾拉迪要告诉她的事很重要，不禁有些慌了，心道："要是我假装没听见，大概会好一些。"她站起身来，面带微笑，从胸衣里拽出一朵小花。

"你瞧，一点蓝。"接着，她摘下另一条吊袜带，扔到他脸上。"瞧见了吗？一点新。"最后，她把揣在怀里的一块小手帕扔给他。"瞧见了吗？一点旧。英国人常说，凑齐这几样东西能带来好运[1]。"

艾拉迪还坐在床脚,眼神迷离地看着她,仿佛她远在天边。"你觉得呢?它们是会带来好运还是霉运?想好了再说哦。我问你的时候,麻烦你答一声。"

他跟她对视了片刻,然后粗声粗气地小声说:"我有个女儿。"他见索菲亚张大了嘴,似乎没听明白。"你没听见吗?我告诉你,我有个女儿。"

索菲亚在梳妆台前坐下,用手背扫开捧花,给香水瓶挪了个位置,然后拿起化妆刷。她双手打战,轻声问道:"我能问问她妈妈是谁吗?"说完,她慢慢转过身,又说:"如果你说的是真话,那可真是选了个好时机。你不觉得吗?不过,如果你说这话是捉弄人……"她站起身来,一把拽下裙子,一丝不挂地走上前,用力搂住他,膝盖插进他双腿之间,一路滑了上去。

她迈出门外,穿过湖滨大道,头顶是即将消逝的星空。一番云雨过后,艾拉迪睡着了。她深吸了几口气,犹豫片刻,便走进了黑漆漆的树丛。她小心翼翼地往前走,拨开低矮的树枝。金合欢在春天盛开,丁香还没有绽放。疯长的绿植遮住了她熟知的小道。鸟笼里空荡荡的。珍珠鸡和雉鸡逐只死去,孔雀则熬得稍久一些。女仆说它们是老死的,可母亲说它们并不老。父亲在世的时候,如果哪只鸟死了,他就会赶紧换上新的。母亲说的肯定没错,是仆人没有勤换水,鸟儿都给毒死了。笼子旁边有一

---

[1] "一点旧,一点新,一点借,一点蓝",西方新娘步入结婚礼堂时的装扮习俗。

棵大树，树根周围开满了紫罗兰。那是她的树。跟艾拉迪订婚那天，她用刀尖在树干上刻下了两人的姓名首字母缩写 S.E.，现在却怎么都找不到了。她一动不动地站了一会儿。艾拉迪的那个女儿……那个孩子……她想起了某位英国作家笔下的一句话："我敬佩你，伊莱扎，因为你保守了秘密。"她继续往前走，但不得不止住脚步，因为她直犯恶心。她的反应跟她素未谋面的外祖母一模一样。她想让艾拉迪的女儿住进她家，哪怕她永远没法爱那个孩子。那是个小婴儿，名叫玛利业。如果艾拉迪想过有朝一日把孩子接来……以后有的是时间想该怎么跟朋友们说。走到紫藤架下，索菲亚抬头望去，琢磨该选哪个房间给孩子住。

一片黑暗中，她走进了书房。小时候，她喜欢爬用来从高处取书的梯子。那个梯子底下带有滚轮，父亲会让她踩在上面，把她从墙的一边推向另一边，并笑着告诉她："我在教你怎么旅行。"她穿过前庭，上楼上到一半就陡然止步，握住楼梯扶手，打量在暗淡烛光下熠熠生辉的家族纹章。她不想进卧室，但最终还是推开了门。扑面而来的烟味让她踉跄了一步。艾拉迪坐在床上，手里端着一杯酒，随即搁在了床头柜上。索菲亚推开阳台门，让阳台大敞着，心知艾拉迪在盯着她看。她望着外面沉思了一会儿，月下的花园笼罩着一层薄雾，仿佛每一颗沙砾都在呼吸。她慢慢褪下睡袍，关上台灯，坐到床边。艾拉迪什么也没说，只是揽住她的胳膊，让她躺到自己身边。

"你闻起来像棵树。"他佯装悲伤地说。

索菲亚蹦到他身上，一边狠狠咬他，一边哈哈大笑。

降　生

经纪人塞巴斯汀·桑切斯得知皮莱尔·塞古拉的窘境后，马上提出让她到自己的乡间庄园生产。他已届中年，极富魅力，笑容和善，父母都是安达卢西亚人。不过，只要稍受挑衅，他就会变得尖酸刻薄，开始大吼大叫。凡是熟悉他的人，都对他的咆哮置之不理。他们常说："在他平静下来之前，最好别跟他说话。"他是夜总会歌舞女郎的伯乐，对她们比对自己的亲生女儿还要好——他的第五个女儿刚刚出生。他的管家乌苏拉来自卢斯皮塔莱特[1]，相貌丑陋，但忠诚能干。有一次，管家问他，能不能给她儿子找份活儿干。他问："那孩子能做什么？"

"呃，他从来没干过活儿，什么都做不来。不过，他是个好孩子。"

桑切斯先生伸手按在管家的肩头，告诉她："别担心，我会想办法的。"他认识一个姑娘，名叫皮莱尔·塞古拉，美貌过人，身材姣好，跟他常有联系。她的嗓音不算太好，但也不至于唱歌

---

[1] 卢斯皮塔莱特（L'Hospitalet），巴塞罗那市西南部的工业区。

跑调，只是混得不太好。一天下午，在办公室里与杂技演员图里多兄弟聊天时，他突然冒出了一个点子。他找来管家的儿子菲利普·阿蒙戈尔，一个看着像吉卜赛人的小伙子，还有皮莱尔·塞古拉。他请两人坐下，然后沉默了一阵子，仿佛陷入了沉思。最后，他向两人提出了自己的想法——排一场戈黛娃夫人骑马的舞曲。说完，他盯着皮莱尔，仿佛想看穿她心里在想什么。为了不吓到她，他轻声解释说："你必须光着身子唱歌，连紧身衣也不能穿。"皮莱尔欣然接受后，他开心地补了一句："你不介意坐在那么高的地方唱歌吧？"

皮莱尔哈哈大笑，说她不介意。桑切斯先生请乐师谱一首曲子："要类似进行曲那种。"他订购了马具，又让皮莱尔和菲利普排练了几遍。开幕之夜，《戈黛娃夫人》这个节目一炮打响，皮莱尔成了巴塞罗那许多已婚男人和几乎所有学生的梦中情人。

菲利普·阿蒙戈尔陪皮莱尔去了乡间庄园，他不愿让她孤零零一个人。他几乎亲眼看到了孩子降生。那是个可爱的女婴，胖乎乎的，一生下来就睁开了好奇的双眼。助产士告诉皮莱尔："我从没见过这么生气勃勃的女孩，也没见过刚出生就睁开眼，眼睛还这么清澈漂亮的小姑娘。"

皮莱尔满腹忧伤。艾拉迪告诉她，他不会认这个孩子。"跟你解释不清。我很抱歉，但不可能认她。我会找出解决办法的。"

皮莱尔告诉了桑切斯先生，向他坦白："我没有别的选择，只能接受老天的安排。"

桑切斯先生很同情皮莱尔，知道她是因为爱情才陷入困境的，努力安慰她："艺人首先必须为了艺术而活。"皮莱尔在乡间别墅吃早餐的时候，菲利普走到摇篮边，拨开蚊帐，看着天使般熟睡的女孩。除了缠肚脐的绷带和尿布，她身上什么也没穿，因为皮莱尔认为宝宝不该被衣服束缚。菲利普用毛巾裹住女婴，抱了起来，边摇边问皮莱尔："能让我养吗？"

坐在壁炉边的皮莱尔没有回答。

"明白了，不能。你打算给她起什么名字？"

皮莱尔的脸白得像床单，双手皮肤像透明的一样。"玛利亚，随圣母玛利亚。名字叫玛利亚……姓塞古拉。"说着说着，她就哭了起来。菲利普很同情她，把女孩递给妈妈，轻轻抚摸孩子的头发。

"我这人是没啥出息，但你知道我姓阿蒙戈尔，对吧？让你女儿跟我姓行不？"

几天后，塞巴斯汀·桑切斯带着一束鲜花和一大盒巧克力来探望皮莱尔。她刚刚起床，两人沿着麦田里的一条小径散步。皮莱尔裹着羊毛披肩，走得很慢。桑切斯先生突然停下脚步，攥住她的胳膊。"我来是为了告诉你一个好消息。昨天有个律师来我办公室，好像是叫福卡德尔什么的，不过这不重要。他告诉我，有个富贵人家没有孩子，愿意收养这个女孩，条件是你永远不能见她。你得签一份弃权书。你觉得怎么样？"

皮莱尔看着她的经纪人，站在绿油油的麦田里，仿佛淹没在了大海中央。她沉默了许久。

"我不知该说什么。我从来没想过这个。"

她痛苦煎熬了两个月，怎么也下不定决心。最后，她筋疲力尽，终于松了口。她像行尸走肉一般，把孩子交给经纪人，还递给他一只浅蓝色的盒子，里面有个带小铃铛的银手镯。

"这镯子是我的。告诉收养她的那对夫妇，等她长大一些再给她。"

婚后一个月，索菲亚·瓦尔达拉就有喜了。她反应大得很，不但吐个不停，肾还钻心地疼。她一见艾拉迪就发火，甚至不肯让他碰。有一天晚上，阿曼达拿醋和香草腌了肉，那是给她自己和其他女仆准备的。她没法问主人家第二天晚餐想吃什么，因为小姐卧病在床，夫人去佛特尼斯家赴晚宴了，只有艾拉迪先生在家。她有些好笑地想："等我问他想吃什么的时候，不知他会是什么表情。"

但她还是敲了敲书房的门。门缝底下透出一线光亮，但没人应答。"他大概是上楼去了，没关灯。"她推开门，发现他坐在扶手椅上，正在抽烟。

"抱歉，打扰您了。您明天晚餐想吃什么？"

艾拉迪一脸茫然地望着她。她又把问题重复了一遍。

"走近点，我听不清。"等她走近了，他伸手探进她裙子底下，抓住她的吊袜带弹了一下。阿曼达惊叫失声："哎哟！"就这样，艾拉迪·法里奥斯和厨娘阿曼达展开了一段婚外情。

索菲亚怀孕整整九个月时，正准备卜床，突然觉得肾脏一阵刺痛。艾拉迪赶紧去喊助产士西尔维娅太太，她已经在别墅里住了好几晚。助产士探了探索菲亚的脉搏，又摸了摸她的肚皮，说："你的羊水破了。听好了，等到没那么疼的时候，你就站起来，多走动走动，好让这事快点儿结束。"

第二天清晨,助产士去厨房叫人烧水,回来时碰上了瓦尔达拉夫人。夫人正要上楼去看索菲亚。

"我很担心您女儿。她产道太窄,我担心会拖得太久。"

特蕾莎忧心忡忡地问:"你怎么看,西尔维娅太太?我该叫法奎拉医生过来吗?"

索菲亚呻吟尖叫了足足两天。法奎拉医生告诉特蕾莎,可能得开刀把孩子剖出来,但除非绝对有必要,否则他不会下刀。索菲亚顺利诞下了一个男婴,法奎拉医生没动刀。男孩刚生下来的时候,脑袋活像个倭瓜。

"以后会好的,"助产士告诉大家,"我必须使劲挤,他妈妈才不会撕裂得太厉害。"

孩子洗礼那天,艾拉迪叫人打开了家里所有的灯,还给助产士和女们都发了喜钱,因为她们一直加班加点。艾拉迪欣喜若狂的模样让阿曼达暗自心伤。他们给孩子取名雷蒙。索菲亚更喜欢萨尔瓦多这个名字,随她父亲,但艾拉迪劝住了她。"我不喜欢给孩子取死人的名字,感觉会很惨。当然,所有名字都是死人的名字……但你懂我的意思。"

雷蒙出生三四个月后,律师的妹妹玛丽娜·里埃拉也生了个女孩,取名玛丽娜,随她母亲和外祖母。特蕾莎在报纸上读到了这则喜讯。她还隐约记得玛丽娜·里埃拉,多年前她见过那姑娘一次。那天晚上,她和丈夫还有贝尔加达夫妇去利塞乌剧院看《茶花女》,那是她第一次见到阿马德乌·里埃拉律师。这个新生女婴长大后,会爱上雷蒙·法里奥斯·瓦尔达拉。

雷蒙三岁那年,索菲亚又有喜了。她一点儿也不介意。"也许我这次会生个女孩。"她确信，如果能给艾拉迪生个女儿，就能把他和玛利亚分开。玛利亚长得漂亮极了，而且大家都意识到，她比雷蒙更爱她父亲。所有前来探望的人都说索菲亚会生女孩，西尔维娅太太也这么说。

"你肚皮是圆的，人人都知道，圆肚皮会生女孩。"她还建议索菲亚少吃东西多走路，"要是孩子生出来很瘦，你也别担心，我们会把她喂胖的。"

特蕾莎问："这次分娩会不会顺利一些？"

"当然了，这次肯定会很顺。咱们上次已经铺好路了嘛。"

索菲亚和艾拉迪的第二个孩子是早产儿，怀胎七月就呱呱落地。他们不得不往摇篮里塞满了热水瓶。有很长一段时间，全家人都提心吊胆，因为如果他哭得太久或发烧，就会发癫痫，舌头蜷起，顶住上颚，还会翻白眼，快要一命呜呼似的。阿曼达知道索菲亚有多想要个女孩，忍不住幸灾乐祸。

"活该，这是她的报应。那孩子长得活像熟过头的无花果！"

家里人过了好一阵子才给他办洗礼。最后，他们给他取名贾米。见孩子这么瘦弱，又病恹恹的，特蕾莎心烦意乱，没能去参加仪式。因为就在洗礼当天，准备下台阶的时候，她突然直挺挺地跌坐在地。艾拉迪和泰伦西叔叔不得不扶她起身，把她抬进会客厅。法奎拉医生立刻赶了过来。

"您哪里不舒服？"

特蕾莎用折扇指了指自己的腿，告诉他："我脚脖子发软，撑不起身子。右脚已经扭了有一阵子了，可我没太在意。"

法奎拉医生十分担忧，开了舒缓神经的药水，还叮嘱她多按摩。

"别费心去找按摩师了，我认识一个护士，她手法很不错。"他鼓励特蕾莎别放弃，"如果您怕走路，就给脚踝缠上绷带，再买根拐杖。"

特蕾莎盯着他，拿折扇敲了一下自己的膝盖，简直怒气冲天。

"给腿缠上绷带？那我宁可一动不动！"

法奎拉医生直摇头，仿佛想说些什么。

"别，什么也别说！我们都认识这么久了，你不用开口，我也懂你的意思。"她扬起手臂，伸手让他亲吻。"你别笑，这可不是为了博同情，完全是为了我自己。我的心已经死了，吻手给我点儿安慰。"她望着窗外摇曳的树枝，又补了一句："尽量多来看看我吧，拜托了。"

夏天里的女仆

阿曼达把两只鸡搁在水槽边,没有直接清洗,而是走出厨房,眯起眼睛眺望露台。她觉得自己肯定会被热死。在她身后,骄阳炙烤下的爬山虎看起来也蔫巴巴的。它们不像池塘边盘虬的黑藤,也不像缠绕大树的藤蔓,紧紧贴着粗糙的树皮,一年四季都绿意盎然。厨房墙上的爬山虎跟宅子其他墙上的一样,到了秋天会变得火红。它们能爬上光滑的墙壁,是因为长着小小的手掌。阿曼达拽起一根长长的嫩茎,打量上面的叶子,觉得它看起来活像蜥蜴。有时候,孩子们会拿这样的嫩茎编花环。"好了,该回去干活儿了。"阿曼达喃喃自语,用一块干净手帕抹去脖子上的汗珠。她从抽屉里拿出剪刀,在给一只鸡开膛的时候,突然想起了那些垃圾。这两年,附近新铺的路边建起了两栋公寓,带底层商铺的那种。有个杂货商租下了其中最大的一间铺子,他总爱把垃圾扔在别墅后院通往田野的小门边。她发现以后就告诉了艾拉迪先生。那个杂货商是个秃头胖子,留着一撮颤巍巍的小胡子。佛特尼斯先生过去抗议,杂货商一脸和善地叫他别担心。接下来,那人收敛了不少。但过了两三周,垃圾又卷土重来。艾拉迪先生不爱挑事，就让园丁把垃圾烧掉，空罐子埋掉算了。可是有一天，他说他受够了那些垃圾，又派佛特尼斯去跟杂货商谈判。也许是因为从一开始就没处好关系，那个叫安杰尔的杂货商狠狠嘲笑了他一顿。在阿曼达看来，那人本就上不了台面，佛特尼斯先生越是抗议，那人丢在门边的垃圾越多。

整栋大宅的人都在歇息。特蕾莎夫人准是在午睡，小姐夫妇俩去了马略卡岛[1]。"我俩从来不出门，孩子们却到处跑。"那天早上，她收到了索菲亚小姐寄来的明信片。上面写着，艾拉迪的肝病又犯了，身体虚弱，他们要推迟八到十天回来。既然先生不在家，司机米奎尔就回村里探望父母去了。他们辞退了可怜的车夫克莱蒙，卖掉了马车和马匹，买了汽车。当时阿曼达大哭了一场。如今，每次听见汽车引擎的轰鸣，她心中都会充满愤怒。但其他女仆却很喜欢那辆车，尤其是奥莉薇娅。她一闲下来就缠着米奎尔，虽然米奎尔压根儿不理她。"真是说谁谁就到啊！"阿曼达心想。奥莉薇娅恰好走进厨房，制服扣子统统敞开。她一屁股坐在椅子上，两腿岔开。

"厨房真是热死了，阿曼达！"

阿曼达转过身，一手拿着鸡胗，一手握着剪刀。

"要是你这么讨厌这里，干吗不出去瞧瞧，他们昨晚是不是又扔垃圾了？咱们很快就要被苍蝇活活吃掉了！"

不讨喜的奥莉薇娅耸了耸肩："又不关我的事。"

玛丽埃塔和埃斯佩兰萨从外面走进来，抬着一个大筐，里面

---

[1] 马略卡岛（Mallorca），巴利阿里群岛中最大的岛屿，每年晴天超过三百天，被称为"地中海的乐园"。

装满了晾干的衣服。

"要是今年夏天我没被热死,"玛丽埃塔说,"保准永远都热不死了。"

埃斯佩兰萨走到水槽边,推开阿曼达,放水冲了冲脸和胳膊肘。

"你在洗衣房干活儿,已经算轻松的了。要是你像我一样,天天都得熨衣服……"

阿曼达给鸡拔毛开膛,冲洗干净,放进笸箩,然后盖上纱布,免得招来苍蝇。

"马上苍蝇就要围上来了,拿围裙赶都赶不走。"

她也说不清为什么,但她这会儿心情不错。

"去把米凯拉喊过来,咱们人就都齐了。我来榨壶鲜橙汁吧。"

奥莉薇娅起身离开,然后领着米凯拉回来,说:"我有个主意。反正主人都不在,咱们可以去外头玩水呀。"

奥莉薇娅身材高挑,体形丰满,脑子活络,走起路来慢悠悠的,沽像个威严的女士。她和米凯拉去洗衣房取了浴盆和水管。阿曼达见玛丽埃塔和埃斯佩兰萨开始脱衣服,就警告她们别脱内裤,免得孩子们突然蹿出来。小孩子总是神出鬼没的。

"他们还小,倒是没关系。可要是见我们光着身子,他们可能会吓一大跳。"玛丽埃塔说。

她已经脱下紧身胸衣,拎起了裙摆。她来自恩典区[1],被索菲亚小姐一眼相中,因为她年轻漂亮,眼神敏锐,看起来挺爱

---

1 恩典区(Gràcia),又名格拉西亚区,是巴塞罗那市的十大区之一。

玩的。

"她挑女仆总是挑漂亮的，"阿曼达心想，"她就爱把艾拉迪先生逼疯，觉得这样才好玩。要是她们坠入情网就太傻了。见女仆不得不偷偷摸摸、匆匆忙忙地办事，她会有种恶毒的快感。要是她们聪明，就会故意挑逗先生。在她看来，这个把戏实在太好玩了。"

她就是头一个坠入情网的傻瓜。足足两年时间，她一直当自己是大宅的女主人。艾拉迪先生厌倦她以后，她虽然焦虑不安，但还是留了下来。索菲亚把一切都看在了眼里，总算是为曾经受过的煎熬报了仇。她一向嫉妒阿曼达，发生在眼皮底下的婚外情让她倍感羞辱。纯粹是自尊心作祟，她才没当场解雇阿曼达，因为那么做就等于承认她一直心知肚明。阿曼达不止一次想过辞职，但最后还是选择留下。后来，艾拉迪看上了一个叫宝琳娜的女仆，那姑娘会伸手抚摸他的小胡子。痛苦了几个月后，阿曼达终于释然了。前段时间，退休回家的女仆菲利西娅告诉她："我觉得，小姐的丈夫喜欢在外面风流。"阿曼达的外婆是个乡下妇女，外婆说起过自己成家后不久，从鸡舍掏完鸡蛋回家，发现丈夫大腿上坐着个女仆。她说当时她也烦躁了一阵子，但最后还是安下心来：她拼命使唤女仆干活儿，让她们像牲口一样连轴转。"要是她们以为在黑乎乎的角落里被摸上几把，就能少干点活儿，那就大错特错了……"阿曼达从外婆那里继承了认命的态度。每当肚子吃得饱饱的、脑子昏昏沉沉地躺上床，她就会想，自己在一户好人家有份工作，赚到的钱几乎全能存进银行。"其他的都不作数！"

她们已经脱光了衣服。阿曼达心想:"这些姑娘最大的也不过二十五,说不定还不满呢。"她们把水管接在屋外的水龙头上,放水灌满浴盆。玛丽埃塔是第一个下水的。她的男友来自远方小镇卡达凯斯[1],现在在巴塞罗那当兵,非常想念故乡的大海。周日,他们一起去公园,有时也去阿尔拉巴沙达海滩。玛丽埃塔常说:"他只亲过我一回,还战战兢兢的。我叫他别再那么做了。"接着,她伤心地补充说:"如果他是恩典区的,不是卡达凯斯镇上的,我俩的进展会快些,因为恩典区的人通常都直接进入正题。"

粉绿相间的气泡在玛丽埃塔覆满汗毛的皮肤上爆开。她盯着气泡,长叹了一声。

"你的胸形像柠檬,"奥莉薇娅告诉她,"两颗被太阳晒得发白的小柠檬。"

玛丽埃塔正用沾满肥皂的双手揉搓身体两侧。"少废话,多冲水!"

奥莉薇娅拿起水管对着她喷,两个人都咯咯直笑。接着,米凯拉也进了浴盆,双手捂在胸前。

"瞧你年纪轻轻,还挺有料的嘛。"埃斯佩兰萨说。米凯拉的脸顿时涨得通红。

"转过去,你前头已经冲干净了。"

米凯拉转身背对太阳,突然惊叫出声。奥莉薇娅没先提醒她就冲起了水,现在水已经很凉了。

---

[1] 卡达凯斯(Cadaqués),布拉瓦海岸上一座以白色房屋著称的小镇,距离巴塞罗那数小时车程,是西班牙人和法国人的度假胜地,也是著名画家达利的故乡。

"小声点儿!"

阿曼达有些慌了。特蕾莎夫人可能会醒来拉铃,问送炭工是不是来了,因为只要外面有动静,她就会问是不是送炭工来了。可怜的夫人,她的病情恶化得飞快,腿已经肿得不像样了。最糟糕的是,法奎拉医生说她永远好不了了。现在,就连以前常来的里埃拉律师都不来看她了。瓦尔达拉先生还在世的时候,里埃拉律师多次受邀来参加晚宴;他太太也会一起来,他太太看起来像只小鸟。后来,他经常一个人来,来拜访夫人。再后来,他突然就不来了,整个人像消失了似的。瓦尔达拉夫人从没提起过这事,只是眼神变得十分忧伤。

"那是喝酒喝多了害的。"奥莉薇娅说,"他们就不能让她戒了吗?"

"你想什么呢?"米凯拉说,"她成天坐在椅子上,不做针线活儿,也不打毛线,总得找点事做吧?"

阿曼达为夫人感到难过。她的姨妈安塞玛已经退休了,每次她前去探望,姨妈都会问她:"可怜的特蕾莎夫人怎么样了?"安塞玛姨妈独自住在巴塞罗内塔[1]的一间小公寓里,只吃蒜蓉面包和火腿,只喝加牛奶的咖啡。阿曼达看见简直惊呆了,但姨妈解释说:"我大半辈子都埋头做菜,已经受够了。"阿曼达知道特蕾莎夫人心地善良,只要瞧瞧她看小外孙贾米的眼神就知道了,那孩子的两条腿细得像麻秆。阿曼达也爱那个孩子,因为他那么瘦弱。她听人说,富人家的孩子都长不好,因为他们老爹到处鬼

---

[1] 巴塞罗内塔(Barceloneta),巴塞罗那市中心著名的海滩区域。

混，血都变稀了。最糟糕的是，他们生孩子是用来收拾残局的。

接下来轮到奥莉薇娅了。打肥皂的时候，她看起来美极了。大家都止住笑，一动不动地盯着她瞧。奥莉薇娅跟玛丽埃塔的未婚夫来自同一个地方，习惯在海里洗澡。她对大家解释说，她有时候会在晚上跟姐妹一起去海滩。

"什么也比不过在月光下下海洗澡。不是巴塞罗那的大海，而是水清清的大海。"

其他姑娘都笑她，说她不是跟姐妹一起，而是跟未婚夫一起裸泳。奥莉薇娅从来没有过未婚夫。她在银行里存了不少钱，大家都八卦说，那是爱上她的老男人给的。要是她们提起这事，她就转移话题；要是大家坚持要问，她就矢口否认——没人知道这个谣言是谁最先传出来的。奥莉薇娅有修长的美腿，结实的蜂腰，小嘴红得像樱桃。她摇头的动作坚决果断，无须多言就阻止了大家的八卦。阿曼达注意到，艾拉迪先生已经以他特有的方式，色眯眯地盯着奥莉薇娅瞧了。米凯拉正在给奥莉薇娅冲水。过了一会儿，大家都迫不及待想下水。阿曼达一直没脱衣服，因为她不想让其他人看见她过早下垂的乳房。于是，她主动提出给大家冲水。由于水管很长，阿曼达开始在露台上追着姑娘们到处跑。有好一阵子，所有人都跑来跑去，尖叫不止。

微风拂过，爬山虎的叶子轻轻摇摆。烈日灼灼，天气炎热。孩子们从公园的树荫下走出来，在树林边缘停下，先是吃了一惊，然后就跑了过来。雷蒙是第一个跑到的，玛利亚紧随其后，他们衣服都没脱，直接凑到了水管喷出的水柱底下。最小的贾米十脆一屁股坐在地上，脱掉鞋子和毛衣，慢慢靠近大家。在飞溅的水花底下，他的皮肤闪闪发亮。他紧闭双眼，两只胳膊挡在面前，像小兽一样不停尖叫。雷蒙一巴掌拍在他后背上："闭嘴，笨蛋！"

孩子们和女仆们窜来窜去，相互追逐，被太阳晒得发红，被热浪烤得发疯。阿曼达心想："还好罗莎女士出门了。"平常都是罗莎女士照顾孩子，她为人一板一眼，要是看见她们这么闹，肯定会气到中风。

"够了！"阿曼达扯着嗓门大吼，好让所有人听见，"要是这小家伙病了，他们会怪我的。"

她把水管扔在地上，关掉水龙头，拿围裙擦干双手。玛利亚站在她身边，浑身湿漉漉的。她今年八岁。刚收养她的时候，索菲亚小姐解释说，她是泰伦西叔叔某个远房亲戚的女儿，那个亲戚出事故去世了。但是有一回，有个女仆告诉她："阿曼达，你信我，这姑娘的身世肯定不简单。"时隔太久，她记不清是哪个女仆了。当时她没有回答。她不介意仆人们在主人背后说闲话，但也不鼓励她们这么做。她心想："家丑不可外扬。"

玛利亚三岁那年，一天下午，她在下午茶时间钻进了厨房。阿曼达俯下身问她："你想吃什么呀，亲爱的？是要巧克力卷，还是黄油果酱卷？"

玛利亚陷入了沉思，一根手指按在鼻翼边。阿曼达看得目瞪口呆：艾拉迪先生晚餐时经常摆出这个姿势。每当拿不定选哪款甜点时，他都会做这个手势。但小姑娘不可能瞧见，因为她从来没有跟父母一起用过晚餐。阿曼达惊恐地暗叹："她是他的孩子。"

孩子们

他们蹲在窗帘后面，贾米能感觉到玛利亚的头发蹭着他的脸，雷蒙的手按在他的脖子上。雷蒙时不时冒出一声："嘘，他们要来了。"没人会过来，他们都清楚。不过，每当雷蒙说"嘘，他们要来了"的时候，贾米都会觉得心惊肉跳。他们躲在窗帘后面，等罗莎女士上楼回屋，往肚脐上拍爽身粉，等爸爸妈妈出门去。爸爸会先下楼来，昂首挺胸，穿戴整齐，胡尖上翘。雷蒙说过，爸爸睡觉时会拿某样东西罩住胡子，但贾米没太听明白。接着，妈妈也会下楼来。窗帘后面的世界狭小又安全，只属于他们三个人。丝绒窗帘内衬深红绸缎，一条条褶皱堆叠着显得非常厚实，将他们与花园里那个神秘的绿色世界隔开。他们彼此呼吸相闻，有种心照不宣的同谋快感。书里那条恶龙，那条身披红鳞、鼻孔喷火、被雷蒙和玛利亚打败的恶龙，永远不会找上小到不起眼的贾米。

"贾米，"外婆特蕾莎会说，"喝吧，喝吧——酒会让你快快长大。"

女仆米凯拉坐在窗边织围巾，陪着外婆。贾米会举起绿色杯梗的粉色高脚杯。在丝绒窗帘布的遮掩下，雷蒙和玛利亚跟平时很不一样：他们没有推搡他，哪怕他挡了路，也没有掐他、赶他。透过玻璃窗，能看见屋外狂风呼啸的荒凉的花园，似乎跟他们出去玩的时候不一样了。那两张石头长椅，那座爬满紫藤的木架，虽说紫藤现在已经陷入了漫长的冬眠，还有沙尘飞舞的露台，每样东西看起来都苍白了许多。月桂树枝在风中呻吟，颜色似乎更暗沉了，仿佛群魔乱舞，声响不断，每片叶子上都有光点颤动。要是谁拿锋利的石头划过树干，上面会渗出某种汁液，贾米会轻声说："月桂树叶在看着我们。"

雷蒙捏住他的脖子掐了一把："别说怪话，吓人。"

玛利亚扭过头，拉开窗帘，望向玻璃外面摇摆的树枝。贾米意识到玛利亚的头发不再蹭着自己的脸颊，突然觉得好孤单。有人从楼梯上慢悠悠地走下来——那是爸爸。他在戴手套，慢慢调整每根手指的位置。戴好手套后，他下楼的速度会加快，还会用挂在胳膊上的手杖敲击最后几级台阶。

"爸爸往胡子上罩了什么？"

"你觉得呢？胡须保护套，笨蛋。"

贾米想问保护套是什么，但玛利亚"嘘"了一声，踩了一下他的脚。他们听见爸爸的声音问："孩子们在哪里？"

"他们在玩游戏呢。"罗莎女士回答说。每次爸爸下楼的时候，她都会假装上楼。"刮风下雨的日子里，您一离开餐桌，他们就不知跑到哪个角落去了。"

爸爸抬头望了一眼，然后转身离开了。雷蒙知道爸爸接下来会做什么。他闭上双眼，眼前浮现出爸爸从栗树下走过，来到大铁门边的小门前,握住门把手一扭。大风会刮得他的裤子紧紧贴在腿上。他会用一只手按住帽檐,身子前倾。人人都知道,只要门一关,他就会拽狮子嘴里的铃绳,然后等上一会儿,听远处响起门铃声。

"妈妈很快就会下来了,"玛利亚心想,"脸涂得煞白,嘴唇红扑扑的,一股香水味。"独自一人的时候,玛利亚会学着妈妈的样子,走到梳妆台的镜子前面,伸出一根手指,在舌头上蘸湿,抹搓自己的眉毛。然后,她会捏捏自己的脸颊和耳垂,让它们看起来更红润一些。

雷蒙轻声说:"今晚我们要爬上屋顶,杀掉招来大风的女巫。"

"她们是什么样的?"贾米问,声音小得几乎听不见。

雷蒙作势又掐了一把他的脖子。"又绿又紫。她们骑的扫帚跟苍蝇一个颜色。"

雷蒙眼睛里只有颜色:妈妈是玫瑰色,爸爸是咖啡加牛奶的颜色,玛利亚是白色,阿曼达是大地的颜色,外婆是红色。贾米从窗帘后面钻出去,连翻两个跟头,他开心的时候总是这么做。

"快,快躲起来,妈妈下来了。"雷蒙低声说,攥住贾米的胳膊。那条胳膊细得像麻秆,让雷蒙想起了在花园偏僻一角发现的那根树杈,形状像干草叉,两个尖头稍稍弯曲。他把那根树杈藏了起来,觉得有朝一日能派上用场。池塘很深,岸边很陡,那个角落昏暗又荒凉,池水绿汪汪的,周围全是枯死的灌木,上面爬满黑藤。水面映出树木拉长的倒影,还有头顶洒下的阳光中的点点黑斑,那是树叶的影子。雷蒙会盯着水面,双手插在口袋里,往池里吐口水,激起圈圈涟漪。要是只有他一个人,他还会往水里撒尿。池水会颤抖，涟漪会消失。藤条上挂着一串串果实，密密麻麻的黑浆果，尝起来有点儿苦。夏天，池塘水位低的时候，露出的淤泥上全是虫子和枯叶。高处的树枝上，斑鸠筑了巢。有时候刮起大风，云朵遮住天空，但顽固的蓝天总会冒出来——瓦蓝瓦蓝的，被树叶遮蔽，被树枝划破——那是围墙外的天空，那堵墙的墙头嵌着碎玻璃。许多个下午，透过外婆屋里的窗户，贾米醉眼蒙眬地望见过那片天空。

"喝吧，贾米，酒能变成血。"特蕾莎让贾米进屋，也让玛利亚进。但玛利亚很少进去，因为她觉得外婆的手看着很恶心。特蕾莎不愿让雷蒙进屋，因为他每次都会弄乱花瓶里插的羽毛。"每次他过来，都会惹我生气。"

前些天下午，他们在垃圾桶里发现了一件旧长袍，就把它扯成了碎布条。雷蒙和玛利亚抓住贾米，把长袍上的一根带子绑在他头上，另一根带子系在他腰间。他们摘了几片莲叶，往他脑袋两边各插了一片。"这是驴子耳朵。"

接着，他们往他肋下左右各插了一片，又往屁股后面插了一片。"现在你有尾巴了。"

他们逼他背上一捆树枝跑来跑去。"驾，驾！吁！"

贾米喊累了，他们却催他跑快些。他是个瘦巴巴的小男孩，医生给他脖子上和腋窝里长的皮疹开了针剂。他胸口凹陷，肚皮鼓凸，脊梁像鱼鳍一样凸出。他们催他快点跑，害得他差点喘不过气。雷蒙和玛利亚把他绑在一棵树上，说没人会来找他。"恶龙会过来啃你的手。"

他们把他一个人丢在那里，不时转身冲他扮鬼脸。他怕蚂蚁。要是蚂蚁见他不能动,爬到他身上来怎么办?没被绑住的时候,他会趁蚂蚁出洞的时候,把它们一只一只捏起来,塞进一个大盒子里,等它们慢慢干瘪,压成一块黑乎乎的泥饼。太阳快要落山了,贾米努力想挣脱,却没成功。他什么都怕:怕树上飞过的小鸟,也怕天知道哪里来的嘎吱声,还怕草丛中传来的沙沙声。寒意舔舐着他的脸颊,阴影开始爬上树干。他听见了斑鸠的叫声,却看不见它们在哪儿,忍不住哇哇大哭起来。"它们是女巫养的鸟,会挖掉你的眼睛。"最后,四处找人的罗莎女士终于找到了他。她牵起他的手,几乎是拽着他往回走,还不停告诫他:"好了,好了,别嚎了。你都这么大了,还哭鼻子!"

雷蒙和玛利亚头一次爬上梧桐树,越过花园的围墙跳到田野里,就从垃圾堆里翻出了两个玻璃罐。整个下午,他们都拿罐子当球踢,可把爬不过墙的贾米气坏了。两人在田野里玩累了,就把罐子抛过墙头。贾米一看到罐子就立刻捡起来。上面贴的标签有些松脱,标签上画着好看的绿豌豆。他把那个罐子藏进了灌木丛。第二天,他又把另一个罐子藏了进去。它们是他的了。他抓了条毛毛虫,把它关进了豌豆罐。另一个罐子稍小一些,标签上画着两只番茄,他打算关一只橙黑相间的瓢虫进去,可瓢虫紧紧抓着他的手指,就是不肯掉进去。他不停地安慰瓢虫:"我的小宝贝,小宝贝。"然后,他用大石头压住了罐口。但等他回头去看的时候,发现毛毛虫逃跑了,瓢虫则缩成一团,翅膀也收了起来。没过多久,雷蒙和玛利亚发现了他的罐子,立刻跑去垃圾堆里翻找玻璃罐。他们把蟋蟀和蜥蜴关在一起,蜻蜓跟甲虫混在一处。雷蒙拿戳满小洞的纸盖住罐口,再用绳子绑好。从不同的角度看过去，甲虫的后背会变幻色彩。他们把罐子带回了卧室，每人两个。黑暗之中，贾米会蜷在小床上，听着虫子在床底罐子里动来动去，快乐地进入梦乡。雷蒙一大早就会爬起来，赶在罗莎女士喊他们起床前，把所有罐子塞进他从洗衣房找到的篮子里，藏到石头长椅后面，然后跑回床上。他偶尔也会打开罐子，做些调整，把漂亮的虫子留给自己。那只大蜻蜓是贾米的，但有一天早上，他发现蜻蜓不见了，便踢了雷蒙一脚，雷蒙则揍了他一顿。更糟糕的是，玛利亚扯开盖住罐口的纸，把虫子全扔了。那天晚上，由于床底没了声响，贾米怎么也睡不着。他想告诉外婆他们做了什么，外婆会像往常一样对他说："贾米，我们得给坏小子雷蒙一点教训。"

外婆还会招米凯拉过来。"瞧瞧这孩子的耳朵，你不觉得太大了吗？"

米凯拉会拿着毛线和正在织的围巾走过来，回答说："它们挺薄的。"

他一点也不喜欢这样，但外婆的房间里有两样东西让他着迷：一样是摆在窗户底下的大花瓶，里面插着金灿灿的羽毛，羽毛末端有只蓝眼睛。外婆知道他喜欢那些羽毛，会对他说："贾米，你想摸羽毛就摸吧。"他会慢慢走近花瓶，两只手分别搭在瓶子两侧，一路往上移到蓝眼睛，然后扭头望向外婆。外婆会拿扇子敲敲椅子扶手，说："很好，贾米。现在你该走了。"另一样让他着迷的东西是大象。有一回，外婆特蕾莎解释说，它叫伯纳特。大象长长的鼻子向上卷起，额头嵌着一块半透明的红宝石。他最喜欢的是它的耳朵，看起来像两把蒲扇。有时候，他会站在大象面前一动不动。当他觉得外婆和米凯拉看不见的时候，就会伸手摸摸自己的耳朵，看是不是跟伯纳特的一样大。

有一天，他在一棵树下发现了一块小木板，就把它搁在水面上，自己蹲在地上，冲它吹气，看它漂走。然后，他拿树枝戳了戳它，又把它钩了回来。接着，他跑进洗衣房，翻出一把锤子和一盒钉子，再跑去厨房。

"阿曼达，你能帮我打个洞吗？"

阿曼达忙着洗虾，拿起一只活蹦乱跳的虾给他看。

"你瞧，如果我把它留在水槽里，它会生气的。过一会儿再来吧。"

他一屁股坐在了地上。过了一会儿，阿曼达问他要干吗。

"给我在木头上打个洞，把棍子塞进去。"

阿曼达打了个洞，小心翼翼地没打穿木板，然后把木棍一头削尖，插进洞里，又在小棍上绑了一块布。

"给你，还加了小旗呢。"

贾米回到池塘边，把木板放进水里。"小船"下水后歪向了一侧。他冲它吹气，看着它漂走。那天下午，罗莎女士给孩子们拍照，给他们父亲做生日礼物。贾米站在哥哥姐姐前面，手里端着小船，活像捧着贡品。

雷蒙发现那根树杈后的第二天，就把它拿给玛利亚看，举得高高的，炫耀了好一会儿。没过多久，总跟在他们屁股后头的贾米也来了。玛利亚去厨房拿了一把刀，雷蒙坐在树下，开始削尖树杈，贾米则忙着摆弄小船。后来，他觉得无聊了，就去看哥哥姐姐在做什么。玛利亚一把将他推向池塘："你自己玩去吧，别来烦我们。"

贾米站在原地,噘着小嘴,强忍眼泪,看雷蒙削树皮。他的眼睛盯着刀刃,盯着纷纷落地的树皮碎屑,盯着露出的白色木芯。玛利亚又吼了一声:"滚开!"

但他看得入神,根本没听见。小船无人看管,在反光的暗绿池水中悠悠打转。雷蒙猛地站了起来,把树杈架到贾米脖子上,抵着他缓缓后退。

"把他扔进水里!"玛利亚说。雷蒙继续抵着他后退,贾米害怕极了,紧紧攥着拳头,卡在树杈间的脖子都僵了。等他退到池塘边,雷蒙才撤回树杈,继续削尖。贾米抹了一把汗,手一直捂着脖子。他转过身,发现小船陷进了泥里。

医生说,贾米应该多到户外活动,不用急着上课学东西。罗莎女士给哥哥姐姐上课的时候,贾米就去花园里玩。他喜欢一个人待在花园里,而且总能发现新玩意儿:一朵他从没见过的花、一只死蜜蜂,还有蜗牛爬过留下的亮晶晶的痕迹。有一天,他经过那座生锈的大鸟笼,笼门只由一枚合页固定。前段时间,雷蒙和玛利亚拆掉了其他合页,想把笼门平放在地上。天上没有一丝风,他看见远处有棵树被小白蝴蝶团团围住,看起来一半绿一半白。他定在原地一动不动,胳膊垂在身体两侧,屏息凝神地盯着瞧。小蝴蝶相互追逐,在树枝间翩翩飞舞,像不肯安静下来的花朵。他走近了些,躺在地上,屏住呼吸,看着蝴蝶飞来飞去。每只看起来都一样,大小也差不多,围着它们小时候啃过的绿叶翻飞。时不时有一只飞上天去,再飞下来,加入其他蝴蝶的行列,跟其他蝴蝶混在一起,让人完全分不清哪只才是刚才飞走的那只。但到了第二天,一切都不一样了。还剩下一些蝴蝶,但那朵巨大的"蝴蝶云"不见了。他很少见到这么奇妙的景象。不过,天晴的时候,花园里总是充满惊喜。下雨天,如果他觉得大人太烦,觉得无聊时,就会去看外婆。他会用手掌拍门,等米凯拉来开门。外婆看着他,见他不敢进门,就会说:"进来吧,快进来,贾米。别拘束。"

米凯拉会搬来小凳,摆在特蕾莎的扶手椅边。他爬上去,脚碰不到地板,感觉沉甸甸的。他穿着绑腿式长筒靴,很长很长的那种,用来支撑脚脖子。雷蒙告诉贾米,他必须穿这种鞋,因为他的骨头太脆,不穿的话腿会折。罗莎女士教过他怎么系鞋扣,他花了好长时间才学会用那个顶部带钩的小工具。鞋扣经常滑出来,但罗莎女士坚持说:"你已经长大了,必须自己穿衣穿鞋。"

他不得不弯下腰,鼻子几乎贴着长筒靴,手里拿着引扣钩,眼睛里含着泪,努力将一颗又一颗扣子穿过对应的扣眼。而这个时候,雷蒙和玛利亚则从卧室里跑出来,一蹦一跳地去吃早餐,抢走最好吃的吐司片。等他在小凳上坐好后,外婆会一言不发地盯着他的耳朵。他发育得不太好,头大身子小。他等着外婆跟他说话,让米凯拉取酒杯过来。

"麻烦给贾米拿个杯子好吗?"

米凯拉会从橱柜里取出杯子,柜门上有拿金色长刀的武士。有一天,外婆告诉他:"贾米,你外公萨尔瓦多,也就是我丈夫,是个伟大的旅行家。他从维也纳买了一整套酒杯,这是最后一个,其他的都碎了。"

贾米听迷糊了:他知道什么是外婆,但从来没听说过外公。

从那天起，他每次拿起酒杯，手指都不敢太用力，生怕把它捏碎了。米凯拉会给他倒半杯酒。外婆为了逗他笑，直接凑着瓶子喝。

"贾米，"外婆对他说，"你绝对不能这样喝酒，因为你出身好。"

他抿了一小口酒，含在嘴里没咽下去，嘴里全是辣味，他盯着外婆裙子上的纽扣。如果不能压下想笑的冲动，他就会一口咽下这芬芳呛人的酒水。过了一会儿，他又抿了一小口。外婆提醒他："小口喝，贾米，小口喝。"有一天，他觉得难过，就爬下小凳，走到外婆身旁，依偎在她裙边。外婆意识到他很难过，先是抚摸他的头发，接着又把手轻轻按在他头顶，俯下身子对他说："外婆爱你爱到骨头里。"

他突然好想整个人埋进外婆身体里，变成一个大大的外婆，这样就能对像他一样在门口徘徊的孩子说："进来吧，快进来，贾米。"

有时候，米凯拉会盯着手里织的围巾，问他："最近你在外面看见什么好玩的了吗？"

起初他觉得难为情，但后来终于鼓起勇气，答道："我看见了好多树叶，还有一只疯瓢虫。"

他还说起了书里的恶龙。每当雷蒙和玛利亚翻开一页，插图里有那只龙，他们就会伸手拍打它，因为它是邪恶的化身。况且，如果他们不把它打晕，它就会从书里飞出来，鼻孔喷火，甩起尾巴抽他们的腿。如果他喝完了酒，没有人说话，他就会走到窗前，踩上垫子，踮起脚尖，鼻子贴在玻璃上看雨。外婆告诉他，屋里有三样东西是他的：酒杯、小凳和窗边的垫子。如果窗玻璃起了雾,大人又不许他用手擦,他就会走回小凳边。有一天,外婆怂恿他一口气灌下了两杯酒,他忍不住说出了不该说的事:有一棵树上住着白蝴蝶,它们总是飞来飞去,成双成对,先是跳舞,然后追来追去,笑个不停。他刚说完就意识到她们不信。

外婆招手叫米凯拉过来:"瞧见了没?他喝得耳朵都红了。"

米凯拉摸了摸他的一只耳朵。"而且好烫。"

"再给他倒一杯。"

他喝完酒,举起杯子盯着瞧,他喜欢这样看,但米凯拉一言不发地夺过了酒杯。他两腿悬空,等外婆转过身来,他用指尖碰了碰她的裙子,感觉软软的。

"你为什么摸我呀,贾米?"

他没有回答,因为不知该说些什么。他眼前的外婆,头顶有一座大山,通过一个红色大洞发出声音,说出的话惹他发笑,就像用花瓶里的金羽毛挠他的痒。那天,他提到雷蒙偷了他的蜻蜓,外婆问:"那蜻蜓是怎么说的,贾米?"

他突然好想笑,连忙用手捂住嘴,紧紧按住,这样她们就不会发现了。女仆们第一次在户外冲澡,阿曼达给他换了干衣服以后,他就跑去找外婆,讲了女仆们做的事,还有雷蒙和玛利亚也让阿曼达朝他们喷水。外婆正在看书,从镜框上方瞥了他一眼。

"她们还露出了私密部位?"

他想了想,然后点了点头。外婆伸出只戴满戒指的手,把他拽向自己裙边。他闻到了外婆与酒精混杂的迷人气味,从扶手椅上弥漫开来。"这事可别跟别人说,贾米。要保密哦!"

当他走到门边,准备离开的时候,听见外婆对米凯拉说:

"我想这孩子是出现幻觉了。"

到了秋天,当树叶变得像火一样红,孩子们就玩起了埋人游戏。他们躺在树下,将一捧又一捧树叶堆在自己身上,然后等着更多的红叶落下。每看见一片叶子落下,他们就会大喊:"来呀!"玛利亚说,叶子会落在喊得最响的人身上。他们喜欢那股麝香味,喜欢采树干上长出的蘑菇。玛利亚知道,这个绿荫和枝条组成的世界不会永远都在。爸爸妈妈常说:"等玛利亚长大了……等玛利亚结了婚……"她宁可一切永远保持原样:娃娃屋、音乐盒、爬山虎和鲜花,还有雷蒙。她有一种模糊的感觉,觉得她只想要这些,这辈子只想要这些——仿佛凝滞的池水淹没了其他所有欲望。如果树叶落得不够快,贾米就会打起盹儿来。他的哥哥姐姐会爬上梧桐树,再沿着树枝爬上墙头,然后从墙头跳到田野里:那么快乐,那么轻盈。他们爬墙回来的时候,会紧紧攥住垂下的藤条,脚尖伸进碎砖形成的窟窿里。在树荫底下,一切都显得幽暗。苔藓和蕨类植物颜色深绿,叶子背后爬着小蜗牛。他们到田野里去打蜥蜴。雷蒙告诉贾米,必须打蜥蜴,因为它们是恶龙派来的间谍。有一次,贾米看见他们在鸟笼边打中了一只小蜥蜴,他一直抱怨到了上床睡觉前。雷蒙朝蜥蜴扔小石子,几乎每次都能打中。蜥蜴一被打中,就会断尾逃跑。如果贾米醒来时发现只剩自己一个人,就会焦躁不安。他知道他们在对蜥蜴做什么。他去池塘边看了看,那条被遗弃的小船已经朽烂了。

有时候,他不去花园玩,也不去看外婆,而是去玛利亚的房间。她的屋子闻起来像变了味的古龙水，混杂着娃娃屋旧纸板的味道。她的娃娃屋现在已经破烂不堪，前门两侧的墙上画着玫瑰。要是拔下藏在屋顶底下的小插销，娃娃屋的整个外立面就会打开，能看见里面的餐厅。碗柜有好多层搁板，杯子在上面一字排开，每个只有顶针那么大。桌上摆着一只铜壶，玛利亚往里面插了几根复活节蛋糕上的彩绘羽毛，因为爸爸买回娃娃屋的时候壶里空着。卧室里有两张床，一张床上躺着个男孩，另一张床上躺着个女孩。被罩上绣了花，可惜落了一层灰，看起来灰扑扑的。有一次，玛利亚把男孩从床上拿下来，但马上就放了回去，因为他没有脚。通往二楼的楼梯边，站着孩子们的爸爸妈妈。他们看起来像是刚从剧院回来，准备上楼去看看孩子们是不是睡着了。他们背对前门站着，衣服全被蛀坏了。贾米告诉外婆，娃娃屋的爸爸妈妈衣服上有洞，外婆感叹说："都是蛀虫惹的祸。伤害娃娃的蛀虫不是好东西。贾米，我觉得奇怪的是，它们居然没把衣服全啃光。"贾米会双手紧握，跪坐在娃娃屋前面，因为他们不许他乱摸。他会俯身向前，使劲儿闻。有一次，他控制不住自己，把娃娃的爸爸妈妈转了过来，看他们的脸。那个男人留着胡子，但少了一只眼睛。女人的项链一直垂到膝盖，头发上粘了一颗钻石星星。他觉得听见了声响，就赶紧关上娃娃屋溜走了。那天晚上，罗莎女士问他："你为什么把他们转过来？"贾米说自己没碰过，反正也没人看见。他以后再也不会打开娃娃屋了。

如果雷蒙和玛利亚坐在紫藤架下的长椅上，他就会凑上前去。春天，紫藤花盛开，他能听见蜜蜂绕着花丛嗡嗡叫。两人一看见他，雷蒙就对玛利亚说："烦人精来了。"贾米从远处望着他们，免得被他们推开。两人抬头往上看，似乎瞧见了什么，于是他也抬头望去。他实在忍不住，尽管他知道雷蒙会弹着舌头啧啧有声，两人会哈哈大笑。麻雀飞上月桂树，又飞了下来。

厨房里的姑娘们在放声歌唱。面对哥哥姐姐坐着的长椅，贾米抬手捂住自己的耳朵。雷蒙狠狠拽过他的耳朵，因为他告诉外婆，听见他们在屋顶上玩。外婆告诉了米凯拉，米凯拉又告诉了罗莎女士，后者则急忙告诉了他们的父母。"屋顶上？"爸爸说要给他们点儿教训，"饭后没有甜点吃，天一黑就上床去。"贾米缩在角落里，比哥哥姐姐更害怕。后来，爸爸踱了一会儿步，又说："要是你们再那么做，每天晚上我都把你们绑在阳台护栏上。"贾米的耳朵变得滚烫，疼得厉害。紫藤花纷纷飘落。他正入神地看着一只蜜蜂采蜜，玛利亚突然走到他身后，踮起脚尖踹了他一脚。雷蒙和玛利亚心满意足地走了，留下他孤零零一个人。他坐在长椅上，看着身边静静飘落的花朵，感觉棒极了。阳光洒在露台上，虽然天还不是特别热，但姑娘们已经在户外冲了两天凉。

他们蹲在窗帘后面。妈妈从楼梯上下来，正在系手套的纽扣。她总是戴过肘的长手套，等系好纽扣拽平以后，又故意弄出几道精心设计的褶皱。像爸爸一样，她一旦调整好手套，就会加快下楼速度。每当楼下前厅有人，她都会故意放慢脚步。三个孩子很惊讶，因为妈妈没有马上离开，而是进了餐厅。他们把窗帘拉开一条缝，看妈妈在做什么。只见她对着壁炉上方华丽的镜子，打量镜中的自己。镀金边框的镜子模糊了她的五官，镜中人仿佛在龇牙咧嘴做鬼脸。照镜子的时候，索菲亚意识到孩子们在偷看她。她故意缓缓转身离开，假装没有看见他们。贾米喜欢妈妈衣服上的纽扣：有贝母做的纽扣，有像小球一样圆溜溜的玻璃纽扣，妈妈总是抱怨它们没用，因为它们会从扣眼里滑出来；她大衣的纽扣有些是金的，有些是银的，都刻有精致的花纹，像是用硬挺的蕾丝做成的；还有骨头做的纽扣，形状像挂在客厅里当花瓶用的号角。纽扣、蕾丝、羽毛……那是个柔软又芬芳的世界。玛利亚想跟妈妈一样，穿绣花镶钻的裙子。只要妈妈一出门，她就会趁晚起的爸爸还在浴室里哼歌，跑去偷偷试穿那些裙子。

妈妈打开了前门。外婆坐在客厅的红椅上，体态臃肿，眼神忧郁，啜饮红酒。人人都觉得小孩什么也不懂，但其实他们什么都知道。米凯拉像只受惊的鸽子，总是瞪大眼睛，步履匆匆，总在拽长筒袜。米凯拉目光如炬，总是竖起耳朵，听着外婆屋里说的每句话。她手脚利落，制服整洁，围裙挺括，头巾用发卡别得平平整整。玛利亚在地板上发现了一块头巾，就把它夹在了自己格子制服的领带后面。她时不时伸手摸摸领带，确保头巾没丢失。米凯拉一直陪着外婆，那位老夫人曾经美艳绝伦，所有绅士都拜倒在她的石榴裙下。她从来没训过他们，不像罗莎女士那样，每次他们忘了上堂课讲的内容，罗莎女士都会大发雷霆。

用过晚餐后，罗莎女士会上楼去，用插销插上房门，因为房门钥匙不见了。雷蒙把钥匙扔进了井里，好偷看她往肚脐上扑爽身粉，因为她肚脐太深，长了红疹。井里还躺着一只带铃铛的银手镯，那是玛利亚小时候戴过的。有一天，玛利亚说贾米是只恶心的蜥蜴，贾米就偷偷把镯子扔进了井里。

妈妈一出门，贾米就从窗帘后面钻出来，连翻了三个跟头。他们终于没人管了，可以想怎么玩就怎么玩了。外面狂风呼啸。通常来说，刮风天没法出门，他们就会玩警察抓小偷的游戏。玛利亚装作刚走出教堂的富太太，贾米扮乞丐。富太太停下来布施的时候，乞丐就伸手去摸她的钱包。雷蒙当警察。

但是那天，贾米不想玩警察抓小偷。"我想去花园玩。"

雷蒙把他推到窗边。"你看不见外面风多大吗？"

窗外狂风呼啸，月桂树枝不时剐蹭墙壁，时而有树叶像鸟儿一样飞过。贾米看着玛利亚，她长得漂亮极了，人人都这么说。有一次，她发了烧，小手滚烫，医生一边摸她的脉搏，一边盯着她瞧。离开之前，他刮了一下玛利亚的鼻梁。"这小姑娘真漂亮。"妈妈站得笔直，用跟男士说话时特有的表情看着医生："真的吗？"雷蒙还记得那一天，他俩手拉手掉进了水里，因为他们在玩倒着走。落水的那一刻，雷蒙紧紧攥着玛利亚，把她也拽进了水里。水里凉飕飕的，她的裙子翻了个个，衬裙的花边贴在大腿上，只看见方格、波纹和花朵。池水环绕着他们，黏稠又浑浊，看不见天空，也看不见树叶。他们感觉迷失在了那片大海中，海里既有跃出水面的小鱼，也有缓缓游弋的鲸鱼。那片大海深不见底，鲸鱼的背脊露出海面，从鼻孔喷出水柱，有些鲸鱼不止一个鼻子。鲸鱼游动的时候，鱼叉插在它们脂肪形成的厚墙上，墙里头是它们的心肝肠胃，都是人身体里也有的东西，只不过比人的大得多，因为鲸鱼是海中之王，比护卫舰还要大，能装得下所有的断桅、破帆和烂木板。鲸鱼体内的一切都在运作，有很多液体流来流去，还有不完全算是血的血液。血能让心脏跳动，如果你跑得太快，它还会撞上你的肋骨，红色液体会冲刷你的心肝。心脏就像女仆系在腰上装衣夹的袋子，她们拿肥皂洗完衣服、晾床单时，就要用到那些衣夹。环绕玛利亚大腿的池水，还有方格和花朵图案的花边，全都美不胜收。他们两个沾了一身泥，雷蒙攥着玛利亚的手不放，叫她别怕。一只蜘蛛从树上垂下来，擦过他们的额头，吓得他们大叫起来。他们慢慢钻出树丛，走进厨房。随后，只听见阿曼达的尖叫：你们去哪儿了弄这一身泥？他掀起她的裙子，又看见了花朵和波纹，她的皮肤又热又脏又紧绷。

雷蒙把鼻子贴在窗玻璃上的时候，玛利亚款款走下楼梯，装作在戴手套。阿曼达走进餐厅，问："你们又在瞎闹什么呢？"

贾米也说："要是妈妈知道我们在餐厅里玩，会狠狠罚我们的。"

要是贾米不打小报告，妈妈怎么会知道？阿曼达离开后，他说什么也要去外面玩木头。为了让他闭嘴，雷蒙捶了他一拳，还吓唬他说，要叫门童把他跟耗子关在一起。

"根本没有耗子。"

在大宅里干活儿的女仆玛塔跟他们说过，她的未婚夫关在牢里，还绘声绘色地描述了他是怎么被耗子团团围住的，那些耗子想要咬他。不过，爱管闲事的罗莎女士说牢里没有耗子。玛利亚走到雷蒙身边，递给他一根针。"戳他脖子！"贾米像爸爸一样，一看见血就犯晕。雷蒙和玛利亚玩起了流血游戏，他们故意戳破对方的手指，让血珠冒出来，红艳艳、圆溜溜、亮晶晶的。贾米一句话也没说，直接走到门口，狡黠地瞥了他们一眼，然后放声大哭，说他们要害他。

罗莎女士不知从哪里冒了出来："你们真不害臊啊？可怜的贾米！"

贾米紧紧攥住罗莎女士的裙子，说他们有一回把活蚂蚁塞进他脖子里，玛利亚还拽他头发。罗莎女士又骂他们不知羞，还说要找他们爸爸聊聊。玛利亚顶撞了回去，说她才不在乎呢，因为爸爸只信她的话。贾米气得两只眼睛都鼓了出来，嚷嚷着："你是收养的！收养的！"

罗莎女士心烦意乱，叫他以后不许再说这种话。"你是从哪里学来的？"

她把贾米搂在怀里。贾米告诉她，玛利亚不是家里亲生的，是从别人家抱来的。这时，他们的妈妈忘带了东西，刚好回来。玛利亚跑向她，大喊："妈妈！妈妈！"

索菲亚问："怎么了？"

"孩子们有点紧张，夫人，肯定是因为风太大了。"

贾米什么也没说。妈妈是家里的公主，只要她回到家，他就什么也不怕。

他听见两人在屋顶上哈哈大笑。阳台的门敞开着，月亮出来了。他是被热浪蒸醒的。那天下午，他们玩得很是尽兴，从妈妈的衣柜里拿鞋子试穿。贾米试的那双鞋会变色，从这边看是金色，从那边看是紫色；玛利亚穿的鞋镶了钻；雷蒙则穿了双过膝长靴，鞋尖和鞋跟都裹着漆皮。他们仨在屋里大摇大摆地走来走去。过了一会儿，贾米突然意识到，屋里只剩自己一个人了。他走进游戏室,去看自己的陀螺。可以拿钥匙从那个陀螺侧面插进去,给它上发条。等它转起来,钥匙就会慢慢松开。陀螺上画着红、黄、蓝三色彩带。只要发条一停,陀螺就会摇晃起来,最后朝一边倒下,不再动弹。它闻起来有点儿像水龙头。等它钻进沙发底下,不再转动,他就跑去找外婆。但从屋里出来的罗莎女士告诉他,外婆已经睡了。她试着向他解释,他们给外婆打了一针。贾米不知该做什么,没跟任何人说晚安就爬上了床。躺在床上,他觉得很不舒服。有只蚊子钻进了蚊帐,他竖起耳朵听蚊子嗡嗡叫,突然听见屋顶上传来了笑声。他想要爬下床,却被床单缠住了。蚊子安静下来,肯定是准备要叮他。月亮已经消失不见,闪电像鞭子一样从上而下划破夜空。最后,他一脚蹬开蚊帐,跳下了床。刚钻进走廊,就被一阵轰隆隆的雷声吓得缩起了脑袋。

贾米在黑暗中摸索前行,爬上楼梯,很高兴能看见闪电。他停下脚步,捂住耳朵,免得又有雷声炸响。他心想:"他们在上面,他们在笑呢。"他继续沿着螺旋楼梯往上爬;台阶一侧很宽,另一侧则窄得几乎看不见。他紧紧握着楼梯扶手。透过墙上的小窗,晚风袭来,视野清晰。通向屋顶的门大敞着。他朝下张望,不敢顺着铁梯往下爬。云海中的圆月像颗橘子。他看见两个黑影,还有一根长绳,两头分别拴在两根烟囱上。他们仰面朝天躺着,脚抵着屋檐的雕花铁艺护栏。他好想凑上去跟他们一起玩,但梯子让他心惊胆战:那是个简陋的直梯,扶手只有一根铁条。他扯开嗓子大喊:"你们在干吗呀?"他们没有回答。他开始往回走,担心蚊子还在蚊帐里乱窜。他走上阳台,又一道闪电划过，刺得他不得不闭上眼睛。一颗又大又圆的水珠滴在了他的额头上。他赶紧钻进屋里，很快就听见了雨点打在月桂叶上的声音。

第二天，他们告诉他，他们在屋顶上过夜是为了看日出。"好了，去打小报告吧！"他走到树下，听见他们跟在后面。外面淅淅沥沥下着小雨，雨滴从树叶上滑落，斑鸠咕咕的叫声让他平静了下来。他想："他们在屋顶上看到了日出，可我看见了蝴蝶，他们没看见。"一觉醒来，他就跑去告诉外婆。外婆正在吃早餐。

外婆说："你真叫我吃惊，贾米。屋顶是让人栖身其下的，你最好永远别上去！"

见他摇头，外婆便对米凯拉说："拿红衣主教给贾米看看。"

米凯拉打开小柜，拿出一根树枝，上面站着一只红鸟。

"等你长大了，我会把它留给你。这只鸟以前活过，现在死了。摸摸看，摸摸它，贾米。"

他不敢摸，看是一回事，摸又是另一回事。他问外婆，雷蒙和玛利亚有没有见过它。

"他们没见过，而且永远不会见到！"

他斜眼看着外婆，笑了起来。

现在，每当听见斑鸠的叫声，贾米都会抬头望去。但像往常一样，他只听得见咕咕叫，却看不见斑鸠。雷蒙和玛利亚肯定是踮着脚尖跟在他后面。他怕得要命，但又不敢转身。他慢腾腾地往前走，双手紧紧贴在大腿两侧，屏住了呼吸。他忘了告诉外婆，他俩还穿过妈妈的鞋子。他要赶在罗莎女士催他上床前去告诉外婆。他还要告诉外婆，他们跟他走到树下，想要害他。

雷蒙走到贾米身边，看都没看他一眼，直接问："你是不是去告状了，说我们昨晚在屋顶上？你这个告密佬，真是一点时间都没浪费呀，对吧？"

说着，雷蒙重重一拳捶在他胸口。贾米朝池塘飞奔而去，可雷蒙的腿比他长，不一会儿就追了上来，从地上捡起树杈，抵住他的脖子。

"不许动！"

贾米的后背撞上了树干。"停下，你弄疼我了！"

玛利亚学着妈妈的样子，轻轻抚摸他的脸颊，说："可怜的胆小鬼。"她的手软乎乎的，眼睛亮晶晶的，好像从树叶上落下的小星星。

雷蒙大喊："动手！"

玛利亚手里捏着一根针。贾米觉得脖子一阵刺痛，茫然地看着玛利亚，似乎还没弄清状况。接着，他啜泣起来，感觉两只手僵住了，便低头看了一眼。他试着推开抵住脖子的树杈，但雷蒙推了他一把，害得他跌倒在地。有好一阵了，他们谁也没动。

"收养的……"

树林里突然亮了起来。又小又圆的橘色太阳在树木和红叶间盘旋。贾米回想起在灯下看自己的手，看见粉红色的肉裹着骨头。树杈把他逼到了水边，他仰面朝天掉进了池塘。树上的叶子越来越小，一切都变得遥不可及。他试着挣扎动弹，但他只转过半圈，就感觉脑后一阵剧痛，寒意袭来。

窗边的斑鸠

特蕾莎·瓦尔达睁开双眼,首先映入眼帘的是窗台上的斑鸠。它比鸽子小一圈,羽毛咖白相间,脖子上有一圈黑毛。脸皮可真厚啊!骤然发闷的胸口让她倍感痛苦。她丈夫去世那天,也有只斑鸠在她窗前咕咕叫。她知道那是斑鸠,因为索菲亚说:"瞧呀,妈妈,有只斑鸠。它们可真野。"从那以后,特蕾莎再也没想过那件事。斑鸠飞走前发出了一阵犹如笑声的鸣叫。特蕾莎揉了揉眼睛,捂嘴压下哈欠。然后,她摸了摸自己的膝盖——硬邦邦的。随着生命之旅走向尽头,她想要放火烧掉一切,她爱过的一切,家具、树林、大宅,一切都将在火焰中化为灰烬,统统得到净化,不留一丝回忆!在火焰中央,她将与画着茄子和兔子的静物画融为一体。她不知道是那幅画颜色变深了,还是她的视力下降了?

房门突然开了,索菲亚握着门把手,问她有没有看见贾米。特蕾莎不得不思索了片刻。

"今天早上还见过,应该没错。他嘟囔了几句,说起了蝴蝶还是萤火虫。你知道米凯拉去哪儿了吗?"索菲亚关上门,没有回答。

在窗玻璃外面，斑鸠笑着飞走的地方，特蕾莎看见了玛利亚的小脸，悲伤惨白，像个鬼魂。那双深邃的眼睛好似漆黑的湖水，中央是静止不动的瞳孔。特蕾莎俯身向前，想要喊住玛利亚，但她缓缓后退消失了。不安感再次攫住了特蕾莎：因为她只能坐着，没法四处走动，不得不掩饰自己起伏的心绪。她觉得口渴，但离桌子太远，够不到摇铃。她挣扎向前挪动椅子，但一条椅子腿发出了行将折断的呻吟。她觉得更不舒服了。为什么她不肯坐轮椅？那样的话，她就能自由前往想去的地方：去桌边，去窗边，去门边，推开门。阿曼达出去买甜食了，米凯拉不知干什么去了。她听见前厅有声响，但又不敢喊人。她似乎听见斑鸠在树上笑得更大声了。那些褐色的鸟儿，脖子上有根黑线，显得优雅而温柔。她好想插翅高飞，奔向危险，直面死神。窗玻璃后面玛利亚的那张小脸，仿佛是圣母玛利亚的面庞，正要引领她前往死荫之地。特蕾莎觉得呼吸困难，便仰头吸了几口气。最好什么也别去想，如今能救她一命的东西，就是"别去想"，或者只想些傻事。她努力这么做。夕阳落山时的天空是多么熠熠生辉！她想起了她情人领带夹上的珍珠，那曾是她丈夫的心爱之物。她还想起了别墅阳台边的白色樱花，她曾经跟阿马德乌在那里见面，在那里共赴云雨，仿佛整个世界都将在日暮时分终结，终结于艳红夕阳与暗沉阴云之下。为什么他们要那么相爱？为什么他们要失去对方？为什么岁月如此漫长？为什么一切如此虚伪？这本不该是她的人生！她的青春岁月里有许许多多的白花。那个插满白丁香的花瓶，它在哪里啊？老天啊，那个插满白丁香的花瓶在哪里！真的有白色的丁香花吗？还是说，那些花是记忆编出来折磨她的？等阿曼达进门，她就会问："真的有白色的丁香花吗，还是我在做梦？"阿曼达会停下来看着她，回答说"有"或"没有，丁香花没有白色的"。如果有的话，她会说："看在老天的分儿上，特蕾莎夫人，难道您不知道紫丁香旁边的篱笆底下就有一大丛白丁香吗？"想到这里，她突然想起来了。没错，确实有白色的丁香花。那些花儿盛开的时候，她跟女仆一起去采了一篮，香气四溢，美不胜收。

特蕾莎突然意识到，罗莎女士正站在自己身边，自己刚才根本没听见她进门。罗莎女士的眼睛深藏在那副造型夸张的眼镜后面。

"瓦尔达拉夫人，请问您知道法奎拉医生的地址吗？孩子们肯定是把电话簿藏起来了，没人记得他住在哪里。"

阿曼达和米凯拉扶着瓦尔达拉夫人坐上轮椅，把她推进书房。烛光环绕之中，贾米看起来就像睡着了。在夭折的外孙身旁，特蕾莎不知该做些什么。仿佛一切都不是真的，似乎只要稍稍做个手势，就能召回某些最好不要知晓的东西。她让她们把轮椅推近一些，伸出一只手，搭在孩子冰凉的额头上。她再也看不见穿着那双大靴子，一脸惊恐地走进她房间的小外孙了。"喝吧，喝吧，贾米。"她压下了一声抽泣。她的指尖触碰到了冰冷的死亡。她的手滑落下来，阿曼达将它托起，放回夫人的膝头。

"我就不能再摸摸他吗？他是我的外孙啊。"

米凯拉开始祷告。瓦尔达拉夫人让阿曼达从花瓶里取一根羽毛过来。"最长的那根。"阿曼达把羽毛递给她。在递还给阿曼达之前,她仔细打量了一番:羽毛流光溢彩,顶端有一只神秘的蓝色大眼。

"给,贾米,带去给天使看看吧。"

阿曼达把羽毛放进棺材,贴近孩子的身躯,然后在他额头上画了个十字。

"他是溺水而死。可是,特蕾莎夫人,愿主宽恕我邪恶的念头,也许我什么也不该说的。可怜的小家伙,就他那小身板,可防不住别人使坏。"

她揭开盖在贾米脖子上的白丝帕,特蕾莎看见一道深入肌肤的印痕,好似一条暗紫色的项圈,活像斑鸠颈上的黑线。

"医生来看他的时候,这印子还没显出来。"阿曼达伸手抚过那条痕迹,"特蕾莎夫人,这可不是水能弄出来的。"

第二部分

噢落叶[1],留我独饮伤悲!

——威廉·布莱克[2]

---

1 原文的 leave 一语双关,作为名词有"树叶"之意,作为动词有"离去"与"留下"之意。本句选自威廉·布莱克诗集《月亮上的孤岛》(*An Island in The Moon*),全诗抒发了林中落叶带来的愁绪。
2 威廉·布莱克(William Blake,1757—1827),英国十八世纪至十九世纪的浪漫主义诗人、画家,代表诗作有《纯真之歌》《经验之歌》《天国与地狱的婚姻》等。

里埃拉律师

他站在门口，撑开雨伞之前，先伸手摸了摸领带夹上的珍珠：他已经有一段时间没戴过它了，但今天必须戴上。大理石做的门槛上满是泥泞，让整栋宅子看起来寒酸了几分。他做了几次深呼吸，吸气时收起肚子，吐气时肚皮慢慢鼓起。他撑伞走上了街头。前一天晚上大雨瓢泼，但从今天中午开始，只零星下了几滴雨。一阵微风袭来，刺痛了他的脸颊和可悲的双下巴。走路的时候，他尽量不把脚抬得太高，免得新裤子的裤脚溅上泥点。阳台上时不时落下水滴——滴答一声，掉在他的雨伞上。伞柄呈完美的弧形，末端装饰了一颗金橡子，很容易掉。他不知道有谁能修，又不好意思找人打听。每次把伞挂在前臂上，他都会伸手摸摸看，确保橡子还在原处。雨后的空气无色无味，能让血液焕然一新。随着年纪越来越大，人的细胞很难更新换代，生活中的一切都渐渐崩溃。滴答！又是一滴雨。他想起了亡妻康斯坦西娅。年轻的时候，他们晚上出门散步，常说雨天地上的光影五颜六色，比路灯还好看。他确信，可怜的康斯坦西娅从来没怀疑过他跟特蕾莎……枝头的樱花还在盛放，让他想起了年轻时的特蕾莎·戈达伊·德·瓦尔达拉。遇见她的那天,他感觉有一股新鲜空气涌进了自己的生命。她在他办公室门口停下脚步,整理裙摆。她肤色雪白,胸围傲人,浓密的秀发上戴着一顶宽边帽,香气四溢,打扮精致。

"我是特蕾莎·瓦尔达拉。您也许还记得我吧?我丈夫买下别墅的时候,我们见过面。"

里埃拉律师摇了摇头,眼睛一直盯着她,看得入了迷。

"当然了,您见过的人太多了。但我还记得您,从一千个人里面也认得出您来。有一次,我跟丈夫和几个朋友一起去看《茶花女》,中场休息的时候,我朋友说:'瞧呀,那是里埃拉律师。'那时候,您身边有一位迷人的女士。尤拉莉娅告诉我,她叫玛丽娜。那时候……您还有印象吗?噢,当然没有了。我们签合同买下别墅的时候,我没有见到您,但那天晚上在利塞乌剧院……过了这么久……"

她的声音越来越小,目光扫过他桌上的文件和花瓶,瓶里插着一朵含苞待放的红玫瑰。康斯坦西娅已经感冒好几天了,公寓里弥漫着接骨木花的药味。意识到这一点,里埃拉律师觉得有些尴尬:好巧不巧,怎么正好赶上今天下午……

"利塞乌剧院那一晚以后,又过了很久,我丈夫才介绍我俩认识。那时我们刚看完展览。"特蕾莎举起一根手指,"您太太陪着您,对,没错。她穿了一条蓝灰色长裙,戴着镶了钻石和海蓝宝石的耳环。您肯定还记得吧。您不记得了吗?我还记得呢,就像在昨天一样,因为您……噢,抱歉我的用词……您的发型好浪漫。大概没几个人会这么说吧。噢!我不是说律师不能留长发。您懂我的意思。更何况，就算您不记得我了，我还是得说说我是谁。"

里埃拉律师请她坐下，自己也坐了下来。尽管他习惯坐着接待客户，通常会假装在看书，以便给客户留下好印象，但一看见特蕾莎，他就会急忙起身迎接。

特蕾莎在包里翻了好一会儿，掏出一块小手帕，然后捏着手帕愣在原地，仿佛不知手帕是从哪里来的，也不知该拿它怎么办才好。她盯着面前这位颇具影响力的律师，期待他能猜出自己的来意，只见他瞪大了眼，半张着嘴。

最后，她喃喃自语："真有点难为情！"她解释说，她丈夫考虑把乡间庄园卖给一个纠缠不休的朋友。"我来是为了求您帮忙。因为我确信，我丈夫会就那份地产的价钱来征求您的意见。"她知道，里埃拉除了是她丈夫的律师，还是他信赖的顾问。"我是说，如果他咨询您的意见，请建议他不要卖。放弃那栋乡间别墅纯属犯傻。我丈夫有时候很软弱。"她垂下眼帘，将手帕凑到唇边，但随即又快活地抬起头来。"想买庄园的人是他关系很好的朋友，其实就是在利塞乌剧院说'瞧呀，那是里埃拉律师'的那位女士的小叔子。您可能认识他，他叫华金·贝尔加达。"

里埃拉律师露出一丝善意的微笑："我的确认识他。"

特蕾莎叹了口气，身子微微前倾，一根手指拂过桌子边缘。她收回手去，然后又碰了碰桌边。

"我不擅长发号施令，也不擅长求人帮忙。最后我总会让步，丈夫让我怎么做就怎么做。不过，就算我敢叫他别卖，他也不会理我。那样的话，我会感觉糟透了。"她直视里埃拉律师的双眼，

"我需要一个强大的盟友，我想这个盟友可以是您。"随后，她似乎鼓起勇气问道："如果要帮我这个忙，您会很难办吗？"

办公室里一片寂静。特蕾莎·瓦尔达拉把手帕塞进银手柄的织锦手提包，静静等待。她听见公寓另一头传来了关门声。里埃拉律师捋了几下头发，收起几份文件，然后站起身来。"我没法向您保证。"

他把她送到了门口。在楼道里，特蕾莎拢了拢裙子。走下第一级台阶前，她转过身，露出了天使般的笑容。下楼梯时，她心想："他没有吻我的手，不管是我进门还是离开的时候。真是个大傻瓜！"

就这样，萨尔瓦多·瓦尔达拉没有将位于维拉弗兰卡郊区的别墅卖给华金，因为里埃拉律师，这位极有头脑、值得信赖的顾问，建议他三思而后行，说那栋乡间别墅只会越来越值钱，从中获益的最好是他，而不是别的什么人。而那位颇具影响力的著名律师，跟那位身穿雪白绸裙的美妇人……嗯……有人发现，多年来他们频繁见面，不知是佯装相爱还是真心相爱，毕竟这种事只有天知道。

他穿过街道，走到有轨电车站。他不愿坐私家车去，这次拜访将是个秘密。他们都已年华老去。时光匆匆而过，带走了那段短暂的激情，那激情使一男一女坠入爱河。也不能说是他俩闹翻了。他们永远是朋友，哪怕已多年未见。事实也证明了这一点，特蕾莎写信给他，请他去一趟，说要跟他谈谈。他来了，还戴上了那颗珍珠。小雨淅淅沥沥下个不停，他的目光冷漠地扫过一家咖啡馆的招牌、一家药店的广告牌，明晃晃的石子路，亮闪闪的小汽车……到处都悬着将落未落的雨滴，万物都泛着柔和的灰色。不过，清新的空气和不断扩大的云隙削弱了那份凄凉感。树上的麻雀一动不动。他经常在天台护栏边撒面包屑给它们。年华老去使他开始关注一些小细节。百无聊赖的日子里，他觉得自己像个英国老妪，跟猫咪做伴，手边搁着茶杯，给编辑写信，宣布花园里的第一朵百合开了或是在屋檐下传来了第一声鸟鸣。

他梦想过另一种生活，与眼下的生活截然不同，也与他父亲的生活截然不同。那种生活以他的意志为转移，而非由环境决定。他一直认为，自己会有大把时间做调整，可最终他却不想做任何调整。他亲眼见过那么多小人，那么多苦难，以至于现在只想给麻雀撒面包屑。那些麻雀在他的阳台护栏边拉屎，一见他过来就会飞走。人是神秘玄妙的造物，是以莫名方式组合起来的机器。医生和科学家做了许多解释，但永远解释不了人的脾气秉性与弯弯绕绕的心思。每个人拥有不同的灵魂，就像……无论他多么努力向自己解释，都难以理解。他心想，孤独的金律就是，每个人都以自己独特的方式运作。是的，每个人都是，只是方式不同。他与特蕾莎交欢多年，无数次重复同样的动作和言语。就像送炭工、杂货商或首相一样，虽然动作相同，但言语各异。特蕾莎是他的生命之源吗？也许她不过是他在世上活下去的借口。这个世界正慢慢将他腐蚀，现在正在往他这个老律师的伞面上洒下那些雨滴。他并没有厌倦特蕾莎，因为他现在去见她，心还怦怦直跳。世上没有任何东西能阻止他去见她。

他厌倦了自己，厌倦了自己每个无意识的反应。仿佛他被什么东西攫住了，被迫坐在办公桌后的椅子上，用巴掌拍击木头桌面，一次、两次、三次、四次、一百次、两百次……他想要大喊"够了"，尽管拍桌引发的快感格外强烈。有轨电车在面前停下时，他内心深处有什么东西突然迸发了出来，让他尝到了旧时之吻与温柔之唇的甜蜜。他合雨伞，登上电车。他看厌了遗嘱与合同的双眼，如今望着一栋栋房屋掠过。那些商店的窗户，那些街边的路灯，统统被成串的雨点分隔开来。他觉得有点儿空虚，有点儿迷茫，被电车带着向前，在冷漠的人群中，闻着油漆的臭味犯恶心。他也曾拥有浪漫的发型和炽热的青春。

把伞递给女仆之前，他摘下伞柄顶端的金橡子，塞进口袋里。他瞥了一眼自己进出过无数次的前厅，狭长的彩色玻璃花窗，还有盛满雪花石膏水果的大石盆。时光并未损毁这栋古树环绕的庄严宅邸，高耸的烟囱、铺满瓦片的屋顶和塔楼，都像特蕾莎一样让他倍感亲切。特蕾莎逆光而坐，一动不动，周身环绕淡灰的光晕，似乎在聆听雨声。他们直视对方，并无遗憾，只有一丝压抑的喜悦。天哪，那么多的痛苦，究竟是为了什么？人生就是如此。她的双手布满皱纹，微微发颤，依旧戴满了钻石戒指，眼神还是那么耐心又精明。"请坐。"他们是最熟悉的陌生人，旧时的情话好似旧墙上的弹痕。"请坐。"特蕾莎的嗓音毫无变化。里埃拉律师握住了她的手。

"别这样。这么多年过去了，一切都过去了。我请你过来，是因为我想立遗嘱。"

虚掩的门背后传来响动，里埃拉律师抬起了头。"没事，我的随从是盯梢的。你也知道是怎么回事。"

特蕾莎摇了摇铃，让人送来酒水糕点。两人边吃边聊。

"还要来点儿吗？"

"你喝这么多不会伤身吗？"

特蕾莎已不再像小贾米在世时那样，把酒瓶藏在披肩底下。

"伤身？你不知道吗，酒不过是糖加上温暖的阳光……"

她把酒倒进一只镶银边的水晶小酒瓶。白银搭配水晶，就像里埃拉律师一直摆在办公桌上的花瓶，那只插红玫瑰的花瓶。他们在每座教堂都见过面，做早间弥撒，只除了海之圣母教堂。"你觉得我不会祷告吗？我会的。"他说过要给她点圣水。有一天早上，特蕾莎来迟了。他躲在忏悔室后面，因为他觉得有个老妇人在盯着他看。特蕾莎冲了进来，穿着一袭灰衣。他见她走到圣水盂前，没有沾湿手指，而是一遍又一遍地抚摸盂边。当时她在想什么呢？

"我请你过来，是因为我想立遗嘱。我想把这栋宅子留给那个小姑娘玛利亚。如果我不关照她，就没人关照她了。"特蕾莎接着说，"玛利亚不爱我，但我爱她。每次她看见我的手都一脸反感，可我不在乎。"

里埃拉律师提醒特蕾莎，她还有个儿子。跟艾拉迪一样，她年轻时也犯过错。

"你可以把从罗维拉家继承的财产留给他。"

"我留不住钱，钱总是从我指缝间溜走。"

"想想吧，儿子也是你的血脉。"

特蕾莎像小姑娘一样任性地答道："你觉得我在乎我的血脉，或者其他任何人的血脉吗？"

两人都哈哈大笑。两人之间的事，别人知晓的事，还有别人都不知道的事，非但没有让两人疏远，反倒将他们拉近了。

"你下周四过来签字吧。"

特蕾莎拿起折扇，凝视着绿色的苹果叶，告诉他，不管是下周四还是下周几，她都去不了，因为她的腿没了。他没听明白。她只好解释说，她的两条腿都坏死了，已经很多年没法离开家了。他可以先把遗嘱准备好，再带过来让她和证人签字。最好是周五过来，周四不行，因为罗莎女士周四休息，而她希望罗莎女士在身边。告辞前，里埃拉律师问她的腿到底怎么了。特蕾莎沉吟了好一会儿才回答。她说，她曾经有个朋友，当他开始不理她的时候，她伤心欲绝，害得腿上的神经坏死了。

"这毛病好不了了。"

两人默然以对。他拉起她的手，作势要吻，她拿折扇敲了过来。

"别费事了。"

逝去的时光

里埃拉律师走出门外,沉浸在往昔的回忆中。那是孔雀啼叫的时代,与特蕾莎相爱的时代,充满感恩的时代。他抬头看了看天,阴云渐渐散去,西边的天空红似火烧。他前臂上挂着雨伞,穿过街道,在对街的墙边驻足,望向大宅。他能闻到潮湿的泥土、淋湿的树叶、止歇的雨水的气息。一根藤蔓拂过他的前额,他忍不住揪了一把叶子,发现手里多了一串浆果。他知道,在公园尽头的池塘边,有许多类似的藤蔓,同样闪闪发亮。从雪白的樱花到漆黑的藤蔓,从白皙的肌肤到乌黑的眼眸,充满智慧的大眼睛,瞳孔在交欢之时专注而充满期待,云雨过后则会扩张变大。一切都有了全新的意义,激发出全新的感受。特蕾莎的指甲粉嫩精致,在激情燃烧时似会迸发怒火。特蕾莎的皓齿在他背后留下了一条暗印。这种幺妙的转变让他如痴如醉,每次都会涌起全新的感觉,激起更充盈的生命力。为什么他厌倦了爱着特蕾莎时的感觉?跟特蕾莎在一起的时候,他是那个怯懦的男人,还是仅仅是受人尊敬的著名律师?充满爱意的脸庞已变成疲惫的面庞——多少精力消耗,多少时光流逝,才让每条皱纹长在了如今的位置。多少血液在不断循环，在日渐松弛的皮肤底下熊熊燃烧着。心底迸发出旧时的欲望，给了他力量，让他倍感强大，就像夕阳的余晖，或是墙头的藤蔓。但那都是假象，藏在昔日的土壤之下。特蕾莎的唇，特蕾莎的嘴，她神秘的微笑和幸福的微笑，世上最令人心碎的微笑。特蕾莎的双唇，与情人接吻时包容大度，与朋友亲吻时则略带讥讽，略显慈爱。特蕾莎的嗓音是静水的呢喃，特蕾莎的呻吟则是情感的瀑布。特蕾莎的双手，总能给出出人意料的抚慰。他们身体紧紧相贴，她的手掌捧着他的脸庞，她的双眸凝视他的双眼，还有她那诱人的嘴。特蕾莎的舌头温暖而循循善诱，她的涎液犹如蜜糖。特蕾莎的胸，浑然天成，丰满而松软，仿若玉兰花……狂风摇落了藤蔓上的水珠，叶浪上空缓缓升起了第一颗星星，伴随一弯朦胧的月牙。他为什么做起了梦？他站在藤蔓底下，爱情的光辉岁月重返眼前，使他不忍离去。樱花仍在盛放，让他想起了特蕾莎·戈达伊·德·瓦尔达拉。在这个雨天，失落的欢愉全都呈现在他眼前。天堂与地狱在意识中争斗不休，看不见的天使与魔鬼（哪个更美？）试图消灭对方。双方都是赢家——一会儿是天使占上风，一会儿是魔鬼占上风。每次战胜或被击败后，他们都会打量对方并迅速撤退。也许是一瞬间，也许是好几年，直到再度站起，扇动翅膀彼此攻击，掀起一场说不清是爱还是恨的战役。老律师站在藤蔓底下，浑身僵硬，动弹不得。

一辆汽车驶过，在大铁门前停下。里埃拉律师没听见车开过来的声音。尽管他走在阴影里，但还是努力紧贴墙壁。司机打开驾驶室的门，绕过车身，拉开两扇铁门，然后坐回车里。能看见车里有两个人影。是艾拉迪和索菲亚吗?车子慢慢驶过两旁种满栗树的车道,静静消失在黑暗之中。过了一会儿,他看见大铁门慢慢合上,听见远处响起了人声。大宅里的两座阳台亮了起来。他还站在原处,沉浸在已然消逝的世界里。瓦尔达拉别墅里住着特蕾莎。她不光是特蕾莎,还曾一度是他生命的重心。

钢琴教师

罗德斯必须找瓦尔达拉夫人谈谈。他受不了雷蒙和玛利亚的恶作剧,一天也忍不下去了。著名钢琴家格拉纳多斯[1]曾是他的同窗、朋友。如果不是因为那场事故,导致他一只脚扭曲变形,一条腿短了一截,他本可以成为伟大的钢琴演奏家。单凭他的体格条件,最挑剔的观众也会被迷倒,尤其是年轻女士。他身材高大,肩宽体壮,头发乌黑,眼睛有些近视。更何况,他拥有多少钱都买不到的东西——天赋与个性。离开家门之前,他将格拉纳多斯最动人的来信和两份剪报一起塞进了外套内侧的口袋。其中一份剪报提到,格拉纳多斯在乘船返回西班牙时不幸身亡,德国潜艇的鱼雷击沉了他乘坐的"苏塞克斯号"。他会这样说:"瓦尔达拉夫人,格拉纳多斯是我的朋友。他跳下船去救他太太,结果两个人都没上来。"然后,他会给她看那封信,让她知道,自己不是普普通通的乐师,两个孩子的恶作剧该被扼杀在摇篮里。每当他感到沮丧的时候,都会回想起在那位睿智的朋

---

[1] 此处指恩里克·格拉纳多斯(Enrique Granados,1867—1916),西班牙作曲家及钢琴家。其作品带有民族主义色彩的浪漫主义,代表作有《戈雅之画》《古风通纳迪亚集》等。

友格拉纳多斯身边度过的午后。也许雷蒙和玛利亚会因此尊重他。"瓦尔达拉夫人,格拉纳多斯对每件小事都惊叹不已,仿佛每时每刻都在探索世界。"罗德斯不太喜欢格拉纳多斯作的曲子,更喜欢马塞洛[1]、科莱里[2]、巴赫,还有莫扎特,因为他的优雅与忧郁。不,有些事就是不该忍下去。

他确信,如果他向善解人意的瓦尔达拉夫人提起,她肯定能听进去。她会转告索菲亚小姐,而索菲亚小姐会找她的孩子们谈谈。那两个孩子很不安分,心里住着魔鬼。他有很多学生,既有有钱人家的孩子,也有普通人家的,而他都得到了尊重。他们都是极具天赋、勤奋好学的孩子。每当收下年纪还太小的学生,孩子的小手还跨不过一个八度,他就会心生怜惜,更加认真辅导。像他这样的大善人,像约伯[3]一样耐心,脚踏实地,从不急躁。另一份剪报,他打算给瓦尔达拉夫人先看的那份,是从他妹妹那里拿来的,是一名艺人的肖像照。她叫戈黛娃夫人,长得跟玛利亚一模一样。那名艺人跟其他许多艺人一样,在艳压剧场多年之后死于贫民窟。"可别弄丢了啊,"安吉丽塔叮嘱他,"我喜欢这张照片,因为她的脸是圣母的脸。"他妹妹是真正的圣人,文静又甜美;没有男人追求她,因为她是天主选中的灵魂,超脱尘世。就像他一样。如果说他曾经恋爱过,那也是柏拉图式的爱恋:一抹微笑、一瞬深情的凝视、一次意味深长的握手,就足以

---

[1] 马塞洛(Benedetto Marcello,1686—1739),巴洛克时期的意大利作曲家,最著名的作品为《C小调双簧管协奏曲》。
[2] 科莱里(Arcangelo Corelli,1653—1713),十七世纪至十八世纪意大利作曲家,意大利小提琴学派的奠基人。
[3] 约伯(Job),《圣经》中忠贞不渝敬畏神的义人,以正直、敬虔、慈善而著称。

让他内心充满喜悦。

他生活简朴，饮食节俭：晚饭只吃一颗水煮蛋，加一杯撒上些许柠檬皮碎屑的牛奶。他一套衣服能穿很多年，但始终保持洁净。他只允许自己拥有一件奢侈品，那就是床单。他需要睡在经常更换且带有苹果味的床单上，既不能太新也不能太旧，必须柔软又有手感。床单边缘必须有刺绣，还要有层层叠叠的蕾丝花边。他曾向瓦尔达拉夫人提起过自己的这个喜好。在他的命名日那天，她送了他两条亚麻床单。他非常感激这份礼物，但他妹妹说，那可能是从法里奥斯先生的店里买的便宜货，那家店是专搞批发的。从那天起，他就迫切等待自己的命名日（他名叫胡安）到来，因为妹妹会给他铺上那些新床单，它们清爽得好似山间溪流。他非常敬爱瓦尔达拉夫人。她跟格拉纳多斯一样，散发着温暖优雅的气息，让他内心平静安详，充满莫扎特音乐中那种天真而忧伤的欢愉。通常，每当雷蒙和玛利亚在楼下玩耍，或者在户外空地上蹦蹦跳跳时——他们是故意这么做的，因为他们讨厌练琴——女仆就会请他到瓦尔达拉夫人的房间里稍候。有好几次，他差点向她倾吐自己的梦想——当个艺术家。但他一直没敢说出口，某种难以言喻的羞怯让他咽下了秘密。不过，再也不会这样了。他要给她看剪报和信件。他确信她会深表同情，用那双梦幻般的美目凝视他。她年轻的时候，那双美目肯定迷倒过不少人。她会用天鹅绒般的嗓音对他说："真是太可惜了。"他满怀崇敬地想念瓦尔达拉先生，瓦尔达拉夫人也知道这一点。他在维拉塔咖啡馆见过瓦尔达拉先生，先生总是聊音乐，聊维也纳，聊贝多芬的协奏曲。瓦尔达拉先生坦白说，每次听见贝多芬的协奏曲，自己都会哽咽。当时罗德斯想都不敢想，有朝一日竟然会成为他外孙的老师。

周五是瓦尔达拉夫人的足部按摩日，刚好跟他的钢琴课是同一时间。如果孩子们迟到了，哪怕有按摩师在场，她也会请他进房间稍坐。女仆给她脱鞋的时候，他会走到窗前，眺望花园。可怜的夫人。他自己的脚也有毛病，但总比那些不得不成天坐着、没法干活谋生的人要好。晚上脱鞋后，他会把那只鞋底厚得吓人的特制皮鞋藏到床下。

"已经有好一阵子了，"两人相对而坐，她面朝窗户，他背对窗户，"您的外孙和外孙女一直在给我制造麻烦。请您理解，玛利亚这姑娘很有天赋，曲子一听就会，手指又灵活，可就是不练琴。雷蒙也是。对我来说，跟您提这些真的很为难……有好几次，我给玛利亚上课的时候，都被巨响吓了一跳——那是雷蒙在吹玩具小号。头一次，我真的被吓到了。那声音简直太恐怖了！他俩都没笑，特别冷血。"

特蕾莎将折扇凑到嘴边，打开又合拢，重复了好几次。

"真抱歉，我们会想办法的。可是你，罗德斯先生，你得好好管教他们。你可以训训他们，让他们学会害怕。"

"瓦尔达拉夫人，看在老天的分儿上，像我这样的瘸子……"他不禁伸了伸那条短了一截的腿，底下是变形的脚掌，"那两个孩子长得像天使，怎么可能尊重像我这样的人？"最艰难的部分已经说完了。"我想给您看一件特别的东西。"他接着说，掏出戈黛娃女士的剪报，递给瓦尔达拉夫人，"请您看看这张脸。"

她接过照片，端详了一阵子。

"瞧瞧那双眼睛，那个鼻子，那嘴唇的弧度。那是玛利亚的嘴，世上最迷人的嘴。我有点儿近视，起初还以为是玛利亚的照片呢，可能是她参加化装舞会什么的。可她家世这样好，绝不会骑在扮成马的男人身上。"

他打算收回剪报，但特蕾莎轻轻一挥手，阻止了他。

"罗德斯先生，你得知道，照片是会撒谎的。"

"是这么说没错，可那姑娘长得跟玛利亚一模一样。看看搁在大腿上的那只手。看看那又细又长的手指，还有方方正正的指甲。"

特蕾莎翻过照片，搁在膝头，用手盖住。"有点像吧，但不明显。"

罗德斯先生有些不耐烦了，接着说："那换个话题吧。我有没有告诉过您，我年轻的时候跟著名钢琴家格拉纳多斯是朋友？要不是因为那次电车事故，我会成为优秀的钢琴演奏家。我跟格拉纳多斯关系很好，他跟我说过他的梦想。每次他家里来了名人，他都会向他们介绍我并说我前途无量。当然，他说得有点夸张了。我遇见您丈夫的时候，愿他安息……"

随后，他提起了贝多芬协奏曲和音乐厅里的演出，还说瓦尔达拉先生的公文包里总带着一份音乐厅的节目单，陈旧泛黄的那种。

"有好几次，为了听协奏曲，瓦尔达拉先生一个人去了加泰罗尼亚音乐宫。"他觉得瓦尔达拉夫人没在听。"除了小号独奏的曲目……我不想冒犯您，但那确实有点儿过分了。有一回，两个琴键都弹不响。您知道为什么吗？因为琴槌缠到一块儿了。"

女仆进来通报说，雷蒙少爷和玛利亚小姐在音乐室等着罗德斯先生。他没时间给瓦尔达拉夫人看"苏塞克斯号"的剪报或格拉纳多斯的来信了——信的开头写着"我尊敬的朋友"——就跟随女仆离开了房间，并永远对瓦尔达拉夫人怀恨在心，因为她留下了戈黛娃夫人的剪报。他用余光瞥见，她偷偷把剪报塞进了一直搁在桌上的相册里。

艾拉迪与女仆

艾拉迪刚放下门环,就发现身边站着一对夫妇。他冲他们笑了笑,但对方似乎没心情还礼。费罗太太立刻打开了房门,就像她一直站在门背后似的。她看了看艾拉迪,又看了看那对夫妇,立刻攥住了艾拉迪的胳膊,显得有些紧张。"这儿您熟,知道怎么走。您随意就好。"

艾拉迪知道该去哪个房间:屋里有正对窗户的沙发,铺着厚床罩的桃花心木床,床头柜的一条腿底下垫着叠成小块的报纸,免得它摇晃。脱雨衣的时候,他听见了脚步声。

费罗太太站在门边,朝屋里看了看,说:"跟您一起进来的那对夫妇是买家,是来看房的。您介意去花园里待一会儿吗?实在不好意思……"

费罗太太孀居多年,只有一小笔抚恤金。为了维持生计,她把宅子里的五个房间都租了出去。她努力用锦缎窗帘、崭新的床单、瓶里的鲜花、墙上的明信片、巧妙布置的镜子,把房间装饰得漂漂亮亮,并靠自己微薄的收入,拖着衰老疲惫的身躯,把屋里收拾得干干净净。她将艾拉迪先生视为最佳客户,因为他每次来都会租下整栋宅子。一个月前,她通知艾拉迪先生,她准备把宅子挂牌出售。因为她已经心力交瘁,打算变卖房产,换成养老金,搬到公寓去住,就不用过得这么辛苦了。

花园形状狭长。黄昏时分,花园里光线暗淡,树影幢幢,好似海难现场。他站在枇杷树旁,眼前突然水波粼粼,浮现出一条蓝色美人鱼,身上披着斑驳的海藻,躲在薄荷苗后面偷看他。他揉了揉眼睛。在这座废弃干涸的花园尽头,两棵榛子树上挂满了新鲜果实,外壳布满尖刺,稀稀拉拉的树叶根本遮不住它们,就像薄荷苗遮不住美人鱼。他听见树梢上传来振翅声,抬头望去,却没看见鸟,只看见摇晃的树枝。美人鱼也踪影全无。是他弄丢了她的踪迹,还是她本来只想跟小银鱼玩耍,却被那只看不见的鸟吓跑了?这座花园活像海难现场。他抬手摘下一颗榛子。

费罗太太虽然身材臃肿,却总是神出鬼没。她不知从哪里冒了出来,冲他微微一笑:"他们走了。他俩是从莱里达来的,似乎挺喜欢这房子。他们是替快结婚的儿子来看房的。"

空气中弥漫着干燥泥土的气息,很好闻。艾拉迪把榛子塞进口袋,边走边拔起一株薄荷苗。花园、晚风与薄荷味混在一起,真是美妙极了。美人鱼去哪里了?他想问费罗太太。要是她真的养了条美人鱼,可能略有风吹草动就会被吓到。当心噢,她逃跑了——敲门声响起,费罗太太奔向门口,说:"这回肯定是找您的。"

艾拉迪走进了他的房间。他很遗憾,很快就不能再用这间房了。他不喜欢豪华的妓馆,他拜访过那么多家,去得那么频繁,对它们可谓了如指掌。他讨厌在那里遇到熟人;他们要么是朝他挤眉弄眼，要么是装作不认识他。他没法解释，他该怎么解释呢？——为什么费罗太太，发饰古怪，态度谄媚，衣着邋遢，老态龙钟，却能营造出如此令人兴奋又放松的氛围？这里是他偶然发现的，她家的床单很干净。这位好太太让他接触到了新鲜事物，远离枯燥乏味与精打细算。随着时间一分一秒流逝，他越发觉得自己被人遗忘了。他走到镜前，镜中映出他幻灭的双眼、后退的发际线和松弛的脸颊。他捋了捋自己稀疏的头发，发现有个指甲裂了。他最恨这个。他在沙发上坐下，跷起二郎腿，开始锉指甲。房门开了，门口站着那个过来任他为所欲为的姑娘。他感觉自己在犯傻。他继续锉着指甲，顺口问道："你不进来吗？"

"好的，老爷。"

"别喊我'老爷'。"他决定把每个指甲都锉一遍，好让她更不自在。

"那我该怎么喊您？"

他能感觉到，她既尴尬又没把握；这是她的头一次，她还是个新手。姑娘跨过门槛，手背在身后，扭了扭门把手，终于关上了门。如果这一切很快就要画上句号，如果以后再也没有这样的下午，他会想拿头撞墙的。他锉起了大拇指的指甲。

"伊莉莎……"

"在，老爷。"他锉完了一只手，开始锉另一只。他故意锉得慢悠悠的，假装全副心思都在指甲上。他能感觉出，伊莉莎越来越紧张。他鬼使神差似的，以让她紧张不安为乐。他每锉好一枚指甲，就从口袋里掏出手帕擦一擦，还时不时朝手指吹气，然后挪远一些看指甲够不够亮。他告诉自己：再坚持一会儿，我必须端着架子，就像屋里只有我一个人似的。最后，他长叹一声，站起身来。

"啊，你来了？我正在做准备呢。"

他朝伊莉莎走去，按住她的双肩，露出微笑。她不是太美，也不是太丑，该有的都有，足以让他从她身上找到必要的刺激。太丰满的姑娘会给他的欲望造成负担。他搂住伊莉莎深深嗅闻她的青春气息和隐约的玫瑰香水味。

"对不起，我来晚了，罗莎女士害我耽误了。那个罗莎女士啊，可真够厉害的——要是您知道……"

他伸手捂住了她的嘴。他从来没有离她这么近过。直到这时，他才意识到她长了多少雀斑。她脸上的雀斑小小的，颜色金黄。她的眼睛很小，但活泼灵动，间距略大。她嘴唇丰满，眉毛浓密，穿着黑色制服，裙子紧巴巴的，以前是索菲亚的。蛇皮手提包也是她的。他扒下她的外套，在她颈后印下一个悠长的吻，引出了她一声尖叫。接着，他顺手把她的外套扔在地板上，将她高高托起，然后让她的身躯缓缓滑落，蹭着他的身体。他把她扔到床上，俯身看着她，眼睛一眨不眨。伊莉莎扬起一只胳膊，遮住了自己的脸。

"我盯着你，你会觉得不舒服吗？"

她摇了摇头，轻声说："只是个坏习惯。"

他脱下她的鞋，小心翼翼地掀开她的裙子，免得她受惊。她的长腿露了出来，长筒袜绷得紧紧的，靠四枚夹扣连在腰带上。他解开夹扣，双膝跪地，把脸贴在她的一只脚上：真是个漂亮的小家伙。突然，他的舌尖探进了她的脚趾缝，她吓得尖叫出声。

他认识的每个手上长满老茧的姑娘，隐而不现的皮肤都比缎子还光滑。他的心开始怦怦直跳；房间里静悄悄的，他几乎能听见自己的心跳。他站起身，让她也站起来，一只脚踩在扶手椅上。接着，他蹲下身去，亲吻她的足弓。

她扭过了脸。"噢，求您了，老爷，别这样……"她声音轻柔，但充满怒气。

"放松，别动，"艾拉迪喃喃地说，"别动！"

他额头冒汗，嘴唇发干——他又把嘴唇贴了上去，却亲不到。他觉得胃里堵得难受，领带更是让他呼吸不畅。他几乎把领带扯了下来，连同领口的纽扣一起。

"脚给我！"

她站在原地，不解地看着他。

"不！如果您喊我来是为了亲我的脚，叫我看您冒汗，那您就大错特错了！"

艾拉迪攥住她的胳膊，将她粗暴地拽向自己。她看起来那么甜美……伊莉莎穿着半透明的薄上衣，下身是粉色衬裙。

"放开，您弄疼我了！"

她退到角落里，伸手指着他。

"罗莎女士警告过我：他只会耍小把戏。"她的眼睛眯了起来，看起来像两个小黑点，但它们在迸射火星；她的嘴唇颤抖不止。"我知道您的事，但不肯相信。我没想到，您会这么对我。还有您的指甲。很明显，脚再往上去，您就不行了。"

艾拉迪瞪着眼睛走上前去，但她伸出一只胳膊，挡住了他的去路。

"我不喜欢被人耍,哪怕我只是个女仆。我也不喜欢被当成别人。够了!"艾拉迪僵直地站在原地,直喘粗气。他抹了抹额上的汗。过了一会儿,他打定了主意,递给她几张钞票。她接了过去。

"拿着。你走吧。"

他坐下来,面对已被黑暗笼罩的花园,脑子里一片空白。他感觉一阵清风卷走了汗湿的潮味和玫瑰香水的气味。他走出宅了,站在路中央,伸手探进口袋,摸到了那颗榛子,在一盏路灯下剥开了它。榛子壳咬下去是湿软的,有股浓浓的苦味,里头空空如也。

阿曼达的耳环

阿曼达高兴坏了。她得到了自己做梦都不敢想的美差，再也不用做饭了，还能留在宅子里。她又读了一遍医生开的证明，确实是炉火害得她胀气。如果不用久站，不用做厨房里的活儿，肚子就会恢复正常。她请索菲亚小姐重新找个厨师，还说只要遇到麻烦，不管是新厨师生病，还是暂时找不到人顶替，只要需要，她就会回来帮忙。但索菲亚小姐对她说："我很感激，但你不能走，你得留下。家里这么大，每个人都有活儿干。"

从那天起，她的工作就成了盯着女仆干活儿，给她们发薪水，给厨师发菜钱，还有核对票据。最主要的是给特蕾莎夫人做伴，因为其他姑娘都嫌老夫人烦。阿曼达成了大宅的管家，这是她赢得的荣誉，毕竟她忍气吞声了那么多年。她把医生开的证明放进衣柜最上层的抽屉，掏出装耳环的首饰盒。一按金色珠钮，盒盖就弹开了。她让盒盖敞着。她一直觉得难为情，不好意思戴这副耳环。更何况，耳针也有问题。她喜欢那两颗小钻石，嵌在金色星星中间，看起来十分精致。她一向不喜欢戴首饰。即使她不是生为仆人，而是千金小姐，也不会戴首饰，或是只戴寥寥几样，就像索菲亚小姐一样。她不会像特蕾莎夫人那样，浑身上下戴满首饰，看起来像个珠宝展示柜，许多仆人一见她就发笑。两条腿出毛病之前，特蕾莎夫人每次出门都会打扮得珠光宝气，每根手指都要戴戒指，胸前还要别上钻石胸针，就是那个像一束花的胸针，足有托盘那么大。这副耳环是艾拉迪先生送的，品位相当不错，阿曼达第一眼看见就爱上了，但从来没戴过。她很乐意听见索菲亚小姐说："你这副耳环真漂亮，阿曼达。"她心里会乐疯的，因为那是小姐的丈夫送给自己的。她会回答说："钻石可贵了呢，害得我的钱包大缩水。"

据她所知，艾拉迪先生从来没给家里其他女仆送过首饰。有一次，她开玩笑似的问奥莉薇娅："先生送过你首饰吗？"

奥莉薇娅歪头瞥了她一眼："怎么可能嘛！"

可她不相信，一找到机会就翻了奥莉薇娅的行李箱，甚至翻遍了整间卧室，都没有找出她要找的东西。她这才松了口气。她确信，艾拉迪先生对她跟对其他人不一样，这就是为什么他在分手前不久对她这么大方。他们之所以分手，是因为他迷上了一个叫宝琳娜的女仆，那姑娘长得很漂亮，就是脑子不太好使。小小的钻石在阳光下耀眼夺目，活像两只小恶魔。她从盒子里取出一枚耳环，打量上面的耳针——针尖实在太锋利，每次戳进耳垂都会疼。因为她从来没戴过耳环，耳洞小得几乎全封住了，耳针不容易戳进去，经常戳到一半就卡住。有一两次，她站在俯瞰花园的阳台上，气冲冲地把那玩意儿往里戳，结果见了血，把耳朵戳破了。要是耳针是圆头的，也许能顺着耳垂上的小洞穿过去，而不是偏离正道，多戳出一个窟窿。总有一天，等她没那么多活儿要干了，就带它们去珠宝店改一改。她希望在离开人世前起码能戴上一回。戴它们是她的义务，因为它们是爱情的象征。更何况，她也想让其他姑娘刮目相看，毕竟她有钻石首饰。可是，如果像她听说的那样，珠宝店会把钻石换成劣质赝品，那该怎么办？她为自己的多疑暗自好笑。她会戴上这副耳环的，主要是为了刺激罗莎女士。

尤拉莉娅与华金

她极度消沉,觉得自己真的老了。说真的,她觉得内心老迈不堪。特蕾莎身体不好,正在小睡。索菲亚吃完午餐就走了,说是跟美发师和裁缝有约,晚上还受邀参加晚宴……

"您要来怎么不早点知会一声?您会原谅我们的,对吧,亲爱的教母?"

艾拉迪喝完咖啡也告辞了。雷蒙和玛利亚一直好奇地打量她,她根本避不开。年轻的时候,她乐于被人打量,还会倍感自豪,因为她知道别人为什么盯着她瞧。可是现在……她觉得玛利亚漂亮极了——不光是漂亮,更是惊艳,尤其是那张美丽绝伦又带着些许邪气的脸庞。这姑娘什么事都做得出来——她也解释不清,就是认为这姑娘拿得起放得下。特别的脸庞,独特的表情。直觉告诉她,如果那姑娘是自己的女儿,会有点儿可怕。她觉得雷蒙就是个普普通通的男孩。眼睛很迷人,但缺少表情,性感的嘴唇像他父亲,但他父亲显然更有魅力。雷蒙没有继承索菲亚的长相。如果往下深挖,也许能从他身上找到特蕾莎的影子,不过也不多。他的眼神中仿佛有一丝善意;他的表情瞬息万变，似乎突然忘了该怎么自控。尤拉莉娅听见了一声叹息，看见了一道意味深长、令人不安的目光。她觉得是自己想太多了，过度解读了那男孩的表情。其实并没有什么，只不过小年轻总是比较难懂罢了。她坐在书房的椅子上，开始想念留在巴黎的华金。她想念自己的家，想念巴黎的细雨和暗淡的日光。这次来巴塞罗那是为了怀旧。她觉得，如果不能及时做出回应，自己就会被彻底毁灭。格拉西亚大道已不再是她走过的样子，老朋友也一个接一个消失了，一切都变了，但不是她主动改变的。在这样的日子里，她会紧紧抓住往昔的回忆，仿佛自己所剩无几的生命全维系于此。

那天的卢森堡公园[1]一片灰暗，如同漆成绿色的大木盆，橘子树显得娇小玲珑；所有站在基座上的法国皇后塑像都目光空洞，手上都缺了指头。她和华金坐在护栏边，望着池塘和水面上的白帆。那天，她疲惫不堪。华金来接她，送她去酒店，让她先好好休息，说第二天就会想明白该怎么照顾她。她还在悼念拉斐尔，好想哭一场。不是因为华金让她想起了拉斐尔——他俩一点儿也不像，而是因为华金的关注让她感动。第二天，两人共进晚餐。她穿着格子套装，戴了顶白草帽，黑面纱垂到后背，衣襟上别着刚结婚时丈夫送的胸针——那是她在悲剧发生后第一次戴上。胸针呈马蹄铁状，镶有钻石和黄宝石。特蕾莎很讨厌那枚胸针，她说，马蹄铁不会带来好运，甚至没法给马带去好运。尤拉莉娅喜欢特蕾莎，但恨她嫁给了萨尔瓦多·瓦尔达拉。可从某

---

[1] 卢森堡公园，位于法国巴黎左岸的中央公园，有许多思想家、诗人题词的半身塑像与纪念碑。

种程度上说,那桩婚姻是她一手促成的。因为她万万没想到,像瓦尔达拉那样富有、家世显赫的男士,竟会拜倒在特蕾莎那种粗鄙美人的石榴裙下。有些时候,她倒觉得他被自己深深吸引,并认为他的喜爱是对自己的尊重。尽管怀着一丝嫉妒,她还是喜爱特蕾莎,也喜爱瓦尔达拉,并在内心深处为特蕾莎感到遗憾,因为那场毫无好处的婚外情玷污了她的人生。有一段时间,她很恨特蕾莎,就像你恨某个犯了错的人,想将那人引回正轨。她跟拉斐尔聊过这事,说萨尔瓦多不该遭到那样的背叛。两人享用完鸭肉后,华金带她去散步。在那之后,他们本打算去看戏剧《伪君子》[1],但是没去成。戏票最后成了华金钱包里的纪念品。华金厌倦了老单身汉的生活,厌倦了不断失望,厌倦了拖拖拉拉,厌倦了起起落落,厌倦了没有爱情的空荡公寓,厌倦了无望人生带来的不安。他需要爱,也需要被爱。而尤拉莉娅,带着孤独悲伤的光环,恰好在此时闪亮登场。此时此刻,改变一个男人的命运是世上最简单的事。每次过马路的时候,华金都会搀着她的胳膊,而她默默赞许这一举动。此外,他搀她胳膊的姿势跟拉斐尔追求她的时候一模一样。他没有挽起她的胳膊,而是紧紧攥住她的胳膊,她能感觉到他的手指微微用力,显得无比自信,关注着每一丝危险迹象。两人默默前行,也许是因为他不知该说些什么,也许是因为他尊重她的沉默。她脑海中浮现出了一幅残酷的景象:她住的公寓楼位于一百街,大楼入口处有一大摊血迹。拉斐尔就

---

[1] 《伪君子》(Tartuffe),法国喜剧作家莫里哀的戏剧作品,讲述伪装圣洁的教会骗子答丢夫混进富商奥尔恭家中,企图勾引其妻子,夺取其家财,最后真相败露,奥尔恭全家皆大欢喜的故事。

是在那里被人暗杀的。当时，他跟工厂的工头一起走出家门，准备去找几个被解雇的工人谈事。她每天都在那摊血迹上踩来踩去，因为实在是绕不过。她觉得自己快不行了，就写信给了华金。华金来参加了哥哥的葬礼，对她温柔体贴，愿意为她提供一切所需——虽说她只需要她丈夫，但也很想去巴黎，哪怕只去几天也好，因为巴塞罗那压在她心头沉甸甸的，就连乡间别墅或那里的树林也无法消除她的执念：看着门口人行道上那片人人践踏的污渍，她实在是受不了了。

走在卢森堡公园的小径上，她摇了摇那只搀着自己胳膊的手，然后伸出双手搂住了华金的臂弯，忍不住潸然泪下。那是她压抑了许久的泪水。朋友们渐渐开始疏远她，因为没人喜欢跟丈夫遭到暗杀的女人做朋友。尤拉莉娅将小叔子视为避难所，现在有他在身边（"真抱歉，华金，请原谅"），她不禁泪如泉涌。她哭是因为她想哭。"我哭是因为我想哭。"最后，她终于平静了下来。华金做了一件他从未对其他女人做过的事：伸出胳膊搭在她肩头，仿佛她是他的好哥儿们，将她领到池塘护栏边的长椅上。旁边有几个孩子正把小帆船推进池里。离开前，他指着几位法国皇后的大理石塑像给她看，那些塑像都很漂亮，只可惜手指残缺不全。他看着尤拉莉娅欣赏那些皇后。尤拉莉娅觉得华金在审视她，欣赏她粉嫩的脸颊、亚麻色的秀发、碧绿的眼眸，还有精心描画的眉毛。拉斐尔不止一次告诉过她，如果凑近了瞧，她的脸会美上好几倍。

"我永远不会让你回巴塞罗那！"

如今，她作为一位老妇人，坐在瓦尔达拉家的书房里，突然感受到了对华金的渴望——而就在几周前,她还极度渴望回巴塞罗那。华金把她像鲜花一样带在身边,还珍藏着两张《伪君子》的戏票。尽管内心笼罩着哀伤的阴影,她还是微笑着想起,年轻时她曾非常讨厌华金。难道他的爱如此美好,是因为他爱她身上保留着惨死兄长的痕迹,而她爱他身上流着与亡夫同样的血,毕竟那是她初恋的爱人?

女仆进来告诉她,夫人醒了,想要见她。她走进特蕾莎的房间,真挚的同情油然而生。她觉得自己必须原谅特蕾莎,彻底抛开旧日的分歧,因为她俩都孑然一身,各有各的苦衷。

索菲亚

西尔维娅拉开百叶窗，用湿棉球卸去索菲亚脸上的面膜。索菲亚脖颈上搭着毛巾，感觉肌肤焕然一新。面部清理完毕，索菲亚就坐了起来，理了理枕头，拿起边框雕玫瑰的手持镜。只见她脸颊光滑，嘴唇柔软，眉形清晰，额上没有一丝皱纹。她刚才闭目养神了一会儿，现在眼睛睁开后闪闪发亮。华金总说她有一双"日本人的眼睛"。可怜的老华金，引诱了她的教母，一个伤心哀悼的女人。不，不是日本人的眼睛。没错，她的眼睛是有些古怪，没法像其他人那样睁大。医生告诉她："只要在两边眼角各划一刀，就完美了。"

她绝不答应。她宁可保留没法睁大的双眼，她为它们感到骄傲。如果它们能完全睁开，还会不会像现在这么闪亮？还会不会像她低沉的嗓音一样独具魅力？她跳下床，身材苗条，动作矫健。西尔维娅已经放好了洗澡水，她伸脚试了试。她爱自己的躯体、自己的面容、自己的庄园，为这一切感到骄傲。那么多待摘的葡萄、待收的小麦、待伐的杨树和松树，还有那些栓皮栎树，这一切都属于她，她是一切的主人，完完全全的主人，也因为拥有一切而倍感满足。西尔维娅帮她穿上海军蓝长裙。她仔仔细细化了妆，戴上绿宝石戒指，又抹了些蝴蝶夫人牌淡香水——艾拉迪受不了那股香味，拿起手包，在门口转过身，冲西尔维娅亲切地笑了笑。她知道，只要自己一出门，西尔维娅就会试穿她的衣服，试戴她的首饰。她知道，西尔维娅比她漂亮，也比她年轻得多，总在关注她的一举一动。这就是为什么她对西尔维娅这么好——因为她知道，自己能让西尔维娅觉得不自在。她走进艾拉迪的卧室。虽然已经通过风，但仍然弥漫着烟味。她发现，荷兰烟草与英国香烟的味道混在一起，实在令人难以忍受。昏暗的光线让一切都显得甜蜜起来：烟斗架，他们在德国慕尼黑一家古董店买的巴洛克式座钟，还有许许多多的书。艾拉迪喜欢读普鲁斯特[1]的作品，把那几卷书放在床左边的小书柜里，随手可取。他每次只读一点儿，从来不一口气读完一整卷。想到艾拉迪对普鲁斯特的迷恋，索菲亚不屑地一笑。她一点儿也不喜欢普鲁斯特，因为那人从身体到心理都有毛病。除了作品，她还需要喜欢作者才行。或者说，她不喜欢普鲁斯特，正是因为艾拉迪喜欢他。艾拉迪喜欢的很多东西她都嗤之以鼻，他肯定也瞧不上她喜欢的东西。他们已经分床多久了？一时间她竟说不上来。她从来没有对他说过别来找她。是他放弃了，厌倦了两人的疏远与空虚。

像往常一样，她边下楼梯，边系手套的纽扣。回忆袭来，她陡然停下脚步，是她第一次将玛利亚抱在怀里的情景。当时玛利

---

[1] 此处指马塞尔·普鲁斯特（Marcel Proust，1871—1922），二十世纪法国意识流文学的先驱，著有共七卷的长篇小说《追忆似水年华》，为追索心灵的内心独白式作品。

亚才七个月，她刚度完蜜月回来。在心底某个阴暗的角落，她知道接纳这个孩子对自己有好处。艾拉迪说什么都想要这个孩子，这件事能让他永远抬不起头来。有时候，看着他全神贯注地读书，索菲亚好想打掉他手中的书，告诉他，他是个可怜的窝囊废，跟个无名小卒生了孩子。玛利亚住在大宅里，是因为索菲亚需要她；那个小姑娘激起了她恶毒的支配欲。她给艾拉迪生了两个孩子，都是男孩。当艾拉迪由于独特癖好而变得越来越虚弱时，她用两个儿子给了他一记响亮的耳光。但当她意识到，艾拉迪深爱玛利亚，而玛利亚正越长越漂亮时，索菲亚再也没法保持高傲了。她也说不清玛利亚身上逐渐形成的特质——如此优雅，如此矜持，如此高贵。戈黛娃夫人的女儿一来到人世，就打上了法里奥斯家某位先祖的印记。如今，贾米不幸夭折，她可以把母性本能全都倾注到雷蒙身上。可他的平庸肯定有一部分来自那个女人，那个年轻时做过鱼贩的女人。每当她看见雷蒙缺乏教养的一面，就觉得他身上肯定有那个卖鱼泼妇的影子。不过，事实并不完全是这样，并没有她想的那么夸张。但在她看来，这才是颠扑不破的真相。有时候，这个事实让她彻夜难眠。一切都是玛利亚的错，是那姑娘逼索菲亚作比较的。有时候，面对玛利亚自然流露的亲昵，她觉得心都快化了。她想，玛利亚爱我，当我是亲生母亲。每当这个时候，在她看来，玛利亚乌黑深邃的双眼乃是世间无上的珍宝。不过，那份怜爱转瞬即逝。玛利亚一天天长大，跟索菲亚也越来越疏远。索菲亚把手放在鼻下，闻着手上的香水味，仿佛看见了多年前的自己站在前厅跟罗莎女士说话。当时，罗莎女士正在训斥雷蒙，玛利亚一看见自己就扑了上来，紧紧搂住她，大喊："妈妈，妈妈。"索菲亚心中涌起了无上的喜悦。玛利亚是属于她的。她走下楼梯，罗莎女士恰好从餐厅走出来。

"罗莎女士，今晚我有事要跟你谈谈。"

当天晚上，她通知罗莎女士，以后用不着她服侍了。

罗莎女士

她坐在阳台旁边的椅子上，愤怒的泪水簌簌落下。她只能再在这栋大宅里待两周了。主人给了她三个月时间找下家。索菲亚小姐通知她的时候，她大失所望。她还以为三个月会持续到永远。她站了起来，却不知自己为什么要起身。啊，对了，行李箱。她从柜子里拖出一只行李箱放在床上，然后找了块抹布，开始擦灰。箱子上的锁闪闪发亮，跟刚买回来的时候一样。她时不时抹上一把泪，好看清眼前的东西。她把行李箱丢在一边，不想现在就收拾行李，还有大把的时间收拾东西呢。大件物品可以装进地下室的箱子里，那个箱子肯定早就受潮发霉了。她走到阳台上，满怀渴望地凝视司机的小屋。骄阳似火，可她丝毫感觉不到。等她不在宅子里工作了，跟马塞尔的关系会变成什么样？他曾向她保证，他会想办法继续跟她见面。多少个夜晚，她穿过花园前往他的小屋！她从厨房门溜出去，总担心被人发现。马塞尔这人体贴又迷人，却从来没提过结婚的事。但她相信，如果自己继续留在这里，等他渐渐习惯了，肯定会求婚的。可如今，一切都化为泡影。她想到了自己的新雇主，他们似乎人还不错。那位太太告诉她,她要负责照顾一个五岁的小姑娘。她没见到那个姑娘,因为孩子当时恰好去看爷爷奶奶了。不过,太太告诉她,孩子乖巧又贴心,只是身子比较弱。那个可怜的小家伙,瘦得像根芦柴棒,因为她个子蹿得太快。虽然只有五岁,但光看个子的话,准会猜她有七岁。以后她再也没法住在像这样的别墅里了。为了留在这里,她忍气吞声了那么久。想起爽身粉,怒火突然涌上了她的心头。雷蒙和玛利亚喜欢捣鬼,藏起那个粉色罐子。她经常要用那个罐子,尤其是夏天,因为她的肚脐很深,容易开裂。她一直对他们很有耐心,但没法原谅他们明明长大了还搞恶作剧。她在他们生病的时候精心照料,教他们法语,把自己知道的一切都教给了他们;而他们总是用富家子弟的恶作剧回报她的关怀。她坐了下来,泪如雨下。哭了一会儿,她抹了抹眼睛,悲伤地望向行李箱。几年前,她出于反叛,想离开这个家,便买下了它。行李箱是猪皮做的,花了她一大笔钱。她希望别人看到她像名门闺秀一样离开。毕竟,在所有仆人当中,她是最举足轻重的一个。她一向努力善待他人,表现得不卑不亢,从来都不摆架子。她总是穿着朴素,免得引起索非亚小姐的嫉妒。她一直被迫过着毫不光鲜的生活。母亲是个洗衣女工,为了给她付学费而辛勤劳作,把她培养成了真正的大家闺秀。她能讲一口流利的法语,不带一丝口音。来法里奥斯家之前,她曾为一对夫妇工作,那对夫妇来自法国南部小城佩皮尼昂,总是夸她的法语无可挑剔。几年前,她不再给雷蒙和玛利亚上课;她现在的工作是给玛利亚做伴,替她整理衣服。这份工作随便哪个女仆都做得了,辛亏好心的夫人留下了她。她实在受够了玛利亚的心血来潮;在帮玛利亚穿好衣服准备出门的时候,玛利亚会突然喊头疼,说不想出去了。于是,她不得不重新挂好衣服,收起鞋子。这么多年来,她从来没能唤起那姑娘的一丝柔情,至于雷蒙就更别说了。他们喊她"陪护人"[1],这个讨厌的词在她脑海中一遍遍重复,盘桓不去。她对很多事都保持了沉默,也曾试着去理解。那两个孩子总是嘲笑别人,仿佛只有这样才能自我欣赏:雷蒙唤醒了玛利亚的自我欣赏,玛利亚则唤醒了雷蒙的自我欣赏。

她像蛇一样挺直身子,走回阳台,面朝花园,面朝她眼看着越长越高的栗树。它们在春天会开白花,每朵都像雪之火焰。在离开之前,她要一吐为快!她走进盥洗室,刷了牙,梳了头。她一向算不上漂亮,但那双手可谓人人艳羡,手指纤细修长,皮肤洁白光滑,颇有贵族气质。她盯着双手看了许久,再度泪流满面。她环顾自己宽敞的卧室,还有屋里的浅色家具和印花窗帘,然后走上阳台,抓住护栏,愤怒地摇晃起来。女仆、阿曼达、孩子们,一切都会维持原样,马塞尔会继续开车;而她将住进楼顶的小隔间,屋里只有一个小小的洗脸盆,用来洗手都颇为勉强。她一直暗恋艾拉迪先生,可艾拉迪先生从来没正眼瞧过她,跟她说话纯粹是出于礼貌。不过有一天,玛利亚第一次领圣餐后不久,罗莎觉得艾拉迪先生在打量自己,就像打量家里其他姑娘一样。于是,她萌生了一线希望。她承认自己算不了什么,但总比阿曼达要好吧。她打开行李箱,里面整齐叠放着一件浅蓝色的薄纱睡衣。很长一段时间以来,她一直在等待,心怦怦直跳,等待

---

[1] 陪护人,旧时在公共场合监管未婚少女行为的年长女伴。

走廊里传来脚步声。在一个洒满银辉的夜晚，她发誓自己的门把手转动了，但一直没人进屋来。就在那个时候，她厌倦了大宅和孩子们对爽身粉搞的恶作剧。自从索菲亚小姐告诉她，家里以后不需要她服侍了，她就一直焦躁不安，躲着其他人。她觉得，大家都为她即将离去而欢欣雀跃。那天，她本不想离开卧室，但又不得不面对现实。她下楼去吃饭，哪怕毫无胃口也硬往下咽，免得遭到大家嘲笑。那天晚上，她去看书房门底下有没有透出灯光。门缝下透出了一道明亮的光，屋里的灯肯定都亮着。她下楼去看了几回，然后才去见马塞尔。那不是为了进书房，而是为了养成习惯，为了鼓起勇气。离开的前一周，她终于下定了决心。她洗了个澡，换上薄纱睡衣。她从来没穿过那件睡衣，当时买它是想到万一艾拉迪先生……如果她为马塞尔穿上它，那个严肃质朴的男人可能会嫌她品位差。下楼的时候，她一只手捂住心口。门下透出的光相当微弱，她怯生生地敲了敲门，没人应答。也许……有那么一两次，先生忘了关灯就回去睡了。她又用力敲了敲门，终于听见艾拉迪的声音说"请进"。于是，她打开门，站在门边。艾拉迪惊讶地看着她，让她进来。她一句话也没说，也没有动弹。他问她有什么事，眼神中满是不耐烦。她鼓起勇气回答说，她必须跟他谈谈。她慢慢走上前去，心里想的不是自己将要做的事，而是自己曾期待听见的走廊上的脚步声。艾拉迪注视着她，她无法抵挡那魅力惊人的目光，垂下眼帘，坐了下来，膝盖紧紧并拢。她伸手摸了摸自己的脸颊，让那只手滑下脖颈，脖子汗津津的。似乎有一股神秘的力量支配着她开口，脱口而出的话却比她设想的直接得多。她说起了孩子们。那是玛利亚第一次在没她陪伴的情况下出门，跟雷蒙单独相处。最好别让他们去巴萨雷尼家避暑。巴萨雷尼夫妇是索菲亚小姐的朋友，爱玩闹爱打趣。也许艾拉迪先生从来没有意识到，雷蒙和玛利亚之间除了手足之情，还有别样的情愫。但她洞悉一切。不，她在撒谎，她是无意间听见瓦尔达拉夫人和里埃拉律师说起这事的，只不过一直没说出去。她这人不爱说闲话，也不想惹麻烦，但后来一直关注着两个孩子。艾拉迪看她的神情简直难以描述，目光中混杂着好奇与愤慨。罗莎女士抽丝剥茧地娓娓道来，但艾拉迪先生还是无动于衷。于是，她亮出了自己的王牌：两个孩子实在太爱对方了，有一天晚上，在公园里，丁香花丛边……她站起身来。艾拉迪一句话也没说，脸涨得通红。罗莎女士站在原地，接着说，艾拉迪先生该想想为什么雷蒙成绩那么差。"他永远都毕不了业。"她说这话的语气像在下咒。她离开书房，上楼的时候双腿直打战。一进房间，她就倒在床上，感觉浑身的力气像被抽空了。毕竟，她费了那么多力气，做了不得不做的事。但这么做是值得的，这栋大宅将永无宁日。

艾拉迪去接孩子

艾拉迪让司机马塞尔一看见咖啡馆就停车，因为他快渴死了。他脱下外套，解开领带，还做了一件从十五岁起就再没做过的事：在普雷米小镇[1]堵车的半小时里，由于不想抽烟，他不由自主地啃起了指甲。因为啃得太用力，有一枚指甲流了几滴血。他特别怕见血。泰伦西叔叔撒手人寰前吐了两次血，他都不得不离开房间，以免当场晕过去。他回想起，某个狂风暴雨的夏夜，阿曼达来找他的时候，有一根手指缠了绷带，纱布渗出丝丝血迹，当时他好想将她一把推开。从那以后，只要她一靠近，他眼前就会浮现出那条染血的绷带。他跟阿曼达分手可能正是因为这事。他为此感到遗憾，因为阿曼达床上功夫不错。马塞尔停好车，两人在拉瓦涅斯[2]附近的一家酒吧喝了几杯啤酒。酒精一下子就上了头，可能因为他昨晚一夜没睡，在想该说些什么，又该做些什么。更何况，他也没吃早餐。海水看起来像一大摊油。高温炙烤之下，他的皮肤都松垮了。汽车在路上行驶，他一直在

---

[1] 此处指滨海普雷米（Premià de Mar），距离巴塞罗那约二十千米的近郊海滨小镇。
[2] 拉瓦涅斯（Llavaneres），距离巴塞罗那三十六千米的市镇，位于地中海沿岸。

想那些折磨了他一整晚的事。会不会是罗莎女士幻想出来的？车子猛地刹住，他的脑袋差点撞上车窗。马塞尔咒骂了一句，然后回头瞄了一眼，笑着说了声抱歉。对面驶来的一辆敞篷车想超过前头的卡车，结果朝他们直冲了过来。他闭上眼睛，越发恶心想吐。他摇下另一扇车窗，希望正通过汗水排出体外的酒精别再来烦他。

"马塞尔，啤酒没让你犯恶心吗？"

马塞尔摇了摇头："没有，先生。"海水蓝得越发璀璨夺目。艾拉迪不由得哼起歌来：圣洁的阿依达[1]……他陡然住口，免得马塞尔以为他疯了。他很想知道，罗莎女士要离开了，马塞尔对此怎么看。艾拉迪确信马塞尔很高兴她离开，因为看起来他再满意不过了。艾拉迪深深觉得，要是能像洗澡时那样放声歌唱，大部分烦心事都会烟消云散，啤酒也不会再压迫他的肠胃。啃完那枚指甲后，恶心的感觉消失了。接下来还剩五枚要啃，就是他右手上那些。远处有几片白帆，在大海与雾霭之间。有那么一瞬间，他心中无比甜蜜。玛利亚小时候，会坐在他膝头，对他说："爸爸，我爱死你了。"那时，他的心也是这般甜蜜。他深深爱着玛利亚，胜过雷蒙。他一向不太喜欢小儿子，贾米瘦弱的双腿和苍白的皮肤让他感到不安。他觉得贾米早早夭折倒像是种解脱。那个病恹恹的小家伙，那个看起来像天罚的孩子，谁知道长大后会变成什么样子？他一直假装贾米才是他的最爱，这样索菲亚就不会太嫉妒玛利亚了。他突然让司机停车，下车走向海边。他需

---

[1] 该句选自意大利作曲家威尔第（Giuseppe Verdi, 1813—1901）以埃及为背景的歌剧《阿依达》的第一幕《圣洁的阿依达》（*Celeste Aïda*）。

要呼吸新鲜空气，舒展舒展筋骨。外面没有一丝风，沙子烫得像火烧。他必须把雷蒙和玛利亚分开，哪怕罗莎女士是夸大其词。他必须告诉雷蒙，他们是同父异母的亲姐弟。他必须告诉雷蒙真相。

他不太赞成索菲亚和孩子们接受巴萨雷尼夫妇的邀请。但他们都坚持要去，说夏天最棒了，可以下海游泳。他和索菲亚都不喜欢出城，出国旅行也就罢了，可是海滩……瓦尔达拉先生也不喜欢乡下。他们是城里人。更何况，如果想看绿植和大树，他们的别墅里多得很。他不得不把两个孩子分开。突如其来的耻辱感让他闭上了双眼，伸手遮住了眼睛。当他把手挪开时，才发现小小的浪花几乎舔上了他的脚。那些海浪来得无声无息。要是他娶了个穷姑娘，比如可爱的皮莱尔，也就是玛利亚的亲生母亲，现在会过得更幸福吗？她从来没烦过他，而且一直那么爱他。玛利亚完全是法里奥斯家的孩子。如果再给他一次机会……不，如果再有一次机会，他也会做同样的事。他不知道自己失去了什么，但深知自己获得了许多特权。要是他娶了个穷姑娘，可不敢奢望拥有那些特权。他的人生或许有些悲哀，但不管怎么过日子，所有的人生不都很悲哀吗？就社会阶层来看，他攀上了名门望族，不用再卖绸缎、蕾丝，也不用再招呼客人："您好！快请进，快请进！有什么能为您效劳的？"他早就卖掉了商店，还有工厂。当然，他有一小笔属于自己的财产，是父亲和叔叔留给他的。他感觉稍微好了一些，便上了车。车开起来之后，他盯着马塞尔的后脖颈：粗壮的脖子，晒红的皮肤，三道明显的颈纹。马塞尔是个大块头。为什么他一定要留长发？里埃拉律师也是。他默默拿里埃拉律师和马塞尔的头发做了个比较。罗莎女士肯定喜欢长发男人。她是个老好人，一直循规蹈矩，在雷蒙和玛利亚小时候工作很出色。罗莎女士的那番话让他辗转反侧了一晚上。而此时，在蓝天、碧海和阳光下，那番话渐渐显得失真。他不得不承认，自己更喜欢好好享受当下，不适合处理这么戏剧化的状况。他回想起了瓦尔达拉先生。先生去世前不久，曾谈起过维也纳，还谈起了没有香味的紫罗兰，谈起了小提琴。瓦尔达拉先生承认，他从来没有想过，自己的罗曼史会被那么多人津津乐道。也许他也会像瓦尔达拉先生一样，跟个任性的孩子似的，不管不顾地告诉大家，自己曾疯狂爱过一名夜总会歌女。也许他会不怀好意地说起那个故事，只为了看那些听他说话的白痴脸上的表情。不，那件事并不可笑。艾拉迪意识到恶心感消失了，反倒觉得有点饿。情绪低落的时候，他总是不想抽烟，只觉得肚子饿，想要好好吃一顿。他实在等不了了，迫切需要享用一顿丰盛的晚餐。

"马塞尔，你饿吗？"

他突然有种冲动，想吃一顿大餐——从蔚蓝大海里捞的活鱼。也许可以来条海鲈鱼，配上橘色的贻贝和粉色的大虾。

"马塞尔，你知道附近哪里能好好吃一顿吗？"

就这样，艾拉迪·法里奥斯没有去接孩子。他决定给他们写信，让他们马上回来。他想让他们回家，因为他病了。他会给巴萨雷尼夫妇写信道歉的。

雷蒙与玛利亚

在离宅子很远的地方，有一座被松树掩映的教堂。透过教堂里两扇舷窗般的小圆窗，能看见外面的大海。小小的祭坛上总是摆着五颜六色、朴实自然的花束，还有燃烧的蜡烛，淌着烛泪。祭坛上还立着一尊小圣母，长着孩子的脸。她是遇难水手的保护者，穿了一身蓝，长袍下摆和斗篷镶边有暗金色的刺绣，脚下踩着两只交叉的船桨，秀发和面纱上方戴着一顶白玫瑰花冠。雷蒙和玛利亚走进教堂，去看这位童贞圣母。阳光透过窗玻璃照进来，洒在最后一排长椅旁的地砖上。朋友在海滩上等他们。他们走了一小段路，爬下金雀花丛中的巨岩。大海好似一条深蓝色的床单，上面洒满点点阳光。哪怕是走在松树下的荫处，还是能感觉到热浪蒸腾。他们的脚陷进了沙里。玛利亚看着雷蒙。大海是他们的，海里有沉睡的小水湾，湾底的鹅卵石被耐心的海水一遍遍打磨光滑。他们将一起度过这个夏天，没有罗莎女士——多么幸福啊——没有阿曼达，也没有他们的父母。玛利亚在泳衣外面披了一件毛巾浴袍。一群年轻人欢呼雀跃着迎接他们。他们爬下巨岩的时候，马吕斯一直盯着他们瞧。他笑着上前迎接。他们慢慢走进大海,腿边溅起浪花。接着,他们一头扎进了及腰的海水中。玛利亚身穿火红色泳衣,晒得黝黑,秀发披散在古铜色的肩头。玛利亚身在水中,沐浴金光,红衣似火,双脚好似贝壳。玛利亚是含苞待放的花蕾,像圣坛上的圣母一样是童贞女。树林中的玛利亚,藤蔓边的玛利亚,公园里的玛利亚,屋顶上月色下的玛利亚。独自一人的玛利亚,像秋日落叶下的石板,等待枝头落下更多树叶。蔚蓝大海中的玛利亚,远处有一片白帆。浪花包围的玛利亚,你我二人一同走到世界尽头,直面狂风暴雨,每道闪电都在赞颂你的闺名——玛利亚,我的姐姐。玛利亚,雷蒙,马吕斯。玛利亚被两个男孩夹在中间。马吕斯瘦巴巴的,晒得像炭一样黑,笑得脸全皱起来了,露出一口白牙。马吕斯跟雷蒙是大学同学。马吕斯·巴萨雷尼,作为朋友,作为同学,与雷蒙是两个截然不同的人。马吕斯疯狂逃窜,被骑警追赶,被捕入狱。叛逆的马吕斯,革命者马吕斯。玛利亚和马吕斯浮出水面,快活地并肩坐在滚烫的沙滩上,马吕斯在沙地上写了个大大的"M"[1],又在旁边写了一个。其他人要么在游泳,要么在大喊大笑。雷蒙望着他俩,见他们靠得那么近,心中涌起一阵嫉妒。玛利亚,我的假姐姐。我名义上的姐姐。玛利亚闹着玩,把"M"的两条腿越画越长。马吕斯写的"M"原本离潮汐线很远,免得被海浪冲掉。马吕斯时不时抬起眼帘,寻找玛利亚的双眸,玛利亚则入迷地盯着"M"瞧。马吕斯瘦得像根芦柴棒,脸颊瘦削,鼻孔翕张,晒伤的皮肤下布满血管和神经,有点儿像野

---

[1] M既是马吕斯(Màrius)的名字首字母,也是玛利亚(Maria)的名字首字母。

兔，又有点儿像鸟。雷蒙看着他们，感觉有根尖刺戳进了自己体内某个不知名的器官。他闭上眼睛，免得又看见海滩打起转来，中间有个红色斑点，那是玛利亚，就像漩涡之眼。远处的玛利亚，在风暴底下，在闪电底下，与斑鸠和蝴蝶做伴，我的童贞圣母。"M"直直的两条腿代表马吕斯跟玛利亚在一起。雷蒙尝到了一股苦味，就像听见父母谈话的那一晚。他透过锁眼偷看屋里，想知道到底是怎么回事。他也偷看过罗莎女士的房间。床头灯亮着，父母躺在床上。他仿佛被定在了地板上，甚至忘记了呼吸。他听见了父母的谈话。他独自一人爬上屋顶，觉得恶心，感到窒息。大人的世界竟如此丑陋。他张开双臂，在屋顶上走来走去，从一座塔楼走向另一座塔楼。月桂树叶在风中摇曳，沙沙的声响让他渐渐平静下来。在他脚底下，瓦片之下，房梁之下，玛利亚正在熟睡；在他头顶，夜色依旧，小朵小朵的云彩飘过，月光勾勒出它们的银边。风中有个声音在呢喃："贾米。"他突然想起了早夭的弟弟。他和玛利亚会瞒着贾米，越过墙头，跳进田野，奔向自由，奔向有空罐子的垃圾堆。那是他们的宝地。外婆总在喝酒，他会去看她，露出假笑。外婆不让米凯拉放他进屋，因为"这个雷蒙啊，真不知是从谁那里学来的"。他不停往胳膊和腿上泼咸咸的海水。公园尽头的池塘里，池水绿汪汪的，滋生了许多飞来飞去的蚊子。它们会产下卵，孵出更多的蚊子，害得他们不得不装蚊帐。贾米像个胎儿，漂在满是蚊卵的绿水里；雷蒙则漂在咸咸的海水里，像个巨型胎儿。太阳会从海里升起，而不是从女人的双腿之间，喷涌出血红的新生命。死在大海里不会留下麻烦的尸体。体外的水跟肺里的盐颜色不一样。雷蒙从水里探出头，吐了口唾沫。耀眼的白光刺得他闭上了眼睛，阳光比被他剥了皮的树杈还要白。雷蒙仿佛看见贾米在下沉，在望着他们，露出浮肿的嘴唇，腋窝和脖子上长了疙瘩，那些大疙瘩永远不会干瘪，不断渗出脓液。他望着他们，泪花在眼眶里打转，却没有哭出声。贾米，还有马吕斯，就像他跟玛利亚之间一颗蓄满脓液的毒瘤。雷蒙开始使劲往前游，仿佛后面有无数水鬼想拽他的脚，仿佛只有前方那个红点能拯救他——我的姐姐。他气喘吁吁地离开大海，但没有去找马吕斯和玛利亚，而是跑向了暗影幢幢的松林，所有糟糕的回忆都在啃噬他。每当他坐下学习、散步、想事情，那些回忆就会冒出来啃噬他。他回想起，某个夏日的清晨，有个童贞女坐在沙滩上，因为上帝把她造成了女孩。在血色与金光之间，在夜色与美梦之间，她还是个童贞女。玛利亚朝他走来，从光明中走来。马吕斯在远处游泳。玛利亚伸手探向他的额头：你发烧了吗？世间一切祥和与安宁，都在玛利亚的手掌与他的前额之间迸发出来。一切祥和与安宁，你我永远坐在树下，斑鸠在树上发出不知所云的呢喃，那是生命之晨的纯真话语。玛利亚。别人又没见过小时候的她，他们知道些什么？"有只鸟在屋顶上迷了路。""关上门，别让娃娃逃出去。"睡着的玛利亚会散发出月桂树一样的宁静气息。她是世间万物的重心。他们怎么知道那双温柔的眼睛，雨水滑落的脸颊，迷失在公园尽头，在一片光明中手牵手，从绿荫中跑到阳光下？别人又知道些什么？那些街头巷尾的路人，那些色眯眯盯着美女看的家伙怎么知道？他撒腿就跑，玛利亚紧随其后，两人一起跳进了海里。在波光粼粼的蔚蓝大海中，他俩都干干净净，闪闪发亮，毫不粗野，毫无恶意，只有你——我的姐姐。等他们从海里出来，海滩上已经没人了。沙子烫伤了他们的脚。玛利亚心不在焉地踏过"M"，踩花了，雷蒙蹑了蹑剩下的地方。玛利亚微笑着转过身来，见雷蒙在抹字母，便走到他身边，推了他一把。等他们回到巴塞罗那……父亲给巴萨雷尼夫妇写了信，说自己病了，希望孩子们能在身边。玛利亚把娃娃屋从自己房间搬去了育婴室。她再也不想看见它了。她已经长大成人了。

雷蒙离家出走

雷蒙为父亲难过,为自己难过,为一切感到难过。他想彻底消失,想抹去那个夏天的记忆。父亲盯着他,不知该怎么告诉他,他和玛利亚是同父异母的亲姐弟。玛利亚不是某个不幸身亡的亲戚的女儿,就像他小时候听仆人说的那样,他们身上流着相同的血。在吐露真相之前,父亲走到窗前,坐下又站起。最后,父亲背对着他,说出了他从一开始就该知道的事。他想要逃跑,但父亲的声音把他定在了原地。他双腿并拢,垂下了头。父亲话音刚落,他就离开了书房,是倒退着出去的,根本没意识到自己在做什么。他脑子里迷迷糊糊的,仿佛做了一场噩梦:小时候,他跟玛利亚、贾米一起躲在餐厅的丝绒窗帘后面玩;外婆不喜欢他,因为他弄乱了插在客厅门口大花瓶里的羽毛。他疯了似的跑上楼,想去找玛利亚,可她的房门上了锁。他姐姐被锁在了屋里,就因为她爱他,他也爱她,而他们两人不能相爱。他用肩膀撞门,但门没有开。"玛利亚。"他轻声呼唤,但没人应答。于是,他吻了一下门板,向那个玛利亚告别,向他的玛利亚告别。他再也不会见她了。他需要呼吸新鲜空气,排出肺里的脏东西。过去，他常常不假思索地爬上通往屋顶的楼梯。如今，对他来说，那段楼梯似乎太狭窄，台阶太陡峭，拐角太突兀。夜色澄澈，烛火点点。他心中一阵忧伤，为在屋顶上共度的时光；为在漫天星光之下，他俩肩并肩躺在一起；为那段日子画上了句号。他想在屋顶上走一走，走到下一扇窗户，走到屋顶中央，走到他们躺在风中时玛利亚秀发拂过他脸颊的地方，可他办不到。他走下楼梯，在玛利亚的房门前停下脚步，他的整个童年都在里面度过。他走进游戏室，看着他俩习字用的小书桌。玛利亚没有被锁在屋里，只是不肯见他，不肯给他开门。他知道，他们也告诉她了。他踹了一脚纸板做的木马，木马开始前后摇晃。他打开玩具柜，打量每件玩具，底层架子上躺着一只彩色条纹的木陀螺，缠在陀螺上的绳子早已磨损。他把玩具柜拖到灯下，侧翻过来，玩具散落了一地。他镇定自若地一脚一脚踩上去。他踩到陀螺上硌得脚疼，便抓起纸板木马，朝窗户扔去。碎裂的窗玻璃划破了他的手：他们流着相同的血！鲜红，闪亮，浓稠。他抬起手，免得血滴在地板上。他走上阳台，花园里黑乎乎的，只有几处被月光照亮。小时候，他和玛利亚玩耍的花园似乎无边无际。他有种冲动，想喊姐姐的名字，让呼喊通过碎裂的窗玻璃传出去，像狗吠一样在夜空中传出老远。他走到娃娃屋前，抓起那位男士娃娃，揪下它的脑袋，然后迷迷糊糊地下了楼，仿佛身处梦魇之中。他穿过前厅，没有停留，像栗树下的影子一样飘过。他坐在树篱底下，望向外面的街道，望向对街墙头垂下的藤蔓。他意识到自己手里攥着东西，却不知道是什么。过了好一会儿，他才意识到那是娃娃屋里的无头男士。他把它塞进口袋，刚好腾出手来捂住耳朵。在他身后，仿佛一切都在陷落：大宅的石块直坠下来，掉落在他附近，砸断了树枝，虽然没有砸中他，却还是让他受了伤。他呆呆地站在那儿，也不知站了多久。他开始往回走，沿着两边种着栗树的车道，爬上紫藤架下的长椅，盯着玛利亚的阳台看了一会儿，里面没亮灯。他完全不知道时间，失魂落魄地走上街头，脑海里全是父亲的声音，还有不断将他推向死胡同的回忆。早上八点，雷蒙发着烧，按响了里埃拉律师的妹妹玛丽娜家的门铃，他跟她的大女儿玛丽娜是同学。来开门的是一个他不认识的小姑娘。

"我是玛丽娜夫人的教女，也叫玛丽娜。"

玛利亚在门后偷听

她听见雷蒙经过,想打开门喊他,可一转眼他就下了楼,她只好放弃了。她觉得大事不妙。父亲并没有生病,不像他写给巴萨雷尼夫妇的信里说的那样。她在楼道里站了一会儿,不知该怎么做才好。最后,她决定下楼去。她时不时停下脚步,希望不用下楼就能猜到出了什么事。书房的门没有完全合拢,父亲看起来心烦意乱,正在说着什么。她能听出是在说她和雷蒙。她穿过走廊,凑到门边。她以前从来不知道,喷泉的水声竟然这么响。她想起某天下午,罗莎女士给她听写法语,刚做到一半时,突然扯了扯立领,理了理袖口,抬头直视她的双眼,轻声说"在这栋宅子里,你什么也不是"。"你上不了台面,什么也不是。我说这话是因为你小时候喜欢嘲笑别人。你这个什么也不是的小丫头。"当时,她好想往罗莎女士脸上吐口水。玛利亚愤怒地回击她胡说,她撒谎,因为她长得丑,还爱嫉妒。罗莎女士涨红了脸,嘴唇紧抿,厉声说:"继续听写!"她给她纠正错别字,每挑出一处错都啧啧有声。下课的时候,罗莎女士咕哝着:"我要找你妈妈聊聊。告诉她你学得不好,就因为你脑子里净想些别的。"玛利亚跑去找外婆，站在外婆身边，突然大哭起来，她抽泣着告诉外婆，罗莎女士说她什么也不是。外婆一遍遍抚摸她的头发，安慰她说："好了，好了。你是我的小乖乖，我的小可爱。你一直都是我的小宝贝。"外婆叫她从日式漆柜中间的抽屉里取出那个紫色的盒子，外婆打开盒子，拿起那钻石花束胸针托在手心里。"等我不在了，它就是你的。"把盒子放回去的时候，玛利亚觉得更想哭了。外婆凑近了她，指着周围的东西，告诉她一切都会是她的：宅子、大树还有鸟儿。

她听见书房里静了下来，便赶紧逃回楼上，心怦怦直跳。过了一会儿，雷蒙敲响了她的房门。她用手捂住嘴，以免出声。她紧紧盯着门板，门外站着她的弟弟。他是她父亲的儿子，正如她是他父亲的女儿。她没有开门，因为她不是被收养的弃儿；她和雷蒙是同父异母的亲姐弟。他们曾在池塘边接过吻。那是很多年前，就是贾米……当时她望着水面，双手交握背在身后，入神地盯着水里游动的孑孓，那些小虫让她浑身打战；雷蒙就站在她身旁。"我懂的比你多。你知道大人相爱的时候会做什么吗？他们会玩对方的舌头。"他伸手搂住她，让她转身面朝自己。"你知道吗，你的眼睛是一汪水，我的眼睛也是一汪水。要是我们眼睛里的水能混到一起就好了。"玛利亚在雷蒙的眼睛里看见了树叶，那里面是个既明亮又晦暗的天堂，正在蚕食她的意志。"要是你和我眼睛里的水混到一起，我就是你，你就是我了。你愿意吗？"她声如蚊蚋地说了句"愿意"。随即，他就用温柔的一吻封住了她的唇。"从今往后，我都会这么亲你，一直这样。"玛利亚噘起嘴唇，眼睛水汪汪的，说："再来。"附近传来树枝断裂的声音，他们赶紧躲到了一丛金银花后面。雷蒙屏住呼吸等了一会儿，然后轻声告诉玛利亚，他们被人跟踪了，有人在监视他们。"我知道是谁。"两人情绪低落，分头回了家。那是三四年前的事了。如今，她抬起头，侧耳倾听。雷蒙在屋顶上。随后，她听见他进了游戏室。宅子里一片寂静，偶尔被游戏室里的"狂风暴雨"打破。声音骤然停歇，雷蒙三步并作两步，飞快跑下了楼。

"玛利亚……玛利亚……玛利亚……"

远处有人在喊她的名字，她听不出是谁。她打开阳台门，望向夜空，望向树林。尽管外面一片漆黑，她还是能看见一个白点，那是雷蒙的脸。他站在紫藤架下的长椅上。她立刻缩回屋里，蹲在床脚，完全无法思考。恐惧攫住了她的心。过了一会儿，她站起身，走到窗前。

"玛利亚……玛利亚……玛利亚……"

那个声音是从哪里传来的？那个无处不在的声音，一遍遍呼喊她的名字，好让她知道她并不孤单。雷蒙穿过花园，消失在了栗树的树荫下。

艾拉迪与里埃拉律师

艾拉迪下了车，穿过人行道，在律师的公寓楼前停下脚步。入口相当气派，但光线昏暗，电梯也颇为陈旧，他渐渐鼓起了勇气，慢腾腾地爬上楼梯，每走两三步就停下歇口气。他伸手探进外套的内袋，摸了摸信是否还在。他真想忘掉这一切，摆脱令他窒息的责任枷锁。要是别人能帮他搞定这事该多好……他站在公寓门口，一个字母一个字母地拼读出铜匾上里埃拉律师的名字。来开门的是个清瘦的年轻女人，有一双大大的眼睛（也许正是因为她脸太小，所以才显得眼睛格外大）。她让到一旁，请他进门。

"您跟里埃拉先生有约吗？"

"没有。"他递上自己的名片。等候室里坐着一对男女：一个胖男人和一个眉毛乌黑的金发姑娘，看起来像他女儿。艾拉迪走到阳台上，将薄薄的窗帘拉开了一条缝。黄昏时分，夜色微沉，起风了。街头匆匆驶过的红色汽车尾灯害他走了神。突然，他感到一阵不安。有一块窗玻璃，右下角那块，上面有一处瑕疵：玻璃上有个小气泡，映出了窗外的红色车灯。这个瑕疵引出了夜色般的晦暗回忆，那段回忆来自内心深处，来自未知的阴影，也许来自他儿时的经历。他挪开视线，不去看那个气泡。律师助理拿着他的名片进了里间。他坐了下来。高背扶手椅，衬着草莓色的丝绒软垫，椅子背后的地板上钉着木条，免得椅背碰到墙。助理走回他身边，表示里埃拉律师很快就会接待他，然后请那对男女进了里间。

里埃拉律师打量着桌上的玫瑰，那是来自卡达凯斯镇上别墅的新鲜玫瑰，是他亲手插进那只镶银边的水晶花瓶里的，花瓶是一位做了外祖母的女士送他的。那是一朵盛放的红玫瑰，只有中间几片花瓣尚未绽开。律师拿起那张名片，上面写着艾拉迪·法里奥斯，这个名字很陌生。他问助理："这位先生以前来找过我吗？"

"没有，先生。"

"请他进来吧。"律师拿起一份合同，假装在浏览。随后，他抬起头，请艾拉迪落座。他虽然忘了名片上的名字，但现在看到本人，一下子就认了出来。艾拉迪看上去比以前糟糕多了。他正在脱手套。即使是天热的时候，他也需要戴手套，因为他讨厌手心冒汗的感觉。一只手套掉在了地板上，艾拉迪弯腰拾起，望向桌子对面的律师。他来是为了一件与法律无关的事。

"我来是为了我儿子雷蒙，您可能还记得他吧。他小的时候，您经常看见他。"

里埃拉律师突然好想瞄一眼玫瑰。他对艾拉迪说："当然了，没错，当然了……瓦尔达拉夫人的长外孙，我记得很清楚。现在他肯定已经长大了。"

办公室里闷热不堪。在艾拉迪内心深处，那股味道跟玻璃气泡带来的不安混杂在一起。

"雷蒙，您知道的……"艾拉迪告诉律师雷蒙如何一气之下离家出走，"您妹妹写信给我，说雷蒙现在住在她家。他似乎跟她的大女儿玛丽娜是同学。"

里埃拉律师接过艾拉迪递来的信，一眼就认出了妹妹的笔迹。他盯着艾拉迪问："这是什么意思？"

"您妹妹告诉我，我儿子在她家。呃，在我……在我跟他聊过以后。"

里埃拉律师意兴阑珊地听着对方嘟囔。特蕾莎说过很多跟她女婿有关的事，她觉得他这人没什么内涵，娶索菲亚纯粹是为了钱。如果艾拉迪·法里奥斯跟他儿子关系不好，那也是他自己造成的。艾拉迪说起了玛利亚，说起了姐弟俩之间可能存在的情愫。他时不时抹一把眉毛上的汗，擦一把脖子上的汗。闷热，气泡，加上似乎神游天外的里埃拉律师。里埃拉律师知道那件事，不是最近的事，而是过去的事，夜总会歌女的事，也就是戈黛娃夫人。他不止一次见过她；不是一个人，而是跟朋友一起。她一丝不挂地骑在戴马头的男人身上引吭高歌，浑身上下只由乌黑浓密的长发遮挡。她的肚皮很漂亮，结实紧致又曲线玲珑。花上几个小时欣赏那肚皮是值得的。可是，艾拉迪为什么要把歌女的女儿带回，跟他太太和婚生子住在一起？要解决这个问题，肯定有无数种更明智的方法。当然，这么做是很感人，让亲生女儿住进自己家——可是现在，该面对后果了。律师在心中默默做出了裁决：人总要为自己犯的傻付出代价。那家人该被判乱伦才对!

艾拉迪告诉律师,他来是为了帮他儿子。

"我会给您开张支票,请寄给您妹妹,别让我儿子知道。我冒昧来找您就是为了这事。"

里埃拉律师拿起支票,看也没看就对折起来,说:"你为什么不直接去我妹妹那里看儿子?有时候,再复杂的问题聊开了就好了。"

但里埃拉律师很快意识到,如果想帮艾拉迪,就得接受他提出的要求:既不要说教,也不要提建议。艾拉迪不是那种愿意付出努力的人。尽管如此,律师内心深处还是为艾拉迪难过,并向艾拉迪保证,自己会亲手把支票交给妹妹,尽可能确保雷蒙不知道父亲在帮他。艾拉迪开始戴手套,低头掩饰令他窒息的起伏心绪。他一离开办公室,里埃拉律师就深吸了一口气,拿起花瓶,将玫瑰凑到鼻子底下,畅快地闻了闻。可怜的特蕾莎啊……

玛利亚

她从未觉得秋天如此令人悲伤,只有今年与众不同。别墅高墙环绕,阴云笼罩,让她喘不过气来。为什么大家不统统死掉算了?妈妈眼神空洞,对她视若无睹。外婆总在睡觉。爸爸情绪低落,闷闷不乐,眼神悲伤,令她不忍卒看。她唯一的伙伴是屋顶和天空。每天晚上,她都会爬上屋顶,站在那里,面朝紫藤架,穿着薄睡衣,一身雪白("像新娘子似的。"很久以前,阿曼达这么说过),一遍遍轻声呼唤弟弟的名字,就好像她刚刚看见他站在长椅上。夏天,蜜蜂会绕着长椅打转,紫藤花会飘落在椅子上,那些花比蜂蜜还要甜。她柔声呼唤他,因为哪怕他去了远方,无论他去了哪里,他的灵魂都能听见她的呼唤,然后回来找她,尽管他们是同父异母的亲姐弟。正如他的灵魂在星光下呼唤她。有一天晚上,她试着一路走到屋檐边。当年,他们曾在两根烟囱之间拴了条绳子,拽着绳子坐在屋檐边。随后,她开始往回走。走到铁梯时,她用力握住扶手,闭上了眼睛,因为她心跳得厉害。就在那一刻,她下定了决心。

在公园的尽头，所有金黄或火红的叶子都在等待她。她抓住一棵枫树猛烈摇晃，枫叶如雨点般落下，她闭上眼睛接了一大捧落叶，走到水边，俯下身去，水面映出了她的脸，一张孩子的脸。她往水里撒了一把土，那张脸就消失了。她用脚在地上划来划去，在柔软的泥地上划出一道道沟壑，时不时踢到树根。雷蒙常说它们"像蛇一样"。他们会把树根拽起来，以为是旁边那棵树的，结果却被引向远处的某棵树。树根像是一条死蛇，只是被时光和雷雨化作了这种形状。接着，她看见了脚下那根树杈：脏兮兮，白煞煞，半埋在土里，顶端长了青苔。她倒退了几步，这才看清全貌。"别动！"她心里有个声音在说，"别动！"树上的鸟儿似乎在聆听。她弯腰捡起树杈，敲了敲地面，磕掉上面的青苔。然后，她用力抽打水面，一下又一下。水溅到她的左脸上，她用手背抹了一把，然后舔了一口。没有味道，只有唾液、舌头和天空。她又抽打了一下水面，水溅进了她的左眼。她揉了揉眼睛，湿淋淋的手指拂过眼皮。眼皮上的水跟泪水是同样的质地，只是一个甜一个咸。水中映出的脸有水做成的眼睛、水做成的唾液：那是水火交融的造物。她的灵魂中升起了一团火，一团熊熊燃烧的火焰，那是爱的火焰，但她不知道爱究竟是什么。她用力拗断树杈，扔进水里。涟漪再次抹去了她的脸庞，还有那从未被男人亲吻过的嘴唇，那永远不会被男人亲吻的嘴唇。她的胸脯犹如春天般温柔，双膝比金银花蕊还要甜蜜。那是一块未经开垦的处女地。在最古老的那棵大树下，紫罗兰抬头望着她。她抬脚将它们一朵朵踩烂。她捡起一块石头，狠狠摩擦树干，抹掉上面已被树汁浸透的字母，她一直没弄懂那写的到底是什么。接着，她走进鸟笼,坐在地上,看着手心里斑驳的光影。铁笼里曾经住过许多大鸟,五颜六色的珍禽:孔雀,尾羽像染蓝的彩虹折扇;雉鸡,毛色好似秋天,长着小小的脑袋。外婆说,她喜欢那些鸟儿,但仆人讨厌它们,因为它们是额外的负担,便由着它们渴死了。玛利亚肯定也会爱那些鸟儿,但雷蒙会挖出它们的眼睛。她听人说过,瞎眼的鸟儿唱歌更好听。她好想抱一只放在膝头:瞎眼的雉鸡,大张着嘴,声音沙哑。影子在她手中晃动;她的心,被骨头和皮肤保护得严严实实的,也在颤动。她希望能抓住它,把它扔给老虎。来呀,老虎。老虎会用爪子把它翻个个儿,看看底下有什么。接着,老虎会叼住它,小心翼翼地不弄破,带回去给幼崽。虎崽子们又饥又渴,正在等待母亲归来。黑色条纹的黄金猛虎,眼睛像熊熊燃烧的炭,会一跃跳上树顶。玛利亚站起身来,犹豫片刻,又坐了回去,脱下鞋子,感受大地。附近有一朵紫罗兰,被踩烂了半边。她小心翼翼地拈起那朵花。要是她的眼睛是放大镜就好了,就能看见那些纵横的神经,那些疯狂的脉络。她把紫罗兰送到嘴边,伸出舌头舔了舔,然后一口吞下。树杈上的青苔有些蹭到了她手上。天已经黑了,光明已逝,夜幕降临。她喜欢黑夜。"玛利亚……玛利亚……玛利亚……"她站起身来,摸了摸摇摇欲坠的笼门,低头跨了出去。她伸出没穿鞋的光脚,插进腐叶和枯叶底下,感觉自己就像一片枯叶,一片腐叶。"玛利亚……玛利亚……玛利亚……"她站定下来,双手摆成喇叭状围在嘴边,大声呼喊:"贾米!贾米!贾米!"仿佛她刚从树上爬下来,或是刚从星星上面下来。没人回答,也没人再呼唤她的名字。

她让房门半掩着,阳台则大敞着。风将她的睡衣吹向一侧,在镜中像是映出了一只雪白的蝴蝶翅膀。她小小的乳房和曲线玲珑的大腿若隐若现。她自恋地看着镜中的影像。突然之间,镜子中的她变得一丝不挂。一只看不见的手扯下了她的睡衣,睡衣就像被风刮走了似的。她的乳房圆润,乳头浅褐,肚脐打结。那只看不见的手把大海放在了她脚下。她一丝不挂地从死亡之浪中诞生,头上戴着一枚订婚戒指,就像一顶皇冠,上面镶着碎钻和红宝石。那是婚礼的颜色。占有童贞的红与失去童贞的白。戒指滚落下来。她张开双臂,张开双腿,昂起头来,摆出五角星的形状。每当她和雷蒙跑累了,喊累了,就会突然停下,摆出这个形状。他们会保持不动,看谁坚持得久。贾米跑过来,推了他们一把。"快跑!快跑!"订婚戒指、大海和五角星,统统从镜子里消失了。如今,镜中雾蒙蒙的,只剩她自己。楼梯才爬到一半,她就需要抓住扶手歇口气。她在外婆特蕾莎的房门前停下,侧耳倾听,然后扭动门把手,打开了门。外婆呼吸粗重,那是疲惫之人的呼吸声。什么事能让外婆这么疲惫?屋里漆黑一片,但借着前庭花窗透进的微光,能看见桌子和鎏金的红色扶手椅。桌上摆着外婆特蕾莎爱看的那本相册。她拿起相册。关门之前,她想亲吻特蕾莎外婆的手,但办不到。

她拿着相册,拧亮书房里的小台灯,坐在地板上。她想寻找某样东西。她飞快地翻动册页。里面全是外婆的照片吗?年轻时的外婆,胸前别着玫瑰;穿低胸长裙的外婆,浑身上下珠光宝气;穿套装的外婆,前襟上别着钻石花束胸针。还有爸爸妈妈。

妈妈一身雪白，像只白鸽，手里拿着球拍。裹着尿布的玛利亚，被奶奶抱在怀里，手里拿着几枚假橘子。啊，终于找到了——她和雷蒙并肩而立，贾米站在他们前面，小小的脑袋，细细的腿，凸出的膝盖，手里像端盘子似的托着一块木板，上面绑了块白布，假装是小旗。那是他的小船。她拿起照片正打算亲吻时，一张剪报飘落下来。照片上的年轻女子长发披散，骑在一个扮成马的男人身上。她盯着那个女人的眼睛，那双眼睛跟她的一模一样。为什么外婆要留下这张剪报？她亲了一下贾米的照片，其他什么东西也没动。她合上相册，伸手按在上面，脑子里全是那个年轻女子悲伤的眼神。她走到门外，走向紫藤架下的长椅，俯身望进枯井。一束月光照亮了井底。底下有什么东西闪闪发亮。肯定是贾米扔进去的。他会把不喜欢的东西统统扔进井里。

　　她一手抓着铁梯的扶手，一手绾起自己的长发，免得风把发丝吹到脸上，慢慢挪到屋顶。夜空中一侧是朦胧的银河，一侧是闪烁的繁星，这给了她勇气。她张开双臂保持平衡，任由发丝遮住眼睛，走到雕花的屋檐护栏边；她看了看如今已看不清的石头长椅，又看了看伸向天空的大树，舔了舔嘴唇。她听说如果卷起舌头，顶住上颚，等上一会儿，就能尝到甘霖。她脚下是落叶萧萧的月桂树，枝叶在风中摇曳，看起来像一片漆黑的海洋。屋顶上有一片瓦松动了，她的一只脚打了滑。在翻过护栏的那一刻，她发出了一声呻吟。

月桂树

厨房里的一切都闪闪发亮：黄铜制品、玻璃器皿，还有靠墙挂着的一排排炖锅。阿曼达进厨房检查，发现根本赶不上进度。杰西塔买菜还没回来，尤利娅跟着去帮忙拎东西。乘有轨电车回家之前，她们进咖啡馆悠闲地喝了杯咖啡。有时候，在服务员的帮助下，她们会把买菜花的钱加起来，再往总数上添一点，回家后把单子交给阿曼达。阿曼达意识到，杰西塔把厨房打理得井井有条。她走进碗碟洗涤间，走向多年前为存放银器打造的橱柜，拉开一只只抽屉。宅子里存放的银器多得令人咂舌：既有特蕾莎夫人两段婚姻购置的成套餐具，也有索菲亚的，还有乂拉迪先生的父亲和叔叔留下的。她逐一关上抽屉，然后拉开了最底下那层，那是专门放清洗剂和抹布的。她拿出一块抹布，使劲蹭了蹭勺子，没有留下一丝灰影。这才是所谓"好好擦过"的银器。她打开壁橱，里面收着托盘、茶壶、茶具和咖啡壶，每一件都亮叮鉴人。除此之外，地下室里还存着特蕾莎夫人第一任丈夫留下的精美银器，她总是记不住那位老爷的名字。她走向餐桌，听见花园里有人说话。杰西塔和尤利娅在跟送矿泉水的工人聊天。

阿曼达看着他走进厨房，打开了地下室的灯。两个姑娘已经把菜篮里的东西全倒了出来：给索菲亚小姐准备的海鲜是活蹦乱跳的大虾，生猪肉、熏肉、冷切肉、两只鸡，还有一只兔子，那是给仆人们做炖饭用的。尤利娅去餐厅取装水果的果盘。她还记得，木兰花形状的旧果盘被收进了储藏间，特蕾莎夫人得知后是多么沮丧。尤利娅把装满水果的大盘放回餐厅，接着把多余的水果塞进了冰箱。那冰箱顶到天花板，是饭店常用的款式。送矿泉水的工人在地下室里大喊，说该回收的瓶子少了三个。尤利娅俯身喊了回去，说那几个瓶子摔碎了。

杰西塔收拾好菜篮，系上围裙，对阿曼达说："我来做个烩饭，保准香得你把舌头都吞下去。"

阿曼达生起了炉子，主动提出帮忙切洋葱、剥西红柿。她现在不怎么忙，切菜能打发时间。在这个家里做一顿晚饭可不轻松，因为每个人吃的东西都不一样。特蕾莎夫人最近迷上了炸薯条和烤肉，每次她喜欢上某样菜，就会连着吃到腻为止。艾拉迪先生爱吃裹上面糊的炸羊脑，索菲亚小姐则怎么也吃不够大虾和龙虾。杰西塔忙着搅蛋黄酱，搅到胳膊都酸了。雷蒙还住在家里的时候，大家都说，两个小家伙跟老人似的，因为他们总说想喝肉汤。杰西塔为他们炖了一只又一只母鸡，剩下的鸡肉正好可以给自己和安娜做肉丸。凡是看着像剩菜的吃食，主人家统统不肯碰。那天，阿曼达、尤利娅、安娜、杰西塔和维吉尼亚吃了兔肉炖饭，西尔维娅恰好休息不在。装月桂叶的罐子空了，尤利娅把它洗了洗。

"我再去摘点儿叶子。"

阿曼达想起了那个雷雨之夜：安塞玛姨妈说，大风把屋顶都给掀了，小索菲亚哭个不停。闪电劈断了月桂树的主干，那棵树后来却越长越茂盛。装上避雷针以后，大家都松了口气。没装避雷针的时候，住在塔楼那么多的宅子里简直是犯傻。尤利娅走到屋外，她累得够呛；她们在市场上转了两个多钟头，一刻也没歇过，总在兜来兜去，因为杰西塔在决定买一样东西之前，会花上很多工夫把每个摊位都逛一遍。而她，尤利娅，体力不太行。要是在自己家里，她肯定会躺下休息，就像以前每次跟妈妈买菜回来以后那样。她站在厨房门外，眺望远处的公园。晚上她可不敢去那边。她在这栋宅子里待了两年，还是害怕那些树。她觉得它们在悄悄生长，还在窃窃私语。有一次，艾拉迪先生告诉她，公园尽头有三棵黎巴嫩雪松。她说她从来没见过雪松。"如果你愿意的话，我会找一天带你去看看。"她道了谢。大宅旁的月桂树只在早晨能晒到太阳，有许多低矮的枝条，但先生不希望给它修枝，这样厨娘不用架梯子也能摘到月桂叶。她有些不安地打量那棵树，它似乎有哪里不对劲。树干上沾满了暗红色的黏液；地面湿漉漉的，也被染成了红色。黏液有些反光，她用指尖蘸了一下，闻了闻，没闻出味道。她抬头望去，浓密的树叶中间有某样白色的东西，像是有条床单从阳台上飘落，缠在了月桂树梢上。她又伸手摸了摸那些黏液，然后撒腿就跑，疯狂地大喊起来，说有血顺着月桂树流下来。坐着给西红柿剥皮的阿曼达，还有在水龙头底下洗虾的杰西塔，都扭过头来。阿曼达说："咱们上楼去看看怎么了。"

她不满地瞥了一眼尤利娅，怪她沉不住气。她们爬上二楼，走上阳台，朝下望去。阿曼达双手捂脸，突然弯下了腰，仿佛肚子被人捅了一拳。另外两个姑娘在胸前狂画十字，闭上了眼。

永别了，玛利亚

那天早上下起了雨，到晌午时分，天就放晴了，但依然阴云密布。那场雨丝毫没能解暑降温，风还是热乎乎的，像是从沙漠里吹来的。花束和花圈塞满了两辆货车，狂风裹挟着死亡的气息，搬花的工人迎风前行，被吹得身子前倾。艾拉迪面无血色，跟所有前来吊唁的人握手。他们都不知道玛利亚是法里奥斯家的亲女儿，还以为是收养的远方亲戚的孩子。

索菲亚脸色苍白，但眼睛闪亮，接受众人的慰问，仿佛她是那个即将下葬的女孩的亲生母亲。厨房角落里，阿曼达坐在矮凳上低声抽泣，时不时掀起围裙一角抹眼泪。她给玛利亚洗了脸。女孩嘴边挂着一缕干涸的血迹，像结了痂似的粘得很牢。还有她的肚皮，老天啊……阿曼达帮玛利亚换了衣服。把女孩扛下树的几个男人差点晕倒，她不得不给他们倒白兰地压惊。阿曼达还给玛利亚梳了头——那头乌黑的鬈发，在玛利亚跟罗莎女士对着干时，阿曼达曾帮她漂染过很多次。阿曼达坐在那里，泪流满面，听着外面的风声。玛利亚喜欢风，风是来陪玛利亚，来配黑色祭典的。玛利亚从来没有爱过她。玛利亚到底爱过谁？她有可能爱过谁？很多年前的一个晚上，玛利亚走进厨房，想找一把刀。

"你要什么？"

玛利亚干巴巴地答道："刀。"

"干吗？"阿曼达不动声色地问。

"我要用。"

"你没必要拿厨刀。"

"其他刀不够锋利。"

这话倒是没错。阿曼达递给她一把小刀。"这把行吗，玛利亚？"

令她惊讶的是，玛利亚说："从现在起，别再喊我名字了，我已经不是小孩了。"

翻找了一圈后，玛利亚从抽屉里掏出一把刀。

"切肉刀？你跟雷蒙老是从厨房里拿刀。真不懂你们拿刀要干吗。"

"杀了妈妈。"她轻描淡写地答道。

"别说了！你想拿它干坏事——我知道你想干吗。"

"我想拿它裁书。"

"想裁书就去拿拆信刀。你可骗不了我。"她试着从玛利亚手里夺过刀子，却在纠缠中割伤了自己，"瞧见了不？你喜欢血吗？你这个坏孩子。瞧瞧这血。"

玛利亚面对着她，站姿神似索菲亚小姐："跟我爸睡过几次，不代表你就能把我当仆人管。"

阿曼达脸上的表情像被人狠狠揍了一拳。"瞧瞧这血，瞧啊！"

玛利亚拿起阿曼达搁在桌上的刀，放回抽屉里，然后边哭边慢慢走开了。第二天，索菲亚外出买东西的时候，在一棵栗树前停下了脚步。树上有个大窟窿，是新挖的，几乎穿透了树干，地上丢着三把崩了刃的厨刀。她回到屋里，召来孩子们，问是谁在栗树上挖了洞。他们都说不知道。

"你们都这么大了，还干这种傻事！"

阿曼达边抹泪边想，为什么在玛利亚离开人世的这天，自己非得回想起那么丑陋的一幕？她站起身，跟跟跄跄地走到门外，心情沉重地走到月桂树下，从树梢看到树根，又伸手摸了摸树干。永别了，玛利亚。她流下了悲伤的泪水。

前来吊唁的访客都已离开，艾拉迪还没从墓地回来。索菲亚去探望母亲，发现母亲耷拉着脑袋睡着了。她使劲清了清嗓子，想看看母亲会不会醒，但特蕾莎还是一动不动。索菲亚离开房间，关上房门，爬上楼梯。她的心怦怦直跳，充斥着怪异的喜悦。她卧室里的阳台门大敞着，雨飘了进来。从阳台望下去，车道上散落着不少残花，肯定是从花圈上掉下来的。她深吸了一口混杂着阳光与阴云的暖风，一切都会过去的。她走到自己的写字台前，愣愣地坐在那儿。写字台的抽屉全是圆形把手，她拉开一只抽屉，手探进一沓钞票底下：那里有一把小钥匙，小小的，扁扁的。她伸出食指，在上面蹭了蹭，像是要把它擦亮。带锁的抽屉只有中间那个。天刚放晴不久，又下起了雨，雨打在树叶上沙沙作响，让她心中无比愉悦。她从抽屉里掏出一捆丝带扎起的信件，上面的丝带已经褪了色。她本想一把扯开，可丝带打了死结，费了不少劲才解开。她将信件在面前排成一列，每封信都装在信封里，由于年深日久，信封已经泛黄。她抽出一封，眼中满是柔情，念道："亲爱的索菲亚……"她把信统统从信封里抽出来，然后把信封撕得粉碎，扔进了废纸篓。她在书桌上摊开一封封信件，每封都像一波青春的浪潮，让她尝到了薄荷味，回想起了白衣、网球和球拍，还有盛开的金合欢和爬满玫瑰的高墙。漆成绿色的大铁门上悬着一排字：网球俱乐部。"我亲爱的索菲亚……"那是路易斯·洛卡写给她的信。他追求过她，可她后来喜欢上了艾拉迪。她拿起一封信，怀着一丝惆怅将它撕碎，然后将其余的信统统撕碎。在扔进废纸篓之前，她停顿了片刻。如果某个仆人……呸，何必想那么多？她额头滚烫，像喝了香槟似的；每次喝香槟，她都会发烧。她真想喝杯凉水，最好是在户外，在一位穿白色长裤的年轻男士身边。玛利亚房间的阳台也大敞着，卧床、床头板和梳妆台上的罩布全是雪白的欧根纱，一切都白得耀眼。索菲亚想："为什么我一定要撕掉那些信？为什么要在留了这么多年后突然撕掉？"她想收集碎片，拿胶带粘起，再珍藏起来。但是，为什么要这样？不在了就是不在了。那些信让她心生柔情，而她讨厌那种感觉。月桂树的一根枝条探进屋里，就在她身边。她心想："它闻起来一点味道都没有，风雨本该激发月桂叶的香气呀。"她摘下一片叶子，用指头捻了捻，把皱巴巴的叶子塞进低胸上衣，然后闻了闻自己的手。多美妙的香味。她真希望母亲已经醒了，那样就能附在母亲耳边说："您立的遗嘱真是白费力气，明明用不着那么麻烦。"站在阳台边缘，能看见被闪电劈断的树枝，越往末梢越尖。索菲亚微笑着抬起头，闻了闻自己异香扑鼻的手指。每当独自一人的时候，她都会尽可能抬起头，免得长出颈纹。永别了，玛利亚。

石　板

艾拉迪必须很努力才能活下去。他体内的某些器官已经运作不畅，对姑娘的渴望逐渐减弱，却对书本燃起了病态的热情。他将书本视若珍宝，小心翼翼地拿起或放下，搬过来挪过去，不停地整理排列。他很少出门，最多去书店搜寻订购珍本。他沉迷于讨论普鲁斯特作品的文章。他有时对普鲁斯特极度着迷，有时又觉得无聊，所以想弄清为什么会这样。他试着翻译了书中一些片段，但翻完又统统撕掉了。他不许女仆打扫书房。书房里十分憋闷，满是尘土。地板上堆着一叠叠书，全是装帧奢华的珍本，还有填写了一半的索引卡片，以及等着被塞满的抽屉。他将一排排书脊擦得锃亮。他会爬上瓦尔达拉先生曾推着小索菲亚"四处旅行"的梯子，把自己不太感兴趣的书挪到书架高处，确保所有的书脊排列整齐。不过，他一行字也没读。他会大半夜爬起来干活儿，一根接一根地抽烟。书房透出的灯光映在窗外的石子路上，索菲亚有时会看着那抹光亮，觉得艾拉迪的夜晚，反锁在书房里的夜晚，简直是疯人之夜。某一天，雷蒙所有的照片都从宅子里消失了；接着是玛利亚的照片。艾拉迪把它们统统烧掉，然后大哭了一场。一天清晨，他从一整排《人间喜剧》[1]的卷册背后，发现了一本瓦尔达拉先生的笔记本。他顺手翻开，里面有先生对自己所有产业的详尽描述。最后一页写着："孔雀啼叫之时，我坐在书桌前，想到了我的世界，小小的世界，一颗小小的金球，比橘子大不了多少。我为它增添景致，赋予它生命。"他觉得背脊发凉，决定生起壁炉。他摞起一堆柴火，将报纸揉成一团，再拿几块大木头压住，然后划了一根火柴。火苗升起后，他把椅子推到壁炉边，拿起笔记本，从头开始读："孔雀啼叫之时，我坐在书桌前，想到了我的世界，小小的世界，一颗小小的金球，比橘子大不了多少。我为它增添景致，赋予它生命。河流、沟渠，还有春天丁香绽放的山峦。我的梦没有死去；随着时光流逝，记忆却越发鲜明。我爱过特蕾莎，但我不是她需要的人——因为我灵魂中重要的一角始终未能向她敞开。有时，与特蕾莎交欢之时（称之为'交欢'远不足以形容全身融化、献出自己、终至昏厥的体验），我会感到芭芭拉甜美的胸在我掌中灼烧。皮肤上燃起的这簇火花，导致我无法开启欢愉之门。正因如此，我能理解特蕾莎移情别恋，尽管我并不赞同。"艾拉迪合上笔记本，全神贯注地盯着火焰。眼前燃烧的木头储存了日月的光热，还有无数的雨滴；眼前燃烧的是宇宙之美，浓缩为一簇泛蓝的艳红火苗。空气与阳光升腾逃逸，恢复它们曾经的模样。"我认为，我从未像父母爱孩子那样爱过索菲亚。我一直在寻找做父亲的感觉。她小时候，我需要与她相依相偎。有索菲亚坐在我膝头，跟她一起去

---

[1] 《人间喜剧》(*Comédie Humaine*)，法国作家巴尔扎克的多卷本巨著，包括九十多部独立而又有所联系的长中短篇小说和随笔，展示了十九世纪上半叶的法国社会生活。

看孔雀，看她摘紫罗兰给我，我仿佛找到了生命中的避难所。我可以与她一起打开怀旧之门，而不会激起好奇或不安。我会连续好几个小时在公园尽头聆听斑鸠的叫声。藤蔓环绕的池水让我为奥菲莉亚[1]而悲伤。她漂浮在亮闪闪的水面上，满面病容，发间装饰着紫罗兰渗出的黑水。月色下的奥菲莉亚，在死亡之夜浮于水面。关于芭芭拉的甜蜜回忆，是任何甜美之物都无法比拟的。"

冬天刚刚过半，艾拉迪就病倒了，过了很久才恢复，但身体明显不行了。开春以后，他感觉好了一些，便努力像过去那样气宇轩昂地下楼，边走边扣手套，手杖挂在前臂上。如果遇上熟人，他会跟对方打招呼，但从不驻足聊天。四月的一个清晨，他一大早就离开家门，去办一件他答应过自己要办的事。他先去探望了特蕾莎。玛利亚的死对特蕾莎打击很大，她一下子苍老了许多。特蕾莎看见女婿，心想："真是个窝囊废。"走在镇上，他昂首挺胸，腰杆笔直。他在杰梅斯先生的工坊门前停下，两个年轻人正在雕刻一尊戴花环的巨型人物雕像，其中一个年轻人连忙跑去找师父。杰梅斯先生正在院子里的石料间来回巡视。

他毕恭毕敬地跟艾拉迪打招呼："有什么需要帮忙的吗？"

"很简单，我要订一块石板，铺在我养女过世的树下。只写'玛利亚'就行，字母要大，刻得要深，越快越好。"

杰梅斯先生想了想，说："我给您的小儿子做过墓碑——我还记得他叫贾米。也给瓦尔达拉先生做过。还有那个姑娘，玛利

---

[1] 奥菲莉亚（Ophelia），莎士比亚悲剧《哈姆雷特》中的人物，惨遭打击后精神错乱，失足落水溺亡。

亚。当然没问题，可现在活儿太多了——急急忙忙可做不好。"

"但我只要一块石板，刻一个名字就行，能有多难啊？"

两人说定了尺寸，谈好了用九十厘米乘六十厘米的石板，每个字母都要涂成金色。

"过一段时间，金色可能会变暗，不过可以重新涂。更何况，您也知道，颜色暗一些，金字会更耐看。"

艾拉迪在边桌上发现了一封里埃拉律师的来信。律师告诉他，雷蒙找了份工作，已经不住在他妹妹家了。不过，他没说雷蒙在哪里工作。拜访雕刻匠一周后，那块石板就铺在了月桂树下。索菲亚虽然觉得石板的品位糟透了，但没发表意见。从那天起，艾拉迪就常常坐在月桂树前、紫藤架下的长椅上，愉快地欣赏那块石板。上床睡觉前，他面对浴室里的镜子，镜中映出了他饱经风霜的容颜。他想，在那双依旧明亮的乌黑眼眸中，是跟普鲁斯特眼睛里一样的惆怅潭水。发生在雷蒙身上的事是人生的悲哀，而玛利亚的死则截然不同。女儿的死终结了他的青春：夜总会、歌女、舞女、乐曲。那些夜晚，他兴奋地走出家门，心中充满期待。还有关于皮莱尔的回忆。纯真甜美的皮莱尔是艾拉迪的美好回忆。那个艾拉迪是曾经的他，那个他已一去不复返。

新女仆

像往常一样，阿曼达吃完午饭就上楼去午睡，在床上躺成个"大"字。炎热的天气让她很难受。索菲亚出去美发和做按摩了。女仆维吉尼亚仔细打扫了特蕾莎夫人的房间。每次打扫那个房间，阿曼达都会监督两个仆人将夫人扶上轮椅，推进餐厅。夫人回房前，阿曼达会确保每样东西都被彻底清理过，没有遗漏哪个角落，因为如今的仆人没有过去值得信赖。她理了理总是被弄乱的孔雀羽毛，然后陪在夫人身边，直到夫人睡过去。她想，先生可能活不长了。过了一会儿，她听见"丁零零，丁零零"的门铃声。真叫人惊讶，经历了那么多悲恸，在石板边坐了那么久，他竟然还有心情开那个旧玩笑。只有一小段时间，跟雷蒙闹翻、玛利亚去世后的头几个月，他忘了狮子嘴里的门铃。他肯定是有强迫症，因为只要他感觉好些了，就会开始搞那个恶作剧。也可能只是习惯吧，谁也搞不懂。雷蒙现在在哪里？自从离家出走以后，就再也没有他的消息，仿佛他已不在人世。他是个别扭孩子，但心地不坏。他和玛利亚需要的是爱。阿曼达从来不觉得他们能做出什么坏事，就像口无遮拦的罗莎女士影射的那样。也许随着时间的流逝，情况会变得越来越危险。她转身背对阳台，因为从窗帘缝隙射进来的阳光刺痛了她的眼睛。其实已经构成了危险，巨大的危险。月桂树下那块刻着玛利亚名字的石板就证明了这一点。接着，她听见了厨房外面姑娘们的尖叫声。她们肯定是拧开了水龙头。她们简直开心坏了，看见什么都哈哈大笑。只要家里来了新仆人，很快就会养成前辈的习惯。因为在烈日底下，水洒在皮肤上的感觉棒极了。主人一离开，她们就急急忙忙脱掉衣服，给厨房门外的水龙头接上水管。在四溅的水花底下，她们笑得跟疯子一样，彼此嬉戏打闹，因为她们有年轻的身体和结实紧致的大腿。阿曼达渐渐打起了瞌睡。特蕾莎夫人已经不再问是不是送炭工来了，可怜的夫人现在已经基本听不见了。

杰西塔连声尖叫，说她不能进浴盆，怕会像上次那样肚子疼。西尔维娅推了她一把。

"别担心。你瞧好了吧，天这么热，肯定没事的。脱你的衣服吧！"

门铃接连响了好一会儿，安娜知道是艾拉迪先生搞的鬼，在跟她调情。他都这么大岁数了，也不觉得害臊。毕竟她还这么年轻，才十七岁，嘴唇像抹了蜜。有一天，他告诉她，她的嘴唇像抹了蜜。那时，她正在给一幅画掸灰，画上是三位蒙着面纱的仕女。他从大铁门出去，绕过屋后的田野，再从后门进来，鬼鬼祟祟的，像一匹孤狼，溜进洗衣房。前些天，她不记得自己当时在找什么，突然发现面朝厨房的窗户有些不对劲，有块窗玻璃底下多了个圆印子，跟酒杯口差不多大。那些玻璃一向没人擦，所以那块干净的圆斑让她产生了怀疑。而窗户正下方，冬天堆满杂物的地方，如今也被清空了。艾拉迪先生就从那里偷窥她们。她们看不见他，因为他躲的地方正好背光。不过，她能想象出他的模样，蹲在那儿，眼睛漆黑，眉毛浓密，头发花白，又高又瘦，一脸垂涎欲滴的表情，被那么多胸脯和大腿迷昏了头。她没有告诉其他人，因为那天下午，她们都兴奋过了头。每个人都是。也许是因为她们吃了太多烤兔肉，又抹了太多蛋黄酱。等到大家都在太阳底下脱得一丝不挂，她才把人召集起来，警告大家千万别往洗衣房那边看，因为每次她们在户外冲澡，艾拉迪先生都会透过小洞偷看。他会假装出门，按门铃骗过她们，然后钻进树丛和草丛，偷偷溜进洗衣房，藏在那里看个够，一丝一毫都不放过。她以为姑娘们会难为情，马上冲回厨房，但讨厌索菲亚夫人的西尔维娅（阿曼达笑话她是"粉红女王"，因为每到礼拜天，她都会在裙子前襟别一朵康乃馨）脸皮实在厚（每次大笑的时候，她的舌尖都会从两排牙齿中间探出来）。西尔维娅直接跑了过去，站在窗户前面，惹得其他姑娘爆笑不止。她先是转身背对窗户，接着又转过身来，好让戴着手套、拿着手杖的艾拉迪先生看个够。接着，她慢悠悠地朝姑娘们走去，大家咯咯笑得更厉害了。她们一边躲避水花，一边在窗前跑来跑去，甚至跳起舞来。阿曼达被吵醒了，去看大家为什么闹腾。实在太过分了！她觉得她们简直疯了。她们在阳台上又跑又跳，身上的水珠闪闪发亮，水润的肌肤紧绷绷的，不是因为水管喷出的水，而是因为青春的血液在燃烧。阿曼达由着她们尽情尖叫，自己回到楼上。她累得要命，直接躺上了床。过去，她忙到凌晨才回屋的时候，先生不止一次在那张床上跟她幽会。索菲亚小姐真是傻,竟白白错过了那番乐趣。每当那个时候,她都已经睡下好几个钟头了,还说,早睡能让人青春永驻,第二天早上起来眼睛能更闪亮。

艾拉迪的守灵夜

午夜时分，阿曼达身穿黑绸裙，系着蕾丝围裙，戴了星形钻石耳环，手捧一束纸玫瑰，走进了书房。赫苏斯·马斯德乌背对房门而坐，一听见脚步声就站了起来。

"噢，别起来。是我。"

窗帘拉得严严实实，书桌和扶手椅都挪到了角落，给搁棺材的平台腾出空间，棺材头尾都立着大蜡烛。马斯德乌不时起身修剪烛芯，烛光照亮了书脊上的金字。阿曼达将那束红玫瑰放在遗体的肚子上，心想："瞧呀，原本帅得像天神的男人，竟然僵成了那样，还半睁着一只眼。"她在胸前画了个十字，伸出一根手指，想把那片不听话的眼皮扒拉下去。烛光之下，那颗眼球看起来就像活了似的。阿曼达用指头按住了那片眼皮。

马斯德乌说："瞧，他的肚子已经鼓起来了。"

阿曼达拿起玫瑰，瞄了一眼。"鼓得还挺快，很快肚子就该比胸口还高了。"她小心翼翼地调整了一下玫瑰摆放的位置，确保花束垂下的丝带能露出金字："致艾拉迪·法里奥斯，阿曼达·瓦尔斯敬献。"

祭台上铺着黑丝绒，边缘垂下白流苏，台下堆满了当晚陆续送到的花圈和花束。有娇艳的玫瑰，也有花瓣带黄边的紫百合。书房里弥漫着淡淡的花香，那些花朵已经失去生命，只能作为祭品静静凋零。他们给艾拉迪换上了黑色西装配领结，事实证明这样更方便，因为替他换寿衣的人不会打领带的四手结[1]，而领结只用两根透明塑料条就能固定住。阿曼达向马斯德乌解释说，她直到晌午才听说先生去世了，但其实他头天下午就不在了。不过，没人知道到底是怎么回事，因为护士对女仆连哄带吓，什么也不肯告诉她们。阿曼达受不了那个护士，那女人还以为自己是千金小姐呢，看女仆的眼神那叫一个傲慢，仿佛她们根本不是人，还不许她们进病人的卧室。尤利娅说，索菲亚夫人让她给法奎拉医生打电话。医生上门后，索菲亚盛装打扮，高昂着头，领他进了丈夫的卧室。整整一下午，宅子都笼罩着令人不安的气息。没人知道到底发生了什么事，直到夫人告诉他们，先生过世了。没有神职人员来做临终圣事，她们都觉得事有蹊跷。

尤利娅说："我一下午都觉得死神在游荡。人能感觉到死神来了，看那些狗就知道了。它是个看不见的影子，只会在附近游荡。"

她们不知道先生是平静离世的，还是在痛苦中死去的——这至今是个谜。在她们得知这件事之前，夫人肯定是通知了其他人，因为书房还没布置好，就有人送来了一只黄玫瑰花圈，垂下的紫飘带足有一英尺宽。先生的朋友们都没来守灵，来的只有那

---

[1] 四手结，一种简单易搭配的古典领带打法，与红领巾的打法类似。打出的结较为小巧，稍不对称，适用于所有场合。

位画家，瓦尔达拉夫人的教子。瓦尔达拉夫人说他是个蹩脚的画家。

马斯德乌抬手把拇指凑近嘴唇，比了个手势[1]，问阿曼达："你觉得艾拉迪先生是不是……？"

成功合上那片不安分的眼皮后，阿曼达一边检查，一边回答："你是说像特蕾莎夫人那样，喝得太多？不，肯定是因为别的。"

马斯德乌问玛利亚是多久前从屋顶上跳下去的，他记不清了。

"你是觉得，女儿的死对他打击太大？也许吧。"

阿曼达双手叠放在膝头，噘起了嘴。"我看他唯一真爱的孩子是贾米，那个淹死的小家伙。我还记得他刚出生的时候，老天啊，那场洗礼真是了不得！索菲亚夫人心情不好，大概是因为这么快又有了孩子。但先生办了一场盛大的洗礼，就像扇了她一巴掌。比雷蒙的洗礼气派多了，洗礼服是用马林蕾丝[2]做的。"

马斯德乌想不起来，因为他没有受邀参加。他望着书架上的书，想起了特蕾莎夫人。他现在已经很少去看她了，生怕打扰她休息。

"那特蕾莎夫人呢，她对这事怎么看？"

"她可能还不知道呢。我想她会难过的。"

不，马斯德乌已经不常来这栋大宅了，但阿曼达一通知他艾拉迪先生过世了，他就立刻赶了过来，尽心尽力地帮忙。他帮着搭起平台，铺上黑丝绒。

---

[1] 类似比"六"的手势，意为举杯，通常指酗酒。
[2] 马林蕾丝，始于十八世纪的高级蕾丝花边。马林为法国地名，当地盛产蕾丝。

"有时候，"阿曼达说，"我会想起孩子们还小的时候……玛利亚一看见雷蒙就爱上了他。她说：我有完全属于我的小宝宝了。那时她还很小呢。不过，可怜的小贾米出生以后，玛利亚变得很爱吃醋，雷蒙也是。他俩经常欺负他……"

马斯德乌打断了她的话，说艾拉迪过世肯定对索菲亚打击很大。阿曼达盯着那只似乎又要睁开的眼睛，说她搞不懂这世上的事。

"我在想特蕾莎夫人知道后会怎么说。不过，现在我只想知道一件事：先生到底是怎么死的。几周前，他突然像变了个人似的。好像从那个时候起，他就已经半死不活的了。"

马斯德乌说："你基本上算是家里人了，要是你都不知道……"

听到这话，阿曼达从围裙口袋里掏出一块手帕，边抹眼泪边说："我确实就像家里人。"

"我也是，"马斯德乌说，"我爸总叫我来看特蕾莎夫人，她很好心，况且我是她的教子。也许她会照顾好你的。我不在乎她还记不记得我——我来这里，从来都不是为了什么好处。"

把手帕塞回口袋后，阿曼达神秘兮兮地掏出一只小瓶："瞧。"那是个药瓶，没贴标签，也没写明是什么药。它在浴室的药柜里待了好些年，只要一空就会消失，重新出现后总是装得满满的，而且没有哪个仆人去药店补货。那瓶药似乎是自己跑去药店，又自己回来的。

"我猜是艾拉迪先生带它出去的。你闻闻看。"

马斯德乌说它有股怪味。阿曼达问他认不认识什么人，能弄清里面到底是什么；或者把它带去药店，测一下瓶底剩下的几滴药水。马斯德乌涨红了脸，说他做不来这种事。阿曼达也不敢做，但脑海里有个念头挥之不去：弄清先生的死因。她解释说，以前家里有个叫宝琳娜的女仆，胸脯高耸得像雕塑，只待了一年就走了。有个周日，宝琳娜出了门，阿曼达进了她房间，在床头柜的抽屉里发现了一只类似的瓶子，很可能就是同一只。她闻了一下，有同样的味道。那个姑娘没有提离职就走了，神秘兮兮的。她一走，那个小瓶子就出现在了先生的药柜里。

突然，阿曼达双手紧握，攥在胸前，凑到马斯德乌耳边说："你确定他没动过？瞧他的手指。"

马斯德乌告诉她，那五根指头一直是张开的。阿曼达盯着死者看了好一会儿。有一根蜡烛开始闪烁不定，马斯德乌立刻起身用指甲掐断了烛芯。指甲黑乎乎的，他说是被烧焦了。

"死人看着就是不一样。谁说得清，咱们死了以后，啥时候才算是真的死翘翘了？"她抚摸着死者的额头，喃喃说道，"就像冻住了似的。玛利亚也是，我给她换衣服的时候，她就像冻住了似的。你还记得她八九岁的时候吗？"马斯德乌说记得，他想给她画像，但怕遭到拒绝，所以一直没敢提。他这人特别敏感，凡是可能被拒绝的事，他连提都不会提。

"她的眼睛是黑色的，没错。"

阿曼达问马斯德乌想不想喝咖啡，他说当然想，要是再来几块饼干或抹了黄油的吐司就更好了，因为他从八点起就没吃过东西，现在已经饿得不行了。"守夜真难熬，就像永远看不到头。"

阿曼达留下他一个人待着。映在墙上的影子微微颤抖，跟随她走到门口。墙边书架上的一排排书映衬着死者的侧颜。烛光突显了他脸上岁月留下的痕迹——凹陷的眼窝，痛苦的表情，松弛的皮肤，生命的活力已被死神攫走。马斯德乌仔细观察死者的侧脸：线条清晰的嘴唇，透着光亮的鼻孔。守灵室里的花都耷拉着脑袋，在花瓣、花蕊和弯曲花茎的背后，能看见铁丝和蕨类植物扎成的花圈支架。死者嘴唇惨白，唇纹细密，眼角有些许液体渗出。那不可能是悲伤的眼泪，因为他的心脏在几个钟头前就停止了跳动。他的右耳后面长出了一块黑斑，已经爬上了脸颊。双手搁在那束纸玫瑰旁边，双脚细皮嫩肉，只要走上几个钟头就会起水泡。马斯德乌盯着紧贴棺木的那两只脚。书房里弥漫着燃尽的烛芯、吊唁花束和腐败肉身的味道。他从口袋里掏出素描本，拿出一支铅笔。以书籍为背景，死者侧颜十分庄重，颇有意趣。

"只有你一个人吗，马斯德乌？"

他吓了一跳，转过身去。索菲亚站在门边看着他，她身穿黑衣，神态安详，高挑苗条。像往常一样，她的头发向后梳去，高高盘起，看起来遥不可及。她向来一缕头发也不让人剪。

"真不好意思，让你一个人待着，可我实在太累了。"

马斯德乌急忙起身，索菲亚则请他坐下。虽说他一向没什么眼力，但也意识到索菲亚憔悴了许多。

索菲亚走到死者旁边。"他的眼睛闭上了啊。有只眼睛一直睁着，我叫护士别动它，说它自己会闭上的。一想到护士硬把它合上，我就觉得可怕。你在画素描吗？"

"对，画他的侧脸。"

索菲亚说，岁月对他毫不留情，但她丈夫的侧脸确实不错。也许唯一能继承这副相貌的人……到此便戛然而止，她拈起阿曼达所献花束上的一条丝带。

"我觉得他是巴塞罗那最优雅的绅士，不是说他的穿着打扮。不过，他确实很会穿搭。我母亲说：我女儿嫁给了王子。"她漫不经心地抚平丝带，直到能读出上面的金字，看着那束从未见过的玫瑰，她脱口而出，"这是什么？假玩意儿也想上台面？"

马斯德乌低下头，不知该说什么。

"放这些纸玫瑰在这里做什么？"阿曼达端着托盘走进来，索菲亚一见她就厉声大吼，叫她赶紧撤下去，说不希望它们出现在那里，"那些花，快拿走！"

阿曼达厌恶地瞥了她一眼，把托盘搁在桌上，柔情款款地捧起花走了出去。索菲亚坐下来，看着死者。她吃了些东西，喝了两杯热咖啡，一边细嚼慢咽，一边跟马斯德乌聊天。她腰板挺直，翘起兰花指，小口啜饮杯中饮品，好似在台上做戏，仿佛旁边有观众似的。死了的那位？他住进这栋宅子的头一天就死了，头一天晚上就死了。她的婚姻保卫战？她才没兴趣呢。如今，她坐在这里，他则僵硬地躺在那里。他死了，就像所有人一样。噢，窗帘。她站起身来，抖掉裙摆上的食物碎屑，走到窗前，拉开窗帘。晨光已经洒在了石子路上，开始慢慢爬上窗台。光线还十分微弱，但再过不久就会大放光明。他们很快就能读到报上的讣告，他很快就该下葬了。她得考虑葬礼和丧服，还得把这事告诉母亲。随着天空渐渐亮起，她感到前所未有的平静淌过全身。马斯德乌又开始在纸上勾勒艾拉迪·法里奥斯的侧脸。他画完后根本没人会在意，因为马斯德乌是个可怜虫，他们让他进屋完全是高高在上摆姿态，毕竟她母亲就是这么一个人。

索菲亚

葬礼后的第二天，阿曼达站在索菲亚面前，递给她一个小扁瓶。"你给我做什么？"那是个药瓶。她不假思索地接过来，打开瓶塞闻了闻。她能感觉到阿曼达在盯着自己。刚闻了一下，索菲亚就龇牙咧嘴地往后缩："你从哪里找来的？"

阿曼达说："从先生浴室的药柜里，愿他安息。这瓶子总是满满的，而他去世前一天，瓶子似乎空了。"

索菲亚把小扁瓶递了回去。"扔了吧。"

阿曼达转身离开。

索菲亚不明白：为什么自己就是忘不掉那个看起来普普通通的小瓶？为什么阿曼达那么重视它？阿曼达只说了短短几句话，但语气很不一样，似乎想让她认为，在那些纯真无邪的话语背后，藏着见不得人的真相。她为什么要闻那个瓶子？她为什么要担心这个？尽管如此，她还是一直惦记着那个瓶子和阿曼达说的话。

美甲师康索尔站在阳台上，欣赏楼下的花园：栗树后面的车库、爬满玫瑰的洗衣房、硕大的肉色玫瑰灿然绽放。她迅速转过身，离开了阳台，因为马塞尔在楼下盯着她瞧，还咧嘴直笑。索菲亚走进房间，理了理长袍，坐了下来。康索尔把美甲工具箱搁在茶几上，然后坐在她身边。西尔维娅端来了一盆肥皂水。索菲亚并不想聊天，但觉得有必要问候一下美甲师的母亲，老太太心脏不好。

"她整天担惊受怕的。法里奥斯夫人，我得跟您说件事：马塞尔朝我抛媚眼。每次我过来，他都盯着我笑。"

索菲亚顺口说道："婚礼的钟声快要敲响喽。"

康索尔顿时涨红了脸。她从盆里托起索菲亚的一只手，开始修剪指甲周围的死皮。"当然了，我觉得他人挺不错的。不过，只要是个女的，他都喜欢。更何况，我这人爱吃醋，那样活着还不如死了呢……我也不知为什么要跟您说这些。毕竟，他夸我几句并不代表什么。"

索菲亚勉强笑了笑。她实在厌倦了微笑。在葬礼上，里埃拉律师看了她一眼，眼神怪怪的。那已经是几个月前的事了。她心中忐忑，甚至出现了幻觉。小扁瓶带来的不安总是萦绕在她心头。里埃拉律师看她的那眼神……他究竟是怎么看她的？他仿佛想说：你总算是摆脱烦心事了。当然，她跟律师从来看不对眼。她张开五指，等待甲油晾干。康索尔捧起她的一只脚，搁在自己膝头，开始修剪她的脚指甲。

"我所有的客户里面，您的脚是最漂亮的。"

索菲亚看了看自己的脚，发现上面有个斑点。"康索尔，那是什么？"

康索尔拿毛巾擦了擦。"以前没见过，好像是长在皮肤底下的。"

索菲亚忧心忡忡地盯着那块斑。"你确定不是雀斑？我都这个年纪了，还长雀斑……"

独自一人的时候，索菲亚盘起双腿，盯着那块斑看了许久。真奇怪，它是什么时候冒出来的？不可能是很久以前，否则她肯定早就发现了。她用指尖摩挲着它。要是它越长越大，那可就真的闹笑话了。她走进洗手间，取出一瓶双氧水和一小团棉花。也许凭借耐心和坚持，她能设法擦掉一些。她抬脚踩在搁脚凳上，散落的发丝垂在身后，她蘸湿棉球，使劲擦了几下，然后把棉花敷在上面。她倚在水槽边，微微偏过头，免得头发遮住脸。过了一会儿，她脸色苍白，心烦意乱地揭开棉球——那块斑的颜色似乎变深了。她的那只脚，踩在白瓷搁脚凳上，似乎脱离了小腿末端。突然，她仰头大笑起来。时隔多年，在新婚之夜艾拉迪用脸颊摩擦过的那块皮肤上，竟然冒出了一块她半点也不喜欢的色斑。

梦　境

特蕾莎·瓦尔达拉睡着了，胳膊从床边垂落，发出了一声叹息。由于双脚受到压迫，她没法离开特定的圈子。她也不知自己身在何方。海浪最终会将她埋葬。在听见枪声之前，火药味已经让她喘不过气来。一阵剧烈的咳嗽驱散了迷雾，一切都变成了蓝瓷的颜色，但看起来毫不真实。那种蓝缺乏生命力。黄沙满地，海天一色。她看了看自己的胸口，是蓝的；脚，也是蓝的。她发现自己对着一面水镜，镜中映出了她的脸：是蓝的。她举起一只手，还是蓝的。一阵恐惧袭来，她生怕自己的内脏也是蓝的。心脏、肺叶、肝脏，全是蓝的。她掀起裙子。她的大腿呢？是蓝的。她的血呢？一根长针刺破了她的手指。过了一会儿，一滴血涌了出来，那是一滴蓝血。她究竟来到了什么样的世界？她在做梦，梦见自己睡着了，没法醒来，因为天空和大海从不入睡。太阳和月亮去哪儿了？那些明明存在却看不见的东西，都去哪儿了？现在是白天还是晚上？还有周围的海浪，海浪……她又听见了枪声，发现自己被蓝色的路灯包围了。那么多的蓝色让她很不舒服，因为她回想起了昔日的痛苦。她的唇上出现了一朵五瓣蓝花，小花闻起来有股薄荷味。一名军人朝她走来，耳后夹着薄荷枝。他被烧得面目全非，拖着一把带刺刀的步枪。马斯德乌扔下枪，用听起来很像索菲亚的哑嗓对她说："亲爱的。"他们紧紧相拥，不再是在海边，而是在圣彼得殉道教堂狂风呼啸的尖顶上。他们不得不躺下，免得被大风刮跑。军人解开了她的上衣："我的甜心，我的爱人。"苹果花如雨点般撒落在他们身上。不，不是苹果花。军人说："是的，是的……它们都是。"原初的禁果在夕阳染红的天空中闪闪发亮，一侧是绿色，一侧是粉色，就像她扇面上的苹果。他们一直手牵着手。噢，是的，我的人生，是我的。他们朝城里走去，沉浸在无边的爱河中，直到她的肚子变得圆滚滚的，里面多了一颗苹果，有硬硬的核。医生剖开她的肚皮，那是世上最大的苹果。他把苹果放在桌上，它突然变小了，变得只有榛子那么大，又钻回了她的肚子里。她伸手拨开肚皮，想看看苹果在里面做什么，直到一个老人把苹果扔掉，用无数钻石将她埋起，那些钻石在她睡觉时钻进她的身体。老人对她的爱沿着她的血管逆流而上，每条血管都是钻石汇成的河流。噢，那多疼啊。一扇门挡住了她的去路，门开在围墙正中央，那段围墙足有三公里长，就像牌子上写的那样。窄窄的小门外，是蓝色的花园：树干、树枝、树叶，一切都是蓝的，从浅蓝到深蓝。她害怕地走进花园，因为她知道自己永远都出不去了。有个声音大喊："把钻石吐出来！"她吐了三口。"别吐了，够了。"发出声音的人拽着她往前走。在果实累累的苹果树下，那个声音轻声低语："你赞颂我的激情，抚慰我的灵魂；你赞颂我的激情，抚慰我的灵魂……"赞颂与抚慰，赞颂与抚慰，赞颂与抚慰……

特蕾莎悠悠醒转后，不知自己身在何方。阿曼达站在她面前。

"您觉得哪里疼吗，特蕾莎夫人？"

"只是做梦。没事的，我只是做了个梦。"

"您知道点心时间到了，对吧？"阿曼达解开捆甜点包裹的绳子，"瞧瞧我给您带了什么。全是刚出炉的——闻着真香啊。"

"你做梦吗，阿曼达？"

"当然了！您不记得了吗，您总是叫我说梦给您听？您梦见什么了？"

特蕾莎夫人盯着她，眼神充满渴望，渴望她能相信。特蕾莎想起了瓦尔达拉先生常说的"时间的奥秘"，开口说道："一个怪梦，我做过的最怪的梦。"

"跟我说说吧，我想听。"

特蕾莎夫人让她等了一会儿，在想该从哪儿说起。"我也记不太清了。等等……我还记得一些。我站在深渊边上，黑暗之中，周围的风在咆哮：时间不存在，时间不存在……而我掌控着时间，想用它做什么都行。我把它握在手里，它却从我指缝间溜走，就像处于现在与未来之间的水流。它在说：时间是存在的。风已经安静了很久，又开始用雷鸣般的巨响召唤时间。时间没有来，因为它在衡量剩余事物的分量。风开始盘旋呼啸：它不存在……它不存在……"

特蕾莎夫人咬了一口甜点，眼睛始终盯着阿曼达。阿曼达有些担忧："真是个怪梦。"

特蕾莎夫人微微一笑:"轮到你了,跟我说说你的梦吧。"

阿曼达略带伤感地说:"您也知道,我总是做一样的梦,昨天晚上也是。"

"那个天使?"

"对,那个天使。"阿曼达点了点头。

"你像往常一样往天上飞?"

"不,夫人。我躺在床上,肚脐眼冒出了一股烟。那股烟是我的形状,但又不完全是我。"

"你的灵魂?"特蕾莎夫人问,手里拈着咬了一半的小蛋糕,悬在嘴边。

"对,灵魂。烟穿过屋顶的时候,他飞了进来。"

特蕾莎夫人知道,阿曼达也知道夫人知道,她梦中的天使长得像艾拉迪·法里奥斯。

"灵魂状态的我没有胸。那个天使,翅膀边缘的羽毛是褐色的,浓密的长发像夜一样黑。"

特蕾莎夫人打断了她:"你从来没说过,他有一头长发。"

"只有这一回是长发。他搂住我的腰,一只手像皮带一样缠住我,另一只手指向上方,朝天上飞去。我两脚悬空,在他翅膀底下半睡半醒,由着他抓住我。我们飞过夜空,坐在月亮上。后来,天使飞走了,告诉我他会回来的。他把我放在像石头一样硬的月亮上面,然后怀着爱飞了回来。就是这样,特蕾莎夫人。"

"可是以前,你俩坐下的时候,梦就结束了。"

"对,夫人。但哪怕总是一模一样,梦也是会变的。我也想不通,为什么会一遍遍做同一个梦。现在,我每次做的梦都不一样。上床睡觉的时候,我会想:这回会做个什么梦?"

"瞧,阿曼达,还剩那么多蛋糕,睡前吃一点吧,甜味会让你的梦充满爱。别让爱死掉,阿曼达。千万别让爱死掉。"

第三部分

时光逝去即被遗忘。

我们期待新星升起。

——T. S. 艾略特[1]

---

[1] T. S. 艾略特（T. S. Eliot, 1888—1965），英国著名诗人、评论家、剧作家，1948年度诺贝尔文学奖得主。

一个早晨

阿曼达拉开床头柜的抽屉,掏出娃娃屋里那位男士的脑袋,拿一把精致的小毛刷掸了掸,盯着瞧了一会儿,然后收回了抽屉里。十一点,她下楼去看夫人醒了没,发现夫人坐在床上,待在黑暗之中。

"您不知道这样容易摔跤吗?"

她拉开窗帘,屋里顿时洒满阳光。迎着刺眼的光线,特蕾莎夫人眯起眼睛,微微一笑:"摔跤又不是坏事,我年轻的时候经常摔跤。"

阿曼达想:"哎,又犯病了。她以前明明是个大家闺秀嘛。"

"你知道我想要什么吗?回到二十岁,能到处胡混。"

阿曼达走进浴室,取来特蕾莎夫人的洗涤用品,擦拭她的脸庞、胸口和双臂。

"您得自己洗手。"她给夫人披上长袍,套上羊毛袜,"脚可得保暖。"

她走到门边,特蕾莎夫人突然叫住她:"不要咖啡,我想喝热巧克力,虽说它对身体没好处。"

阿曼达朝她投去悲伤的一瞥,然后离开了。

特蕾莎坐在鎏金的红色扶手椅上,望向窗外,纹丝不动,倾听花园随时有可能告诉她的事,自打第一天起就想告诉她的事。那是风儿守护的秘密,从劈裂的树干中诞生,越过花圃,越过栗树,不断向她逼近,使她越发痛苦。她抬起眼帘,发现阿曼达端着早餐托盘站在她身边。

"您还在睡的时候,马斯德乌来了,戴着红领带和黑袖章。他来告诉我们,他父亲过世了。"

特蕾莎夫人撕下一小块面包,涂上些黄油,低声嘟囔了几句,阿曼达没听清。把面包塞进嘴里之前,特蕾莎叹了口气。阿曼达双手插在围裙口袋里,看着夫人吃早餐。

"他告诉我,宣布成立共和国了[1]。他戴红领带是为了庆祝,虽说父亲去世让他很难过。"

特蕾莎夫人又往嘴里送了一块面包,呷了几口热巧克力,然后擦了擦嘴。她把餐巾搁在托盘上,眼眸幽深。"虽说我从来不抱怨,但我现在这个样子,可比看起来惨得多。"她陡然住口,故意把小勺扔进杯子里,低语了几句,仿佛说出每个字之前都要斟酌一番,"你知道的吧,我年轻的时候卖过鱼?我爱上了一个男人,不知道他已经结婚了。青春会给人设下各种各样的陷阱。"她歇了口气,拿小勺在杯中搅了几圈,然后突然叫阿曼达撤走托盘。花园里绿得璀璨夺目,每片叶子都是军中勇士,那支

---

[1] 1931年4月14日,西班牙国王退位,西班牙第二共和国建立。

大军将被秋雨厮杀殆尽。她瞄了一眼自己的指尖——浮肿不堪。她死后会被装进珍贵木料做成的棺材，被人抬出这栋大宅。在棺材里，她会像叶子一样腐烂。她突然好想哭。是因为随阳光洒进屋里的春光吗？是因为春光也无法抚慰她的心吗？阿曼达端着托盘，似乎不忍离开。"你为什么那样看着我？"特蕾莎用孩子般尖细的嗓音问道，"阿曼达，说实话，你认识我这么多年了，你觉得我是坏人吗？"

青　春

　　特蕾莎怎么也睡不着。她并不觉得难受，可就是睡不着。眼前浮现出陡峭的木台阶，台阶边缘早已磨损，旁边铺着白瓷砖，瓷砖中央有深蓝色的花朵图案。晚上不得不两眼一抹黑地爬楼梯，必须算好每个拐角处，还有爬上十六级台阶后的楼道。特蕾莎·瓦尔达拉在床上伸了个懒腰，眼前浮现出她母亲公寓的模样。她觉得听见了笼中鸟儿的声响。每天晚上，她和母亲会给笼子盖上一块带蕾丝花边的亚麻布，让鸟儿好好休息。那是一只眼睛亮晶晶的小鸟，总是扑腾来扑腾去，小脸周围有一圈血红色的羽毛。每次来家里吃午饭，阿德拉姨妈都会说："那是因为它从耶稣的荆棘冠上拔了很多刺。"阿德拉姨妈每次过来都会带一大堆甜点，有蛋糕卷，还有辫子面包。特蕾莎的母亲有个笸箩，里面总是堆满大虾。餐厅并不大，墙纸贴得平平整整，煤气灯是七弦竖琴的形状。屋里有圆桌、圆背木椅、硬木橱柜，玻璃柜里塞满了瓷器和玻璃器皿，还有用手一弹就叮叮响的水晶杯。特蕾莎的卧室里摆着黑色家具，还有印花床单和金黄色被罩，床脚边有一把摇椅。一切都干干净净、清清爽爽。阳台上搁着个花盆，多年来一直没种东西。她们以前种过一棵百合，但因为母女俩都不知道要浇水，结果干死了。盆里只剩几片枯叶，一碰就碎，在小巷里吹来的微风中摇摇欲坠。特蕾莎·瓦尔达拉侧耳倾听：屋里的某个地方，有什么东西在动弹——她不知道是什么，也许是插在花瓶里的孔雀羽毛，也许是阿曼达跟午后茶点一起带来的鲜花。某些说不清道不明的东西正试图引起她的注意：那是个并不吓人的影子，她自己多年前的影子。如果她没有召唤它过来，那影子为什么会在这里？它要穿越多少层回忆才能显形？那个穿棉质条纹连衣裙、领子扣到下巴、袖口撸到胳膊肘的姑娘，在黑黢黢的房间里做什么？她的裙摆镶着荷叶边，轻轻拂过棕色的踝靴，靴子擦得像镜子一样锃亮。她父亲是个列车工程师，在一次事故中不幸早逝。母亲送她去表姐伊莎贝尔那里学刺绣。每天下午，母亲都请卡米拉到鱼摊上替她干活儿，还得付卡米拉工钱，虽说两人是认识多年的朋友。走出家门的时候，特蕾莎浑身上下干净清爽，头发梳得整整齐齐。她迷失在人群中，缓缓前进，渴望品尝自由，将保护欲极强的母亲抛在身后。她很快就学会了刺绣。她的双手在夏天很美，到了冬天却紧绷绷的，皮肤粗糙发红。穷姑娘没法拥有漂亮的双手。这双手是用来跟鲈鱼、鳊鱼和黏糊糊的鳗鱼搏斗的，那些鳗鱼像水一样滑溜闪亮；这双手是用来挖鱼眼的，鱼儿一离开水就拼命挣扎，凝胶似的鱼眼大概什么也看不见；这双手是用来拔鱼鳃的，从被大剪子剖开的鱼肚里掏内脏。小时候，特蕾莎用这双手摆弄章鱼的吸盘，吸在皮肤最薄的地方，用这双手刮下鱼鳞，任凭它们跳跃着撒落一地，粘在她的发丝上，钻进她的衣服里。为了取暖，她会朝手指呼气，不一会儿那些手指就能创造奇迹，绣出弯曲的字母、沉睡的花朵，还有一束束玫瑰和三色堇。回家的路上，她满脑子幻想，眼睛望着天，望着陪她回家的路灯，灯罩里跃动着煤气燃烧的火焰。那些灯一路护送她回家，仿佛她是一位女王。她想成为女王，手持权杖，身披蓝色锦缎披风，闪耀着钻石和彩色宝石的光芒，全身散发茉莉花香，不带一丝鱼腥味，在夕阳染红的山巅古堡里迷失方向。她在哪里见过女王？谁跟她说过女王的模样？她答不上来，但她喜欢想象女王坐在高处，人人爱戴。

"你笑起来真美。"有一天，米奎尔·马斯德乌对她说，"你的嘴唇，你的眼睛，还有你脸上的红晕。"

他们相遇在秋末。那天，她像往常一样去上刺绣课。在房屋低矮的一条孤街上，她走到一盏路灯下，用阿德拉姨妈给她织的黑披肩裹住身子。就在这时，她看见地上有张照片，便弯腰捡了起来。照片上是个身穿军装的年轻人，一脚踏在矮凳上，手握带刺刀的步枪。她觉得好笑，因为那个男孩不够英武，似乎想摆姿势，但没摆成功。她正着迷地欣赏照片，身后突然传来一个声音。

"你喜欢吗？"

她慢慢转过身去，发现面前就是那个踩脚凳、握步枪的军人，只不过现在穿得像个点灯人：深蓝色的及膝长袍，肩头打了补丁，背后打了褶子，头戴软帽，脚蹬帆布鞋，狼一样的眼睛，耳后夹着薄荷枝，手里握着长长的点火杆，比手持步枪的时候自在得多。

"我恨不得把它弄丢了呢。既然你找到了，想留下吗？"

她一言不发地把照片递给他。他没有接过去，而是坚持说："如果你留下它，我会很高兴的。"

她当时就把照片还了回去，可他一直纠缠不休，直到她答应留下。他不时停下点煤气灯，然后匆匆忙忙追上她。突然，他站在她面前，轻巧地抽走了她袖口上的一根线。

"这根线会把我俩连在一起。"

说完，他把那根线塞进了头上的软帽里。那天晚上，她没有去绣百合花，那束她刚开始在床单接缝处绣的花。那天晚上，脱衣上床前，她一遍又一遍地欣赏那张照片。噢，她多喜欢那个牙齿闪亮的年轻人，他的牙像牛奶一样白，眼神坚毅又温柔，帅得令人眩晕。她带着一丝悲伤，喃喃念叨："米奎尔。"

在摇曳的烛光下，她先把米奎尔的照片塞到枕头底下，然后把脱下的衣服搭在摇椅上，只穿着短衬裤和紧身胸衣走到衣橱前，脸贴在冰冷的镜面上。"米奎尔……"此时此刻，哪怕天使长圣米迦勒身披金甲出现，手持无敌之剑对抗魔鬼，身后跟着整支狂怒的天使军团，她也不会看上一眼。

两人经常见面，米奎尔的甜言蜜语让特蕾莎昏了头。

"世界像个大商店，你就像商店橱窗里的洋娃娃。"

他说这话的那天晚上，她怎么也睡不着，竖起耳朵听着屋里的声响，小鸟在笼里蹦跳，微风吹动晾在阳台上的衣服，母亲的呼吸一起一伏。

第二天吃早饭的时候，母亲盯着她，试探着问："你脸色不太好啊。"

她笑了笑，巧妙地岔开了话题，却无法抑制心头的火焰涌上脸颊。她匆忙起身，去穿衣服。裹好披肩、系上围裙后，镜子告诉她，她很美。

"我的洋娃娃，"她喃喃自语，仿佛是她的点灯人在说话，"橱窗里的洋娃娃。"那天晚上，两人见面的时候，他叫她"我的大马士革玫瑰[1]"。随后，他开始喊她"小甜心"。他们的初吻带着一股薄荷味，一股生命的气息。爬上黑漆漆的楼梯时，她舔了舔嘴唇。即将进入梦乡时，她又舔了舔嘴唇。她每天很晚才回到家。"我们得把嫁衣绣完。""我们简直忙死了。"她总是很晚才回家。后来，母亲都不知道她是几点回来的了。母亲天一亮就得起床，跟特蕾莎一样，但特蕾莎可不介意彻夜不睡。每年表姐伊莎贝尔的命名日那天，她母亲都会去探望表姐。于是，母亲得知了特蕾莎很多天没去绣坊。特蕾莎找了许多借口搪塞伊莎贝尔，就像对母亲那样。"昨天我妈不太舒服。""我妈叫我陪她去买羊毛袜，她摆摊摆得脚都要冻僵了。""我妈叫我帮忙。""我妈不想……"下一个周日，母亲把她反锁在家。特蕾莎在阳台上待了一下午，盯着头顶那一小片天空。她相当镇定，因为她和米奎尔从来不在周日见面。连续好几个周日，母亲都把她反锁在家。每天母亲都陪她去伊莎贝尔的绣坊，但没问是怎么回事，因为母亲早就知道了：有个不靠谱的男人在追求女儿，还不敢在自己面前露脸，谁知道情况有多糟糕……有一天，特蕾莎设法逃脱了母亲的监视，沿着大街飞奔而去。

---

[1] 大马士革玫瑰，因为拥有独特的香气和绸缎般的质感，也被称为"玫瑰皇后"。

米奎尔·马斯德乌怒气冲天，也不问发生了什么事，一见她就一把拽住她的胳膊，咬牙切齿地低声说："今天，我一下班……"特蕾莎觉得有些害怕。他们来到提比达波山脚下，在灌木丛和枯草丛中共沐爱河。

天寒地冻，路灯的火焰周围笼罩着白雾。花园里的树都落了叶，时而刮风，时而下雨。他们没法翻云覆雨，特蕾莎简直要疯了。他们不能去他家，也不能去她家。为了解决这个问题，特蕾莎想到了阿德拉姨妈，姨妈一个人住。她战战兢兢地去见姨妈，激情澎湃、泪水涟涟地倾诉了她对马斯德乌的爱。阿德拉姨妈把一壶热巧克力搁在整洁的桌布上，顺口问道："你们为什么不结婚呢？"特蕾莎被问住了。当然了，为什么他们不结婚呢？为什么马斯德乌从来没告诉过她，他们其实可以结婚的？她绕过这个问题，答道："我们年纪还太小。""那你妈怎么看？""我妈……"特蕾莎目瞪口呆地答道，"根本不知道这事。"阿德拉姨妈悲哀地摇了摇头："你叫我做的事危险又可耻。"不过，她最终还是妥协了，被特蕾莎祈求的眼神征服了。特蕾莎激动地搂住姨妈，在她脸上落下了无数个吻。阿德拉姨妈心软了，往两个杯子里倒满热巧克力："喝吧。"

后来，某天晚上她回到家时，发现母亲没睡，一直在等她。母亲站在餐厅里，拿着米奎尔的照片，照片上的脸已经模糊了，因为特蕾莎印了太多吻。当时已经凌晨三点了。"你有男朋友，为什么瞒着我？我忍了很久，实在是受够了！"特蕾莎在餐厅里踱来踱去，绝望地绞着双手，最后还是坦白了。她已经怀孕三个月了。第二天，她听从母亲的建议，跟米奎尔认真谈了谈。米奎尔简直惊呆了。起初，她不确定自己是不是听错了。最后，他明确表示：他已经成家了，没有孩子。他已经结了婚，不过，他爱她，要是她知道他有多爱她……他作势要吻她，却被她一把推开。"我再也不想见到你了。"她哭了一整夜。她好想去死，好想干脆一了百了。她仿佛看见自己走在街头，搂着米奎尔，在粉红的天空下，在蔚蓝的天空下，有星星的夜晚，没星星的夜晚，脚下像是生了翅膀，欣喜若狂……再也不会这样了。

母亲告诉她，可以去卡米拉家生孩子；已经跟卡米拉谈过了。特蕾莎提议："为什么不去阿德拉姨妈家？"

"我姐姐知道了会怎么说？这事我连想都不敢想。不过，她很快就会发现的。"

阿曼达端着早餐托盘进了屋，说："您还睡着的时候，您的教子过来告诉我们，他父亲过世了。他戴了服丧的黑袖章。"

特蕾莎的爱意渐渐消失了。分娩前几周，她备受煎熬。鱼摊的腥味让她直犯恶心。为了不显怀，母亲把她的胸衣束得紧紧的，害得她差点儿窒息。邻居们议论纷纷。米奎尔·马斯德乌不穿点灯制服的时候，经常乱穿衣服，头也不梳。有一回，她给他起了个外号——"我的邋遢天使"。当时，她的唇贴着他的嘴，并不清楚自己在做什么。很少发笑的他哈哈大笑，搂住了她。为什么已经垂垂老矣的她，要回忆起那段埋在灵魂深处的青春时光，仿佛那不是她自己生命中的一个片段？米奎尔·马斯德乌离开了人世，带走了特蕾莎给过他的一切。

特蕾莎从来没说过自己住在哪里，也不知道他住在哪里。但某个周日下午，她在餐厅里熨衣服的时候，却看见他站在对街的拐角处。他肯定是偷偷跟踪了她。她想象着那一幕，突然好想尖叫。他倚在墙边，一动不动，没有抬头，但他肯定知道她住在哪一层。他到底在干什么呢？她全神贯注，纹丝不动，觉得那人全身上下都在大喊："别忘了我。"她紧张万分，试图忽略那人的存在。为了熨衬裙，她起身去厨房加热熨斗。她拿起拨火棍，捅了捅火堆，又添了些炭，把冷熨斗架在火上。"别忘了我。"她拿着烧红的熨斗回到餐厅，扔在旁边，朝外望去。马斯德乌还在那里。她再也忍不住了。她要叫他离开，请他离开。她裹上披肩，推开公寓门。走进楼道里，她尝到了一阵酸涩。她走到街边，刚好有个老妇人经过，不小心撞上了她，害得她趔趄了一下。尴尬之余，她转身走进公寓楼，躲在靠近大门的角落里。她能呼吸到街上的空气，感觉到街对面的马斯德乌在想念她，一直在想念她。她的思绪迷失在了他的思绪中，他的思绪将她吸了进去，波澜起伏的回忆击中了她，让她心中充满了欲望。她回到了某个遥远的地方，回到了夜色中的灌木丛，回到了他的怀抱和亲吻中。她仰起头，双手按着太阳穴，倚在门边，向爱情、向虚空、向黑黢黢的楼梯献出自己。她开始轻轻呻吟，像花朵一样绽放。她的心怦怦直跳，嘴巴发干。人行道上传来的脚步声让她摆脱了晕眩。她跑上楼去，一手拎着裙子，一手按住刺痛的腰。公寓门一打开，浓烟和煳味就熏得她后退了一步。她急忙冲进餐厅。滚烫的熨斗烧焦了她的衬裙、旧床单，还有铺在熨衣板上的毛毯。她拿起熨斗，丢在地板上，抱起所有烧坏的布料，泡进盛满清水的大盆；浓烟熏得她直咳嗽。她往熨衣板上泼了些水，打开窗户，推开阳台门，但没有朝下望。她把鸟笼挂到了外面，免得鸟儿被熏死。她坐下使劲打扇，想把浓烟扇出去。他还在那里吗？还在吗？

接下来，每个周日都会上演同一幕。米奎尔·马斯德乌躲在角落里，倚着街对面的围墙，仿佛在守护什么。有一天下午，特蕾莎出门去。为了不看到他，不想到他，她走得飞快，紧紧贴着公寓楼。他肯定是瞧见她出门了。在港口附近，他朝她走了过来。

"要是你不愿意，可以不用跟我说话。但请让我看看你，哪怕是最后一回。"

她不知该说些什么，浑身上下都在打战。马斯德乌递给她一个小包裹，她不由自主地接了过来。她僵在原地，双腿无力离开。地上是米奎尔·马斯德乌的影子，就在她身边，比她的影子大得多。她闭上眼睛，免得看见它。等她重新睁眼的时候，那个影子已经不见了。她走啊走啊，疲惫不堪地走回港口，凝视着水面上的粼粼波光——那些桅杆，那些旗帜，那么多绳索，那么多船桨，那么多逃离，那么多远航。沥青和贻贝的气味害得她犯恶心，但海水又让她觉得身心舒畅。她沿着兰布拉大街[1]回了家，走进公寓，母亲还没回来。周日，特蕾莎去了表姐伊莎贝尔家，两人一起给小宝宝缝衣服。她一针也缝不下去。一拿起针，她就百般不情愿。等到不得不拿起火柴去点灯时，她意识到身上还带着马斯德乌给她的小包裹。她伸出颤抖的双手，心潮澎湃地扯开绳子。三层绢纸裹着一只小盒子，盒子里装着一块心形肥皂。她惊讶地盯着它，完全忘了时间。最后，她拿起那颗肥皂做的心，凑到鼻子底下。那颗心是紫色的，有股丁香的味道。她把它从盒子里拿出来时，它差点从她指间滑落。她用它摩擦自己的脸颊、脖颈……闻起来甜甜的……还有她的额头。

母亲喊特蕾莎收拾东西，准备去卡米拉家生孩子的时候，她从一摞衬衫底下发现了那颗肥皂心。她气呼呼地抓起它，往脸上摩擦：它又硬又冷，已经不香了。她想扔掉它。不，不是扔进垃圾堆，不是扔到丑陋的地方。她把它裹在了几件衣服里。卡米拉的公寓很像她母亲的公寓：在一条小巷子里，靠近波盖利亚市场，就在帕提纳街边。她等到自己一个人待着，卡米拉去鱼摊给她母亲帮忙的时候，在厨房顶层架子上找了个落灰的玻璃水壶，往里面灌满水，把肥皂心扔了进去，然后把壶藏在了床头柜里。后来，等她生完孩子，回到病重的母亲身边时，特意去看了那个水壶。心形肥皂已经溶化了，水变得浑浊不堪。她把壶里的液体倒进了下水道。她清醒地意识到，她刚刚抛却了自己的青春。

---

[1] 兰布拉大街，位于巴塞罗那市中心的著名林荫大道，是建城后修筑的第一条大街，从旧港哥伦布纪念碑一直延伸至老城区的加泰罗尼亚广场。

特蕾莎之死

她想要翻身,却翻不过去。破皮露出的嫩肉火辣辣地疼,她不禁呻吟起来。医生来的时候,她对他说:"你真是个帅小伙,你一来我就不觉得疼了,可我的病没有医生治得好。"

他笑着拍了拍她的脸颊。她很难过,噢,她真难过,因为年轻光滑的脸庞已一去不复返。这位医生是法奎拉医生的儿子。法奎拉曾是她的私人医生,一眼就能看出她得了什么病。他儿子颇有学问,可以说是学识渊博,但少了让他父亲一举成名的那种判断力。不过,他跟他父亲一样精通一门技艺,那就是让病人相信,他眼中只有眼前的病人和病症。只可惜,她的病是治不好的。她已经告诉过他了。

"法奎拉医生,我染上的是死亡。只要沾上它,什么都不管用了。不管是草药、矿物质、手术刀,还是你的学问,统统都不管用。"

她痛得想翻身,却办不到。她恼羞成怒,又试了一回。她已经在床上平躺了好几周,背后长了一大块褥疮,难受得要命。她后腰疼痛难忍,双腿长满疖子,渗出脓液,行将就木。

她床边的油灯开始闪烁不定，阿曼达睡前添了油，但特蕾莎一看就知道烧得不好。她喜欢盯着那朵小小的火焰瞧。圆桌上是她的"药房"。她管那些扁药瓶和药水瓶叫"药房"；它们挤在一起，堆满了桌面。她从枕头底下掏出电铃；那铃拖着长长的绳子，有时还会缠住她。她瞄了一眼，就把铃扔在了枕头边。要是她刚翻过身，又想翻到另一边，那么弄醒可怜的阿曼达，叫她帮自己翻身，又有什么意义呢？索菲亚曾提议，让阿曼达睡在屋里的小床上，白天可以把小床收进洗手间，但特蕾莎拒绝了。家里请过护士来照顾她，但没过几周，她就叫索菲亚把那人打发走了。那个护士嘴上问"您还好吗"，但眼神冷漠，让特蕾莎愤懑不已。刚来的第一天，护士就说："您很快就能出去散步，呼吸新鲜空气了。"难道那人没长眼睛，看不出她已经瘫了吗？索菲亚又提议拉电线装个电铃，这样阿曼达就能直接从卧室听见铃声了。不过，特蕾莎不打算弄醒阿曼达。如果注定要在夜里离开人世，她希望只在病痛的包围中逝去。天亮后，阿曼达从花园里采了些花，扎成一束，五颜六色的，就像她喜欢的那样。过了会儿，她让阿曼达把花拿走，因为她被关在屋里，旁边摆着鲜花只会惹她难过。

"那是死亡的味道。我已经闻够花圈的味道了。"

"别这么说！您很快就会好起来的。您会坐回椅子上，戴着所有的戒指。"

阿曼达提到"椅子"的时候，特蕾莎脑海中浮现出的不是椅子，而是站在椅子旁边，小手伸进她披肩底下摸酒瓶的小贾米。那孩子的眼睛长得跟索菲亚一模一样，像扣眼一样细细长长。他溺毙在了公园尽头的池塘里,那个池塘只适合滋生蚊虫。那些小虫头大尾小,在水面上游来游去。特蕾莎再也没法戴戒指了,因为十个手指头全肿了,得靠涂肥皂才能取下戒指。一想到再也没法戴戒指了,她就情绪低落。她需要看美好的事物,而钻石就像露珠,"花上的露珠"。有一天晚上,和里埃拉律师尽享云雨之欢时,他是这么告诉她的。她的思绪迷失在了爱抚中,眼睛盯着樱花。她僵硬地抬起一只手,然后任由它落下,像石头似的砸下来。她伸手探进被单底下,摸了摸自己的腹部。这么多没用的赘肉是从哪里来的?她曾为自己的蜂腰(就像她开玩笑说的"大黄蜂似的细腰"),为自己熨衣板一样平坦的小腹而骄傲。那些赏心悦目的东西去哪儿了?她动了一下手。就在那一刻,某种可怕的东西淹没了她,窒息感逼得她抬起了身体,可她现在没法翻身。刺鼻的油漆味缓解了窒息感;大宅里所有的阳台最近都重新刷过漆。她张开嘴,努力张大嘴,感觉眼珠都要瞪出来了。她的心像是要蹦出胸口。这种求生不得求死不能的感觉似乎没有尽头。

她侧躺在枕头上,大口大口地呼吸,仿佛世上所有的空气都消失了。她觉得自己撑不过今晚了。第二天,医生会发现她已浑身冰冷,她再也没法像往常一样对他说:"医生,你好呀。"如果她还活着,她会告诉医生:"我这个病人已经没救了。"她会微笑着说出这句话。但由于她的灵魂中有死神的影子,医生很快就会意识到她的心在哭泣,因为他颇有智慧。"瓦尔达拉夫人,认真点,别说这种丧气话。"他每次托起她的手腕,神情都十分专注。最后,他会说:"我摸不着您的脉。"而她会说,它没有跑掉,只是藏起来了。可怜的小贾米，每次离开房间之前，总会摸一摸长着蓝眼睛的羽毛，小口小口抿着酒，好跟她和米凯拉[1]多待一会儿。如今从不离开房间的她，曾在可怜的贾米夭折两年后，请阿曼达推她去池塘边，看看他溺水身亡的地方。多么凄凉，噢，多么凄凉。高大的古树下，幽绿的池水中，藤蔓是如此碧绿，一切是如此阴郁。她想立刻掉头离开，可轮椅的一只轮子陷进了泥里，阿曼达不得不回去找人帮忙。他们推她回去的路上，阿曼达把一根形状像叉子的树权踢到一边，那根树权挡住了他们的去路；上面的树皮被剥掉了，像骨头一样煞白。而当玛利亚挂在月桂树枝上时……特蕾莎揉了揉眼睛，不确定到底是油灯灭了，还是眼中的雾气导致周围一片漆黑。被推去花园尽头的那天晚上，她一直在想那根挡住去路的古怪树权。蝴蝶。可怜的贾米曾告诉她，他看见了好多蝴蝶，好多云朵，还有云朵似的一大团蝴蝶，可她当时并不相信。

特蕾莎已经遵医嘱禁食三周了。她感到无比平静，想起了一些美好的事物；她觉得，自己应该想着美好的事物离开人世。花朵与花蕾，还有火焰，既不是蓝色，也不是红色，而是橙色的火舌，她当初刚住进别墅时看见的火焰。那时，丁香花还很小，玫瑰也只零零星星地开了几朵。她这辈子有三大遗憾：马斯德乌的儿子，可怜的贾米溺水身亡，还有玛利业坠落在树上。巨人的遗憾就像水珠，滴答滴答不停往下滴，在人身上琢出洞来。她闭上

---

[1] 此处原文为奎梅塔（Quimeta），但前文提到陪伴特蕾莎的女仆为米凯拉，疑为作者笔误。

双眼，眼前浮现出了那颗珍珠，五彩斑斓的。她看见它别在一条深色领带上。索菲亚替父亲守灵那天，午夜时分，她紧张兮兮地走出书房。"爸爸的那颗珍珠呢？今天早上，他们扛他下来的时候，他还戴着呢。我亲眼看见的。"索菲亚指了指自己的双眼。"我给他别在了领带上，因为他的遗愿是跟珍珠一起下葬，可现在珍珠不见了。"

索菲亚怀疑过每个仆人，但其实是她，萨尔瓦多·瓦尔达拉的妻子特蕾莎·瓦尔达拉，从亡夫的领带上取下了那颗珍珠。它实在太美了，不该被埋在地底。离开书房之前，她把它别在了自己的紧身胸衣上，没人发现得了。以后再也不会有人戴它了。曾经有两位男士戴过那颗珍珠。她把它送给了第二位，好忘记前一位。那是一颗闪耀着灰粉蓝三色的珍珠，灵动得像活物似的。她会用牙把它从阿马德乌·里埃拉的领带上衔下来。如今，她想摸摸自己的肚子，却挪不动胳膊。"又来了，"她喃喃自语，"跟我的腿一样。"她试着挪动另一只胳膊，却没力气把它塞进被子里。她想摸摸自己的肚子，她吃过那么多美味，把肚皮都给撑大了。

她曾把堆成山的奶油和蛋奶冻塞进嘴里。每当阿曼达端来一盘甜食，她都会说："你先下去吧。"这个小把戏持续了好多年。阿曼达知道特蕾莎夫人不想被人瞧见，想自己一个人独享，把它们整个塞进嘴里，感受满口的甜蜜。她会紧紧盯着托盘，挑选接下来要吃哪一样。她喜欢糖渍水果，喜欢西瓜和香梨的颜色，喜欢抹了黄油和蜂蜜的面包，还有从烘焙店买来的松子蛋糕——她一口气能吃六个。另外，还有浸过酒的小饼干。她最招架不住的是茶点,那些看起来像蝴蝶结的,还有那些像小球的。有些球是黄的,有些球是白的,无论黄白都是椰蓉的。阿曼达说:"特蕾莎夫人,黄的不是椰蓉的,是蛋黄的。"她没有理会,因为她才不在乎阿曼达怎么想呢;它们就是椰蓉的。还有那些大块的甜饼干。尽管她背后的皮肤火辣辣地疼,但一想起那些饼干,她还是口水直流。她会把它们切成小块,然后舔舔餐刀。甜点上面抹了黄油,再浇上巧克力酱,顶部是用裱花嘴挤出的巧克力旋涡。她渐渐老去,肌肤不再紧致:脖颈松弛,下巴层叠,胳膊上的肉也垮了。索菲亚也渐渐老去,但方式截然不同。她变得像木乃伊一样,皮肤紧紧裹着骨头。从过去到现在,特蕾莎总是忙着涂乳液,喷香水。这么做值得吗?她叹了口气。老罗维拉爱上的是个衣着朴素的姑娘,帮妈妈卖鱼的姑娘。他在利塞乌剧院露台上喝咖啡的时候对她一见钟情,当时她正跟闺密手挽手经过。她已经不记得那个闺密的名字了。直到有一天,她独自走在街头,他跟了上来,找她搭话;当时她有个爱人,还有个孩子。她接受了他的爱。不久,各色珠宝接踵而来,她也崇拜上了那个男人。她这辈子有过三个男人。第一个好似衣衫褴褛的天使,接下来两个则是了不起的大人物。尼克劳·罗维拉是个跳板,带她跻身瓦尔达拉所在的上流社会。不,不是三个男人,是四个。阿马德乌·里埃拉满足了她对爱情的渴望。至于其余几个嘛……她对萨尔瓦多·瓦尔达拉的爱早已消逝,原因她至今也无法解释。米奎尔·马斯德乌是空寂街道上喷涌的疯狂,从第一颗星升起到最后一颗星落下,黄昏与破晓的天空颜色相同的时候。她不禁尖叫起来。火辣辣的疼卷土重来,窒息感让她张大了嘴,寻找每一丝能吸进肺里的空气。她全身皮肤火辣辣的,肚子里更是钻心地疼。她向上帝祈祷,求主宽恕自己所有的罪过……她突然想到,自己在几年前就得到了宽恕:上帝给她的双腿做了死亡的标记,在对她说"我记住你了"。她需要她的扇子。她本想拿扇子遮住脸,不让屋里的四面墙看她撒手人寰。但扇子搁在椅子上,她够不着。汗水顺着她的脖颈缓缓滑落,一滴晶莹的热泪悬在眼角。

上锁的房间

索菲亚·瓦尔达拉·德·法里奥斯不想再服丧了。她先是为父亲穿了两年黑衣，后为贾米穿了两年，为玛利亚穿了两年，又为艾拉迪穿了两年。这几个月来，她一直在为母亲服丧。黑色原本很衬她，现在却让她显老。不过，她以前喜欢服丧还有更深层的原因：服丧期间她可以闭门不出，这对她来说是种保护。她从来没想过，母亲竟给她留下了那么多美好回忆。她眼前浮现出母亲美丽的脸庞。母亲有种独特的气质，哪怕生活并非一帆风顺，她也能从中找到欢乐。索菲亚心想："毕竟，我如今拥有的一切都要归功于特雷莎·戈达伊。"死亡让她意识到，母亲是个了不起的女人。面对已逝的韶华，她意识到了自身的渺小。这番敬意要归功于那个身影，那个没人能忘却的身影。她已不再是索菲亚，她更希望别人喊她特蕾沙。突然之间，在那袭黑衣底下，她的血液、肌肉和神经都在索求更多。它们想要日日夜夜呼吸空气，沐浴阳光，就像植物、大地和海洋。她渐渐与大宅达成了和解，这栋她曾经觉得又丑又旧的宅子。大宅里满是记忆，满是她已不再走进的房间，因为那些房间充斥着痛苦。她将重拾昔日的人脉,去巴黎看望教母尤拉莉娅和教父华金,虽说华金这人寡廉鲜耻。她将开始佩戴母亲的珠宝首饰——尤其是那条镶着钻石和红宝石的项链,没想到那条项链竟这么适合她。她小的时候,有一天晚上,母亲出门前给她掖被角并送上晚安吻,她一把从母亲脖子上拽下那条项链,扯坏了它的搭扣。"你为什么要弄坏我的项链?为什么?"母亲托着项链,关掉灯后摔门而去。她独自躺在床上,幸灾乐祸地想,母亲穿上了一动就沙沙作响的漂亮裙子,却戴不了那条像是水火交融、令人目眩的项链了。

她想进玛利亚的房间,却发现房门上了锁。还有雷蒙的房间。她父母的房间也是。她召来一个女仆。"请告诉阿曼达,说我要见她。"她在楼道里等了一会儿,欣赏大宅的美。阿曼达没有马上过来。索菲亚便走下楼梯,站在母亲的房门前。

"您找我吗,夫人?"

阿曼达身材有些发福,变得好说话多了,浑身散发着善意——肯定是服侍了母亲这么久,耳濡目染学来的。索菲亚索要空房间的钥匙,阿曼达盯着她,似乎没听明白。最后,她从围裙底下掏出一串钥匙,递给索菲亚。每把钥匙上都挂着标签:"玛利亚""瓦尔达拉先生""艾拉迪先生"。

特蕾莎的屋里黑漆漆的,她打开了灯。插着孔雀羽毛的花瓶、日式橱柜、鎏金小桌,每样东西都干净又鲜活。她不由得打开了日式橱柜,有个搁架上摆着一只粉色玻璃杯,杯柄是绿色的。她记得以前有很多类似的杯子,还有配套的玻璃壶,却不知道竟然还有一只完好无缺。她隐约觉得屋里有哪里变了,却想不出到底是哪个地方。直到她看见扶手椅的椅罩。母亲的一生中,那把椅子从来没套过椅罩。她轻手轻脚地离开了那个房间。钥匙标签上"玛利亚"首字母 M 的每条"腿"底下都画了一朵小花。阳台门一打开，阳光就照了进来。床单、床幔和梳妆台罩布的每条荷叶边，看起来都像刚熨过似的。阿曼达对逝者的爱无疑令人感动。索菲亚意识到，阿曼达把索菲亚父母的照片搁在了梳妆台上，每周五都会在照片前面点上一盏灯。就在这时，怪事发生了：窗外没有一片叶子晃动，梳妆台右边的一条荷叶边却在晃荡。尽管难以察觉，但它确实是动了。索菲亚揉了揉眼睛。这不可能！她觉得有双眼睛紧紧盯着自己后背，那道目光像尖刀一样锐利，让她不禁转过身去。背后没有人，但她总觉得有东西。她要赶紧叫人清空这个房间，不想再回忆起艾拉迪的女儿。阿曼达在楼道里等着她。她感到一阵烦躁。

"钥匙给你。但从现在开始，我不希望家里再有房间上锁。"

无风而动的那条荷叶边让她感到不安。她一只脚迈出了浴缸。就在这时，米凯拉，多年前那个女仆，她的远房亲戚走了进来。女仆嗓音娇柔，好似被宠坏的猫咪，通报说："佛特尼斯先生刚到，在书房里等候。"那位帮索菲亚管理大小事务的好好先生，总是在她没心情聊天的时候造访。他是她见过的最不会找时机的人。她有一颗牙突然疼了起来，确切地说，是左犬齿旁边的那颗牙。她不得不去看牙了，而她最讨厌看牙医。有一回，她把这话原封不动地说给了牙医听。牙医是个讨人喜欢的家伙，回答说："与其在牙不疼的时候来看牙医，不如等到疼得睡不着觉，再跪下来求牙医约时间。"两人都哈哈大笑。她慢条斯理地梳妆打扮。就让佛特尼斯先生等着好了。此时此刻，她一点儿也不想聊房产，不想聊房客，更别提兰布拉大街上那栋房子的屋顶了，它漏水漏得惨不忍睹。她穿戴齐整，喷好香水，款款走进书房。佛特尼斯先生那著名的黑色公文包就搁在他脚下，里面塞满各式文件。他正要起身致意，索菲亚连忙打手势制止了他。她知道他的膝盖有关节炎。两人握了握手。无论冬夏，佛特尼斯的手掌都是汗津津的。但跟艾拉迪的手汗不一样，佛特尼斯的要更黏糊一些。她坐在佛特尼斯先生对面，不知该拿刚跟他握过的那只手怎么办。像往常一样，他聊起了天气，说闷热让他喘不过气来，他这个人更喜欢冬天。

"寒潮一来，我就活过来了。您可能不信，但等到圣诞节，寒风呼呼的时候，我会觉得自己变年轻了。"

索菲亚不知眼睛该看哪里才好，因为这个故事她已经听过好多遍了。

"每天下午，我在办公室里，只要一闲下来，就会看看圣彼得殉道山顶的光芒。哪怕没空，我也会挤出时间来。只要看上一眼，所有的烦恼都会消失。"然后，果不其然，他转换了话题，"好了！言归正传吧！"他拉开公文包，把包里的文件摊在桌上。"兰布拉大街的那栋房子快废了，修补漏水的地方根本没意义，纯粹是浪费钱。屋顶必须大修。您也知道，只要屋顶一破，房子就废了。"他停也不停地接着说，"还有波尔塔福利撒街的那栋房子，排水管和所有的下水管道都得换了。包工头说，那些玩意儿没法再修了，再修也是浪费。还有维拉多马特街的房子，一楼、三楼和四楼公寓的储水槽……那栋楼也该装电梯了，因为……"佛特尼斯先生对住在四楼的老太太蒙德拉夫人颇有好感，答应替她说服房东给大楼装电梯。"大理石水槽磨损得厉害，已经没剩下多少了。"

索菲亚心不在焉地听完，让他做个预算。听到这话，佛特尼斯先生得意地从公文包里掏出一沓夹好的文件。"已经做好了。"索菲亚认为佛特尼斯先生值得信赖。她接过文件，瞄了一眼，根本没细看，就递了回去。

"马上找人来修。"

"如果还来得及的话。"佛特尼斯先生嘀咕了一句，边说边把预算簿塞回公文包。索菲亚盯着他看，觉得他大概是疯了。

"这话什么意思，如果还来得及的话？"

"呃，您也知道，非洲有几个将军起兵了[1]，大家都说接下来会有麻烦。"

索菲亚笑着告诉他，大家都喜欢危言耸听，叛军最后肯定会大摆筵席，庆祝自己荣升将军。"再说了，"她补了一句，"我可不爱瞎担心，除非亲眼看见自己脑袋搬家。"

---

[1] 指西班牙在非洲殖民地摩洛哥建立的军团，这个军团在1936年发生叛乱，成为西班牙内战的导火索。

早去早回,索菲亚小姐

米凯拉坐在厨房桌边,正在穿针引线,戴上顶针,开始缝小口袋。她已经缝好了五个,接下来还有十五个要缝,用来装最珍贵的珠宝首饰。其余的首饰会留在小保险箱里。阿曼达坐在对面,看着她飞针走线。宅子里已经没其他仆人,只剩她们两个了。厨娘是头一个离开的。接下来是司机马塞尔。他没说要去哪里,也没说打算做什么,就那么走了。其他女仆在罗萨莉亚的带领下集体出走,去给医院补充新鲜血液。米凯拉红唇微启,轻咬着舌尖,小心翼翼地缝着那个小口袋,那是用来装钻石花束胸针的。为了打发时间,阿曼达开始翻看首饰盒。她打开了一只扁扁的大首饰盒,她从来没见过那么多的钻石。那肯定是几百年前去世的某位贵妇戴过的,某个自负又高傲的瓦尔达拉家的祖先。所有口袋都缝好后,米凯拉会把它们缝在自己的束腰上,还有索菲亚小姐的束腰上。每人十袋,平均分配。前一天,索菲亚小姐一大早就出了门,很晚才回来,兴奋得要命。

"上帝保佑马塞尔,他现在是负责发护照的。他全都安排好了,可以帮我出境。他会在半夜来接我们。帮完这个忙,他会留下汽车，上交给革命委员会。"

索菲亚决定出国。国内局势越来越复杂，佛特尼斯先生成天提心吊胆。城里的宅子都没了主人，而乡下帮忙看房子的人直接占了庄园。米凯拉忧心忡忡地向阿曼达吐露心声："他们会发现我们藏了首饰，我们到不了安道尔[1]就会没命。他们会弄棵树横在路上，叫我们下车，举起手来，马塞尔也是。为了省子弹，他们会直接抡起枪托砸后脑勺，然后米凯拉和索菲亚小姐就一起升天喽。我吓得现在直发抖。"

"我要留在这里，"阿曼达边说边抚摸首饰盒的丝绒衬里，"你觉得我就不危险吗？革命军会征用看上的别墅，今天这栋，明天那栋……佛特尼斯先生说得很明白。"

"放心，他们不会征用这里的。这房子能有什么用？"

"有什么用？他们可以带其他人过来呀。但我不会走的。如果他们要杀我，就让他们在这里杀吧。说真的，一旦你意识到自己快死了，其实就跟死了差不多。我连耳环也不会摘。他们会不会因为我戴了钻石耳环就不喜欢我？我才不在乎呢！老天会保佑我的。老天把我造成小个子，能钻进厨房的炉膛里；还让我变得这么胖，不是因为我吃得多，而是因为每做一道菜都得先尝尝。是多一点儿血，还是少一点儿血，哪样比较好？"对阿曼达来说，血是她的每日食粮。鱼血，颜色更鲜艳的鸡血，还有从维拉弗兰卡郊区的庄园送来的沽鸽子和沽兔子的血。现在变成了人血，倒下的男人的血。闪闪发亮的血。

---

[1] 安道尔（Andorra），位于法国与西班牙交界处的内陆山地小国。

巴塞罗那的夜空笼罩着一圈紫色光环，像流动的熔岩一样缓缓下坠。那是生命之血，暗藏之血。切洋葱炖汤的时候，阿曼达满脑子只想着血。她从头到脚就是一大壶血。壶打碎以后，鲜血渗出，顺着月桂树干往下淌。洋葱害得她眼泪直流，看不清东西。也许她眼睛这么火辣辣的，是因为她一夜没睡。她厌倦了一直醒着，就走进熨衣间，翻起了衣柜。她从大纸盒里取出了那件紫色兜帽斗篷。在镶亮片的假面背后，特蕾莎夫人的双眼肯定像信号弹一样熠熠生辉。

她听见身后响起了索菲亚小姐的声音。

"你在想什么呢？听见我说话了吗？快过来。"索菲亚在桌上留下了一沓钞票，"这是给你的五万比塞塔[1]。你花光之前，我就该回来了。这些钱都是你的了。快点，米凯拉。阿曼达，今晚我们走了以后，我要你喝一瓶香槟。祝我好运吧。"

阿曼达双手交握紧贴胸前，张嘴喘着粗气，走在栗树下，走在夜幕中。热浪简直令人窒息，好在她把那瓶香槟放到外面冰镇了。花园里热得像烤箱。她会把钱拿去银行，存进自己的户头。这栋大宅事实上是她的了。特蕾莎夫人在遗嘱里写得明明白白："忠实的阿曼达将住在别墅里直到去世。她去世之前，我的继承人都会付她工资。"要是她带上这五万比塞塔去银行，从小就认识她的银行经理可能会以为钱是她偷的。不！她不会拿去存银行。她要把它们埋起来！她要精打细算过日子，尽可能多省下

---

[1] 比塞塔，2002年欧元流通前西班牙使用的法定货币，后因通货膨胀停止使用。

一些。她心中一阵狂喜，差点儿喊出声来：窗户和百叶窗都关好了！回去睡吧！她在屋里转了一圈，走到哪里就打开哪里的灯，任由它们亮着。如果她经过镜子，就会扭过头去，免得瞧见镜中的自己。母亲曾叮嘱她："镜子里藏着魔鬼，晚上千万别照镜子。"她在艾拉迪先生的卧室前停下了脚步。

她上楼走进熨衣间，拿出紫色兜帽斗篷穿上。汽车载着扮成女仆的索菲亚小姐和米凯拉出发时，两个人身上藏满珠宝，马塞尔脖子上系着红手帕。当时，她站在铁门前大喊："早去早回，索菲亚小姐！"

兜帽斗篷曳过地面，她张开了双臂。"我看起来肯定像只老鹰。"她弯腰拎起长袍下摆，免得被绊倒。她拿起索菲亚小姐的手持镜，镜子的边框镶着银玫瑰。她伸长了胳膊，拿镜子照向屋里四处。她把镜子举在面前，像举火把一样，从二楼下到前庭。从镜子里，她看见了天花板和楼梯扶手，还有台阶地毯上的图案和花环，全都支离破碎，跃动着，失了焦。下到最后一级台阶时，她滑了一跤，跌倒在铺着紫罗兰色地毯的地板上。镜子碎了。大部分碎片还嵌在镜框里，但有几块滑落在地。她伸手捡起，试着拼回原处。镜子的碎片，失却了完整，还能映出事物的原貌吗？突然之间，从镜子的每块碎片里，她看见了自己在那栋宅子里度过的年年岁岁。她出神地蹲在地上，难以理解看到的一切。一切都过去了，止歇了，消失了。她的世界在镜中成形，五彩斑斓，活灵活现。大宅、公园、房间、烛火，还有人们：年轻人、老人、尸体、孩子。礼服正装，低胸长裙，昂首挺胸，欢笑或悲伤，浆得笔挺的衣领，打得完美的领带，擦得锃亮的皮鞋，踩在地毯上，踏在花园里的石子路上。那是一场昔日的狂欢，发生在很久很久以前。一切都恍如隔世……她不安地站起身来，手里还握着镜子。她听见了枪声，正如每天晚上一样。是时候喝香槟了。她需要用酒精淹没心底深深的恐惧，那恐惧像光环一样笼罩着她。她走进厨房，拿起冰镇的酒瓶。她打开了餐厅里的水晶大吊灯。一切都闪闪发亮。这栋大宅是她的了。所有一切，从上到下，都是她的了。她铺开高级桌布，拈起一只细长的水晶高脚杯，那是一只笛形香槟杯。她本该在厨房里开酒瓶的，但就算喷了自己一身又怎么样？她尽可能卷起袖口。酒瓶摸起来冷冰冰的，夜晚却热得像火烧。她一手握住瓶颈，一手撕开瓶口的金箔，然后开始拧软木塞。木塞砰的一声弹开，把她吓了一大跳，然后她斟满了酒杯。她爱香槟胜过葡萄酒，因为香槟会吱吱响，还容易上头。嗖的一声，直冲脑门！她把镜子搁在桌上，镜子里映出了天花板的一角，因为镜子上有裂痕，映出的水晶吊灯变了形。她举杯祝酒："敬所有埋在地下的钱！"举杯的同时，她发出了几声呻吟，有点儿像孔雀发情时的啼叫。从她喉咙里发出的呻吟，一点儿也不像她的声音。那些雉鸡，金灿灿的……像秋天一样火红。她扭头望向镜子，餐厅里回荡的声音让她一阵眩晕。她抬起没拿酒杯的手，揉了揉眼睛。是她的眼睛模糊了，还是她要疯了？她心想，酒精上头了。镜子的一块碎片，一块细长的碎片，边缘像刀一样锋利，里面映出了一只骷髅手。一堆骨头，挤在一起，纤细苍白。那不是孩子的手，而是大人的手，是为了挤进那一小块镜子才缩小的。她又喝了些香槟，眼睛一直盯着那些白骨。她不知白骨是从哪里来的，是她想象出来的，还是来自坟墓。她握起拳头揉了揉眼睛，使劲揉，使劲揉……等她再望过去，那只手已经不见了。但她面前出现了三具骷髅，各自坐在自己的椅子上，颤动着下颌骨哈哈大笑。她直勾勾地盯着，全神贯注地盯着瞧，直到眼睛都疼了。那些拼接完美的白骨，既没有血肉也没有皮肤，到底是从哪里来的？三具骷髅的脑门上渐渐浮现出字母，她看不懂上面写的是什么。但过了一会儿，柔和的绿光照亮了字母，仿佛额骨后面各有一盏小灯。她右手边的第一具骷髅脑门上写着"艾拉迪"；第二具写着"特蕾莎"；第三具写着"瓦尔达"，因为地方太小，"拉"字写不下了。他们三个坐在她面前。长桌的另一端，有个女孩坐在高脚椅上盯着她。女孩穿着白色连衣裙，胳膊破破烂烂，胸口有只黑蝴蝶。阿曼达用颤抖的手将酒杯送到嘴边，先举杯致意，然后抿了一小口。她将这杯酒献给逝者，向恐惧致敬，但也不完全是恐惧。杯中的金色液体里有个斑点在游弋：那是个男孩，小得像苍蝇，手里拿着小船，从不断爆裂的气泡中浮现。她用拇指和食指把他拈起来；她可不想让他淹死。可当她准备把他放在桌上时，指间却什么也没有了。女孩现在站在了高脚椅上，抬头望天，似乎在寻找天空。她的肚皮上破了个窟窿。阿曼达一口喝光了杯中的香槟，重新倒满，视线一直没离开女孩的肚皮。她用双手捧住酒杯，绕过桌子去看那些骷髅头的背面。他们突然消失了。她摸了摸每把椅子的椅背，然后回到自己的座位坐下。这时，三个骷髅头又出现了。他们在哈哈大笑，下巴咔嗒、咔嗒、咔嗒直响。她最后一次斟满酒杯，把酒瓶顺手抛开。她平静地喝着香槟，陷入了沉思。不久，她陡然倒下，像被捅了一刀似的，就那样披着紫色斗篷，狼狈地摔倒在地。失去意识之前,她体内传出一个声音,穿过她干涸的嘴唇,从她疲惫的身躯和汗湿的腋下升起。她闭上双眼,独自沉浸在紫色的哀悼中,迷失在时间之井中。

别　墅

　　阿曼达永远忘不了那一天。白天，她改了些布置，把自己的衣服，还有瓦尔达夫妇的照片，全都搬进了艾拉迪先生的卧室。以后她都会睡在那里。这么一来，上下楼就不用那么辛苦了。她清点了存货。油和炭至少能用一年。三箱炼乳加六升鲜奶。青豆、鹰嘴豆、西红柿罐头、意面、大米。一切应有尽有，她一个人永远也用不完。她把银器全塞进了柳条筐（杂货店老板娘把结婚戒指藏进了烟囱），把大筐一个个搬上园丁的手推车，然后推进了洗衣房。再过一会儿，她就会把它们埋起来；现在，她先拿脏衣服和旧床垫盖在上面。至于留在小保险箱的首饰，她埋在了鸟笼旁边，埋好后跺了几脚，往上面压了块大石头，再用枯叶遮起来。这一忙就忙到了下午，她觉得非常满意，但也累得要命。她坐在厨房的阳台前，心不在焉地望向外面的露台。"那颗美人痣是真的吗？"她还年轻的时候，艾拉迪先生曾这么问过她。她睡在他睡过的床上；她会记住他，直到她离开人世。夕阳西下，漫天红霞，生活似乎还是一如既往。树林被霞光映得闪闪发亮，仿佛什么事也没发生过。她想在那些属于她的树下散步，不用再担心有人多嘴："阿曼达在那里干吗呢？"她时不时停下脚步，看树干的颜色，拔几根野草，摘几片树叶；花圃里已经没有种花了，不过偶尔能看见几朵红艳艳的萱草花。她打开了通往田野的后门。两三只田鼠从旁边蹿过，钻进了如今已高得吓人的垃圾堆底下。她锁上门，继续散步。每前进一步，绿意就越发幽深。等她来到池塘边，树梢间露出的小块天空已是湿漉漉的灰色。池水在幽幽地呼吸，水面上映出斑斑点点的天空。藤蔓是这里的主人：它们匍匐在地，紧紧缠绕枯木。她拽开几根藤蔓，坐在鸟笼的门槛上，开始编花环。有些小草开了蓝花，她便摘了几朵，点缀在花环的绿叶间。接着，她起身走回大宅，走向紫藤架下的长椅，走向月桂树。她把花环摆在石板上，然后艰难地直起腰来。刚一起身，她就觉得脸上有蜘蛛网拂过。她伸手去摸，但等她收回手，那张看不见的蜘蛛网又来了。她抬头望去，头顶的月桂树荫黑漆漆的。那些鸟去哪里了？是被每晚都能听见的枪声吓跑了吗？

她细嚼慢咽，小口小口抿着咖啡。洗好碗以后，她关上厨房门，爬上三楼，从自己的旧房间里取了些东西。她有种奇怪的欲望，想要爬上屋顶，看看孩子们见过的景象。灯泡突然不亮了。她试了试隔壁房间的灯，还有前厅的灯。噢，停电了。她摸索着回到厨房，从抽屉里摸出一根蜡烛点亮。走到厨房门口，蜡烛突然灭了。她耐心地一步步退回去，重新点亮蜡烛，但快走出厨房时，蜡烛又灭了。第三次点燃蜡烛后，她把火柴盒塞进了口袋。这一回，蜡烛没再熄灭。她坐在楼梯的第一级台阶上，双手握着扶手，仰头看去；她觉得是自己在旋转，因为周围的一切都一动不动。有个迷失在黑夜中的声音在呼唤一个名字，但她听不清那个催眠般的微弱声音在喊谁。一阵阵微风向她袭来，一波又一波的月光，一波又一波的星星之火——每颗星星都是一个天使的家。海的那边，每座发光的房子里，都飞出了一个红色天使。一队天使飞下来迎接她：他们从四面八方飞来，有的从东边，有的从西边，一队接着一队；他们的翼尖抚过她的脸，比蜂蜜还要甜，比芹菜芽还要嫩。她哈哈大笑，笑啊笑啊，落入了无限柔情的罗网。天使没有脸，没有脚，也没有身体，只有一对翅膀，裹着半透明的灵魂，就像裹在爱之羽翼中的薄雾。

刺耳的刹车声吵醒了她。天已破晓，火红的天际线在海之尽头蔓延，上空笼罩着色如灰烬的薄雾。她听见了人声，还是她在做梦？汽车的声响阵阵袭来。她走进艾拉迪先生的卧室，推开阳台门，然后迅速缩回了屋里。就在阳台的正下方，停着一辆红黄相间的货车和三辆小汽车。她的脑子转了起来，想该怎么办才好。她能听见厨房里有人说话。她走进厨房，发现他们坐在桌边，正在喝她的牛奶。他们强行撬开了阳台的锁。

桌边的地板上堆了好多枪。一个相貌丑陋的民兵——焦糖色眼睛的老人，问她是从哪儿来的。

"我是这里的管家。"

"主人呢，去哪儿了？"

她告诉他，他们全死了，只剩下小姐，逃去法国了。坐在桌边的卷发男孩突然大笑起来。他瞪着眼睛告诉她，女主人最好是逃跑了，不然会被抓起来烧死。他们代表革命委员会征用别墅，别墅以后再也没有主人了，一切都是大家的。他们要把屋后的树林改造成公共花园，让穷人的孩子也能进去玩。

他们花了一下午挪家具，把办公桌和文件柜搬进屋里。然后，他们把一半的书装进篮子，扛进了地下室。他们不想烧书，因为他们尊重书籍，可那些书确实碍事。他们把一些家具搬上了红黄相间的货车。第二天，货车开了回来，卸下了更多的办公桌和文件柜。她把自己反锁在楼上，哭得死去活来。她朝楼下望去，只能看见一群脖子上系着红手帕的人，在两旁种着栗树的车道上走来走去，又是大笑又是吆喝。晌午的时候，她看见了一个英俊的男人，身穿民兵装束，留着吓人的黑胡须，腰带两侧各别一把左轮手枪。她花了点工夫才认出他——那是赫苏斯·马斯德乌。他颇有领袖气质，不断向周围的人发号施令。她犹豫了好久，终于跑下楼去。马斯德乌背对着她；她拍了拍他的肩膀，他才转过身来。她听见了一声兴奋的呼喊。

"阿曼达！"他给了她一个大大的拥抱，把她举上半空，转了好几圈，"阿曼达！"

他们走进屋里，他问她在这里做什么。他还以为这栋别墅已经废弃了呢。她眼中含着泪，告诉他，她在帮人看家。马斯德乌爆笑出声，她从没听他这么笑过。

"看谁的家啊？"见她郁郁不乐，他便安慰说，"你需要什么的话，尽管开口。"

她提出，看在逝者的分儿上，请不要进特蕾莎夫人的房间和玛利亚曾经的卧室。马斯德乌没有回应，直接喊来两个人，告诉他们："我姐姐叫你们别碰的房间，谁也不许碰。这事我今晚会跟委员长报告。"

随后，他问她是想留在别墅，还是他帮着另找公寓。她说想住公寓。马斯德乌言出必行。接下来的日子里，她都住在离别墅不远的一间公寓里。战争结束后，那间公寓就成了她的。公寓在一条狭窄的街道上，夜晚挤满了亲热的恋人；真是奇怪，在酿成了无数悲剧的大战期间，竟有那么多年轻人有心情谈恋爱。战争结束后，她回去看过别墅，发现大门虚掩着。过了两三个月，她又搬了回去，搬进了家具全无的大房间。她的脚步声在室内回荡，仿佛有一大群人在屋里走动。有一回，她大喊了一声："噢！"声音穿过一扇扇门，最后传回了她身边。她吓了一跳，转身跑上楼去，把自己反锁在了瓦尔达拉夫妇曾经的卧室里。她找了份工作，常常待在自己的公寓里，也付租金；但晚上睡在别墅里，仿佛有重任在身。她实在放不下，直到她结了婚。她结婚主要是为了找个伴，而不是因为渴望婚姻。她嫁给了那个有着焦糖色眼睛的老民兵，那个问她从哪儿来的男人。两人恰好在街头遇见，他一眼就认出了她。后来，她去找佛特尼斯先生。战争年代，佛特尼斯一直住在位于曼尼斯特洛的妹妹家。

"佛特尼斯先生，钥匙都在这里。这把大钥匙是开大铁门的。"

那把钥匙是她偶然间发现的。那些民兵，也可能是后来的人，没有锁上大铁门，而是把钥匙扔到了一扇百叶窗后面。

老律师出门散步

里埃拉律师睡了一下午,醒来后又打了个盹儿。有只麻雀叽叽喳喳地叫个不停,叫声从橘树上传来,简直要把他逼疯了。他走进洗手间,洗了洗手,又往脸上泼了些水,然后换了件衬衫。他花了好些工夫才解开纽扣,换了件干净衬衫,但系扣子也实在难。大约两周前,他叫越老越糊涂的萨宾娜把扣眼缝小一点,因为他光是喘口气,纽扣就会自己弹开。但萨宾娜把扣眼缝得太小了,他光是解扣子、系扣子就花了好久。他舔了舔嘴唇;他的嘴总是发干,容易开裂。他站在走廊里等了一会儿,不知道自己该做些什么。最后,他从挂钩上取了件雨衣披上。外面很冷,也可能并不冷,他觉得背后发凉,可能是因为刚才睡得太香,香到都流口水了。他伸手拽平帽檐,再戴到头上。他思忖了片刻,确信自己出门前得做一件事,却怎么也想不起该做什么,午睡害得他脑子昏昏沉沉。"啊,对了。"他跑进书房。书桌、书柜、扶手椅……都跟他办公室里那些大不一样。岁月不饶人,他不得不放弃了律师生涯,但直到如今还觉得大受打击。如今,没有人需要他了。他觉得自己毫无用处,这种感觉不断啃噬着他。他不知该怎么过日子，每天都过得大同小异。他坐在书桌后面，锁上了右下方的抽屉。

他站在门口，盯着屋前的花园。小小的花园里有两棵樱花树。他以前的那棵樱花树，从床上就能看见繁花盛开的那棵，在他离开兼作办公室的公寓、搬进乡间别墅的那年就枯死了。他打量着眼前的街道，认真想了想。对，他一定要去。他已经很多年没去过那里了。这将是一次朝圣，是向回忆致敬。突然想去看看瓦尔达拉家的别墅，让他想起了当天早上收到的索菲亚的信。他反反复复读了好几遍，因为他先看见了信的落款：索菲亚。从内容来看，他推测那封信来自索菲亚·法里奥斯，特蕾莎的女儿。但她的姓氏让他迷惑不解，因为那是个法国人的姓。索菲亚·德斯法戈斯？他和佛特尼斯一直帮她照顾产业。老佛特尼斯，现在有某个亲戚的儿子帮忙，虽说背有些佝偻了，但身子骨还很硬朗。他的太太还在人世！玛丽亚·雷卡森，银行家雷卡森的女儿。她跟埃斯特夫律师的儿子订过婚，谁也不知道两人为什么在订婚几年后分了手。他陡然停下脚步，仿佛被定在了原地，想不起自己有没有做出门前必做的那件事。他伸手探进马甲口袋，摸了摸书桌抽屉的钥匙。对，他锁上了抽屉。确定锁上了吗？那不过是五分钟前的事啊。他在那个抽屉里放了药，绝不想让萨宾娜发现。病越来越重，让他苦恼极了。他郁闷地回到家，爬上楼，打开门，走进办公室。对，抽屉锁上了。他得准备个笔记本，做了什么就赶紧记下来，那样能节省时间。为了放心，他还塞了张小字条。一段时间以来，他总觉得只要自己一出门，就会有人翻他的抽屉。他不敢把抽屉全锁上，免得萨宾娜或罗塞塔不高兴，于是就买了一包卷烟纸，抽出一张，剪下一小条，夹在抽屉与桌面之间的窄缝里。如果抽屉被人开过，小字条就会掉下来。这么一来，他就知道有没有人开过抽屉了。不明真相的人不可能意识到字条飞走了，哪怕发现了也很难放回原位——恰好在锁孔正上方。他放下心来，重新出门，走上街头。对，雷卡森家的儿子，不，是雷卡森家的女儿，嫁给了商务经理佛特尼斯；而雷卡森家的儿子[1]，不久后娶了约瑟芬娜·巴勒斯特，一个美得出奇但也傻得要命的姑娘，而他一向不喜欢笨女人。埃斯特夫律师——他只知道那个人的姓氏——帮萨尔瓦多·瓦尔达拉立了遗嘱，这事他是从小道消息听说的。瓦尔达拉竟然没有找他立遗嘱，肯定是听见了风言风语。把所有财产都留给了索菲亚。可怜的特蕾莎。想想看，作为最好的朋友，自己却背叛了朋友。有一次，特蕾莎对他顺口说起了瓦尔达拉——她以前从没这么做过——他立刻捂上了她的嘴。人生错综复杂。没错，实在是太复杂了。他真能对天发誓，从来没有因为跟朋友太太偷欢而倍感满足吗？此外，瓦尔达拉去世后，他对特蕾莎的热情减弱了，是因为没了竞争对手，没必要再让她从他和丈夫之间做选择了吗？没错，他曾经爱慕过特蕾莎。他从来都不是花花公子。年轻的时候，他一直觉得已婚男人找情人实在荒唐，对此嗤之以鼻。云雨过后，看着身边安睡的特蕾莎，他觉得自己为她赌上了自尊，为此懊悔不已。然而，当怀里的特蕾莎抬起头，用那双纯真无邪、水汪汪的黑眼睛望着他时，他又神魂颠倒，仿佛远离尘嚣，身处

---

[1] 原文为"雷卡森家的儿子"，但根据上下文，应为"埃斯特夫律师的儿子"，疑为里埃拉律师记忆错乱或作者笔误。

天堂。他无聊的生活被抹去了，消失了。他们试过多少种示爱方式！特蕾莎的红唇，特蕾莎的嗓音，特蕾莎的玉手。有时候，她会钻进被子里，像新生的小山羊一样甜蜜地啃咬他。哦，没错！有一次，他跟玛丽亚·雷卡森聊起过埃斯特夫律师的儿子，那个男人抛弃了她，转而娶了脑子不太灵光的约瑟芬娜。

天气凉爽，微风习习。他一直留着长发，这就是为什么他年轻时讨厌刮风，因为风会吹乱他精心打理的发型。如今，他不再关心风会不会吹乱头发，因为总共也没剩几根了。他压低了帽檐，风是从雪山上吹来的，而他最怕冷的地方就是脑袋。他很高兴自己还能呼吸——这一点才是最重要的。只要还能呼吸，他就别无所求。特蕾莎去世几年后，他还会去街上走走，在别墅门前散散步。他把散步当成治病良药，而他需要这种良药。他也不懂自己为什么要那么做。在特蕾莎打电话给他，请他代立遗嘱，将大宅留给那个从屋顶坠落的女孩后，他曾一度频繁上门造访，但后来突然就不去了。不是因为他不想去，而是因为无法忍受看见她总是坐着，才到下午就劝他喝酒。后来，他在报纸上看见了她的讣告。一连几天，他脑子里都乱糟糟的，那则死讯对他打击颇大。他在一盏路灯下停下脚步，摸了摸自己的领带。他已经不再戴珍珠，那颗珍珠从领带夹上掉了下来，就像金橡子从伞柄末端掉了下来。特蕾莎去世后，白天他都把药锁在抽屉里。萨宾娜和罗塞塔一睡着，他就去办公室取药，把那管药膏藏在枕头底下，以备不时之需。有时候，他会疼得咬紧牙关，脑门上大汗淋漓。一天清晨，他发现那管药膏就捏在手里，但他不记得自己有没有涂过。两个女孩从他身旁经过，他侧身避让，让她们先走。

她们看起来像两只金翅鸟。而在他来自的时代，人就是人。他任由思绪天马行空，免得想起某些沉甸甸的东西——仿佛生活在他心里逐渐累积，让他意识到，自己就像剪下的指甲一样毫无用处。为了保持整洁，他会垫着报纸剪指甲，然后把报纸揉成一团，扔进垃圾桶。死了一个又一个。他停下脚步，喘着粗气，陷入沉思。他开始快步往前走，呼吸跟不上步伐。由于记性不好，每件事他都得慢慢来，思考下一步该怎么做。不过，他还精力充沛，如今的年轻人到了他这个年纪，都巴不得能像他一样身强体壮。他从来没看过医生，也不知道生病是怎么回事。前段时间，当唯一的病痛开始困扰他时，他去了药店，跟药剂师描述了一番，对方推荐了一款药膏。后来，情况并没有好转，他还以为自己得了肛瘘。他听说肛瘘得拿硝酸银来烧，会疼得要命，结果担心了半天。不过，幸好不是肛瘘，他松了口气。

他走到了别墅所在的街区。一切似乎都跟过去一样，跟许多年前一样——到处都是花园。那个街区没有多少建筑，弥漫着树木的气息。他停下脚步，不像过去那个情人，而像一位朝圣者。他在大宅前面停下脚步，看着那扇宏伟的大铁门，旁边有个狮头形状的门铃，是狮头还是拳头？特蕾莎的女儿在信中请他联系佛特尼斯。他们两人一直代她收房租，但他不知道佛特尼斯有没有给她寄过钱，也从来没问过他。索菲亚信中的语气就像他们前天才刚见过一样自然。她解释说，她嫁给了一位法国实业家，丈夫刚刚过世，给她留下了一笔可观的收入。她还说，她很快就会来巴塞罗那，待上一小段时间。此外，她已经告诉佛特尼斯，让他卖掉尤尼奥街上的房子和兰布拉大街上的两栋楼，它们实在太旧了。她想把她母亲的别墅拆掉，用那片足有几十万平方英尺的土地建现代化公寓。她已经找到了一位优秀的建筑师，是她教母尤拉莉娅的朋友推荐的。她还说……呸，都是些废话！正是索菲亚的信促使他那天下午离开家门，因为他想去看看那栋宏伟的别墅，也许是最后一眼。那栋让他魂牵梦萦的别墅，正是他当年帮萨尔瓦多·瓦尔达拉买下的。街对面的墙头爬满了常春藤，经年累月长得密密匝匝，他在墙角停下脚步，若有所思地望向别墅。脚步声传来，他突然慌张起来，仿佛自己在做什么坏事。

好在街上光线昏暗，常春藤能给他打掩护。有个胖女人慢慢走过来，在大铁门前停下脚步，原地站了一会儿，然后抡起胳膊，把什么东西扔进了花园。接着，她弯下了腰。他意识到，她本打算扔进去的东西掉下来了。那女人又抡起胳膊一扔，然后在原地站了一会儿，这才离开。她不是往前走，而是沿着来时的路往回走。她走起路来一瘸一拐，身后跟着一条狗。女人和狗都消失不见后，月亮升了起来，圆月将别墅的一整面墙映得半白半绿。他入神地盯着屋顶，那些塔楼……他看见避雷针旁边有个黑点。过了好一会儿，他才发现那是一小丛灌木。他穿过马路，试着从门缝往里瞄，但什么也看不见。他掏出手帕擦了擦眼镜片，然后戴上；在他不确定抽屉有没有上锁的时候，把擦镜片专用的麂皮落在了桌上。他又凑到门缝边往里瞧，发现花园里长满了杂草和灌木，就是他看见屋顶上长的那种。他猛地往后一缩，因为有个轻飘飘的东西拂过了他的脸颊；他伸手去摸，却什么也没摸到。也许是蜘蛛网吧。孩子……他的思绪断了线，忘了自己在想什么跟孩子有关的事。他不记得是谁告诉他，儿子离家出走后，艾拉迪·法里奥斯就崩溃了。你知道吗，当玛丽娜——也就是他妹妹玛丽娜的教女结婚时，在教堂门口，有个老相毕露的年轻人朝他走来。那人年纪不大，却已开始谢顶，眼窝深陷。那人毕恭毕敬地跟他打招呼。

"您还好吗，里埃拉先生？"

那人还说，自己没收到邀请函，但想来看看玛丽娜教女的婚礼，哪怕是坐在教堂最后一排。因为小时候，当他不知该去哪里的时候，她为他打开了公寓大门。那个年轻人跟他道了别，但老律师抓住那人的胳膊，问他到底是谁，因为自己实在想不起来了。

"我是特蕾莎·瓦尔达拉的外孙、索菲亚·法里奥斯的长子——雷蒙。"

他大吃一惊。他见过雷蒙小时候在花园里疯跑，像着了魔似的，拖着玛利亚的手。小家伙贾米追不上，远远落在后面。他仔细打量了那人一番。那人看起来备受良心折磨，似乎做了什么十恶不赦的坏事。他又透过门缝望进去，看见了一个影子，像是白色的蝴蝶翅膀，就在车道旁的栗树边。他摘下眼镜——肯定是镜片起雾了。他觉得自己不该那么对特蕾莎。他想起了自己对她双腿的评论。他的自私冷酷可能伤害了她……那也可能是她编的故事，为了打动他而编的故事。但是，面对这座以后再也见不到的废弃花园，面对月色下的一片静谧，他不得不承认，她对他一向高雅得体，无可指摘。她是个不同寻常的女人。他眼前浮现出了自己的模样，睡前涂药膏的老家伙，因为痔疮是烦人的毛病。他又看见了自己年轻时的模样，与那位高贵的女士共赴云雨。她看上去像女王中的女王，身穿绫罗绸缎，佩戴火焰般璀璨的珠宝。他觉得自己该注意饮食，只吃鱼类和蔬菜，好让发炎肿胀的毛细血管收缩。他读到过，痔疮能长到橘子那么大，到那个时候，无论是动手术还是求主垂怜都无济于事了。以后他只能吃煮胡萝卜、清蒸鳕鱼，还有清爽的西红柿沙拉，西红柿得是去皮去籽的那种，因为就连肠胃也在跟他作对。他抬起头，看见墙头蹲着只耗子，有兔子那么大。这臭耗子是从哪里来的？他挥手想赶走它，可它一动不动，要是地上有树枝或者石子就好了……以前街上到处是那些玩意儿，叫现在全铺上了石板。他想掐根藤条，当鞭子抽它。他最受不了三种畜生：耗子、鼻涕虫和蛇。蛇是因为在地上扭来扭去，鼻涕虫是因为黏糊糊的，而耗子则是因为总在啃东西，哪怕它们并不饿。在下决心掐藤条之前，他抬头瞄了一眼，耗子不见了。他大吼："臭耗子！"四周万籁俱寂。接着，他伸出指尖，摸了摸门铃。那是个狮头的形状。

搬运工

运货卡车停在大铁门边，三个男人下了车。墙头探出一丛丛夹竹桃、枯玫瑰，还有垂下成串干瘪种子的丁香。大铁门边有一扇小门，门铃是狮头形状，铁栅栏上钉了一块加固的铁皮，已经锈蚀殆尽。三个搬运工里年纪最大的安塞姆把钥匙插进锁眼，却怎么也转不动。他耐心地扭了半天，钥匙都快掰断了，才好不容易开了锁，却不能完全打开大铁门，时光和雨水在门后垒起了沙堆。他们仨一起使劲推呀推。最后，年纪最轻的奎姆，瘦得像根竹竿，从门缝挤进花园，徒手刨开了沙子。门后的地面上散落着许多干枯的花束，其中一束金盏花还绿意盎然。他们花了一个多钟头才把大门彻底弄开。高大的三层别墅矗立在两旁种着栗树的车道尽头，屋顶耸起两座塔楼，附带垛口和烟囱，看上去颇有旧时代庄园的气息。四根粉色大理石柱撑起门廊，拱卫着别墅前门。栗树已经开始落叶，野栗子落了一地。有棵栗树的树干上有个窟窿，奎姆把拳头塞了进去。进屋前，他们绕着大宅转了一圈。屋后有一片大露台，如今已长满杂草，尽头是林木茂盛的公园。公园的一侧，与别墅相接的地方，有座爬满紫藤的木架，紫藤已垂落到地面；紫藤架下有一张石头长椅，旁边有一口枯井；井对面是一棵高大的月桂树，主干只剩半截，周围冒出了长长的枝条。安塞姆在一块长满青苔的石板前停下脚步，那石板似乎挺适合垫在他家院子里的。他家洗衣房的进门处，每次下雨都会被淹；他太太在那里垫了块木板，免得把脚弄湿。奎姆说："上面好像写了什么。"他蹭掉石板上的青苔，一个名字浮现出来：玛利亚。

他们一推开前门，尘土和潮味就扑面而来，呛得要命。前厅里只摆了一张大台球桌和一架三角钢琴，其他什么也没有。钢琴的琴键统统被拽了出来。他们走进一个极其宽敞的房间。透过法式双开落地窗脏兮兮的窗格，能看见屋外的石头长椅；可能是外面有棵月桂树的缘故，射进屋里的光线是酒瓶般的绿色。他们拿着自己的午餐饭盒带上绳索进了房间。屋里摆着三四张办公桌和一个破旧的橱柜，柜门上有装束怪异的武士。房间角落里有一张缺了腿的鎏金扶手椅，衬着红丝绒软垫，上面布满污渍和裂缝。在一张破损的大理石圆桌上，垒着成堆的文件。余下几把椅子是起居室用的高背椅，软垫的状况跟鎏金扶手椅一样糟。门边散落着一大堆报纸、小册子、杂志，还有鞋子、香水瓶、锅碗瓢盆什么的。他们停下脚步，四处张望。奎姆弯下腰，捡起三张照片，用袖子掸了掸。"瞧呀，是孩子。"照片上是两个男孩和一个女孩：女孩长得非常漂亮；个头最小的男孩手里拿着一块木板，像个托盘，中间插了根小棍，顶上绑了块布，当作小旗。另一张照片上是一位美貌绝伦的女士，低胸长裙，手臂裸露，前襟别了一束紫罗兰。"别管这些破烂儿了，开工吧！"第三张照片上是位留胡子的先生,看起来像个大人物,一只手按在胸前。"咱们开工之前,"安塞姆说,"先帮我把月桂树旁边那块石板挖出来,我要垫在我家洗衣房门口,字朝下。"

玛利亚的鬼魂

别拿走这石板……别拿走它。哦，我的弟弟……我摔在月桂树上，饱经风雨的树枝穿过我的身体，从背后戳了出来，我跟月桂树融为一体。"她死于流血过多"，他们扛我下树的时候是这么说的。爸爸为我守夜，阿曼达哭喊着："她还是个孩子啊！她帮我梳头，抹掉血迹。她还是个孩子啊！"别拿走这石板，这石板就是我。别拿走代表我一生的东西！哦，我的弟弟，我们小时候，秋天玩落叶的时候，会躲在藤蔓后面，顺着带斑点的梧桐树枝，爬到外面的田野去。那个年纪跟我差不多的小伙子，对，就是你，听我说啊，你不明白吗？我属于这栋房子，这栋房子里的一切都属于我。那个年纪比我大，懂的比我多的人，对，就是你，别拿走我的石板。我在这里玩过赶耗子的游戏。我把藤蔓枝条缠在一起，让它们不知该往哪边长；我扯下玫瑰花瓣，捏它们的花苞，害得它们开花前就烂掉。直到现在，我才知道夏夜之光。我在这块石板上跳舞，在那些什么也不是的字母上跳舞，那些字母不是我，但它们的排列顺序却在召唤我。我顺着避雷针滑下来，或者把身子贴在墙上。我用雾气堆城堡，拧开水龙头，有一次还把浴缸塞丢进了垃圾堆里的一罐豌豆旁边。还有外婆特蕾莎。大大的悲哀让我好想哭，虽然我没有眼睛，也没法掉泪。这种感觉是从哪里来的？他走到大门边，然后又折回来，爬上紫藤架下的长椅，望向阳台。那时我还不是个影子，能呼喊他的名字。我一直在等他。别碰这石板。等等，等等。我被戳在了月桂树上。这么多年来，我一直在附近游荡，爱着这棵助我速死的大树。别动我的床。我的房间全是白色的。我刺破手掌，吸吮流出的血，跟我弟弟一样的血。别搬走瓷座钟，还有装草药的盒子。我们会往玻璃罐里装满水，放进绿色的小蝌蚪。就在屋顶上。哦，我的弟弟啊。"我会给你所有美好的东西，玛利亚。"后来，爸爸病了，他喊我"亲爱的女儿"。血滴就像外婆项链上的红宝石。我们彼此相爱，永远相爱。我一个人的时候，边脱衣服边照镜子，看见自己是白色的。直到死去的那一刻，我都是白色的。别滑倒，你会摔下去的，死神会攫住你，带你去往那片神秘领域，那里有闪亮的石头诞生，红的，黄的，白的。别碰曾经属于我的一切：只要它们还是原样，我就不会彻底逝去。是什么让我从一个地方去到另一个地方？我惊动了那些鸟，它们飞走了，一只也没留下。那些斑鸠。树梢上咕咕的叫声和飞舞的羽毛。走来走去的你，快听我说啊。我躲起来，好让鸟飞回来，可没有一只愿意回来。它们能听见我说话。我不会伤害它们的，要是它们能听懂就好了。池水和藤蔓都腐坏了，池水变得浑浊不清。难道你不明白，在彻底咽气之前，我还能感受到痛苦？血倒灌回我的肚皮，树叶在哭泣，你听不见吗？雾也在为我哭泣。轻生的人会活在曾属于他们的物件旁边，极其缓慢地死去。我们会一起翻看蝴蝶标本册，我紧紧贴着弟弟，跟他一起翻看。每只蝴蝶都被针刺穿。我想像蝴蝶一样死去。那些橙黑色相间，肚子毛茸茸的蝴蝶。如果你们运走我的东西，那些丑八怪就会过来，那些病死的人、腐烂的人、真正的死人，他们会抓住我，把我拽走，用没有嘴唇的嘴把我吸走。他们会把我带走，带去地下，带去那个没有树、没有风、没有叶子也没有花的地方。他们已经等了我很多年，我能听见他们的声音。我，尸骨全无的我，只剩叹息的我，连羽毛都不是的我，只能靠吹羽毛来吓人。一旦他们把我带走，一切都将被抹去，再也没有时间，再也没有记忆。月亮能看见我，它知道我现在是什么样的人，也知道我曾经是什么样的人。快走吧。如果你知道你在对我做什么，肯定会伤心死的。有人在为我哭泣：玛利亚，你做了什么啊，玛利亚？我无言以对，没法说出在我身上发生的事。我无处倾吐。我会抚摸你的脸颊，你会以为是蜘蛛网，但如果我一次又一次抚摸你的脸颊，你就会觉得害怕。我会让你觉得有人在碰你，你会转身去看，但看了又看，却看不见任何人。我会吓到你，而我希望你能爱我。我被孤零零地抛下了，身边只有属于我的东西：墙壁、木片、摇曳的树叶、小草、努力绽放的花苞，还有钢琴的琴键。谁在树干上挖了个洞？谁把钢琴的琴键串起来了？玩具小号真可怕，独自待在这栋房子里真可怕。我们曾经快乐地尖叫，手拉手跑上屋顶，拽着拴在烟囱上的绳子。阿曼达叫道："孩子们会从屋顶上摔下来，雨也会飘进来的。你们把东西全弄坏了，玩具木马和条纹陀螺。"我在井里看见了娃娃屋里那个妈妈，她刚从剧院回来，长长的项链拖到膝盖，头上别着钻石星星。她的脖子上沾满了血。哦，我的弟弟啊。我们玩着刀子,在树干上戳洞。很多个夜晚,我走进花园,站在门前等待。我想成为你,体会你被孤零零留在世上的感觉。我厌倦了呼唤你,也厌倦了听自己呼唤你。我跟月桂树融为了一体,就像一片被荆棘戳穿的落叶。

索菲亚与搬运工

索菲亚沿着两旁种满栗树的车道，疯了似的向前飞奔。他们怎么敢这样？她急忙叫住一个正把桌子搬上车的男孩，问哪个人是负责的。他们告诉她，搬运公司的老板叫他们把所有东西都搬出宅子，运到储存家具的仓库去。索菲亚说，她不打算为不是自己的家具付租金，更不打算为这趟搬运付钱。她走进曾属于她母亲的房间，看见安塞姆在拽一个文件柜。

"我是索菲亚·瓦尔达拉。放下所有办公家具，不用搬了，直接烧掉。"

安塞姆讶异地看着她。他不敢告诉这位声音粗哑的女士，他能给这些家具找些用处。好在他已经把石板搬上了车，不然的话……两个男孩抬着一张桌子进了屋，问索菲亚希望搬到哪里。

"屋子后面，露台中间，好放火烧掉。"

她问他们从早上八点起都做了什么。安塞姆告诉她，他们从宅子各个房间里搬出了两车家具，但还剩下不少，最后可能不得不借着烛光装货。索菲亚惊叫了起来。一只有兔子那么大的耗子从她脚边蹿过，钻进洞里消失了。奎姆说，这栋宅子里有很多耗子,在供鸟儿戏水的石盆边,他端掉了一只耗子的老巢,是用破布和刨花搭成的。有一只老耗子故意挑衅他,他正准备拿木板打过去,那耗子突然立了起来,朝他龇牙咧嘴。他忍不住笑了:这畜生胆子还不小。

"耗子不算啥。耗子好打发,鬼才可怕呢。"

另一个男孩说:"我们刚才进了一间白色卧室搬家具,梳妆台上有个盒子动了。"

他瞥了奎姆一眼,奎姆点了点头。那盒子转了一圈,起初,他们还以为是自己眼花了——但不可能,那是真的。如果这还不够的话,过了一会儿,阳台的窗帘也动了,从上到下摇晃起来,而窗外的叶子一片也没晃动。他们抬床下楼的时候,走在后面的奎姆觉得脖子上有蜘蛛网拂过。大宅里有很多蜘蛛网,但楼梯中间没有,毕竟他们已经上上下下好几趟了。他们说给安塞姆听,安塞姆说他们在胡思乱想。"可蜘蛛网蹭了我脖子好几次。"安塞姆嘲笑他,说他妈妈肯定喜欢吓唬人,小时候给他讲过鬼故事。后来,他们吃午饭的时候,安塞姆面前飘过了一根孔雀羽毛。"不,不是像鸟那样飞,怎么可能!是在地上打转,就像有人朝它吹气似的。"索菲亚向他们投去同情的一瞥,但没发表意见。她问他们还有蜡烛吗,因为她在等人。

安塞姆点了三根蜡烛,往桌面滴了几滴蜡,把蜡烛立在桌上;他忙着摆蜡烛的时候,一个衣着寒酸的谢顶男人走进屋里,定在原地。索菲亚背对着他,没看见。雷蒙看着母亲:年华老去但身段苗条,站得像避雷针一样直。她转过身,外套翻领上别着特雷莎外婆的钻石花束胸针,在摇曳的烛光下越发闪耀夺目。索菲亚问安塞姆，他们是不是搬走了一个双开门的漆柜，每扇门上都有个日本武士，他们手里的刀刃鎏了金。雷蒙心想，她问的那个东西，那个橱柜，当屋里一片漆黑，月光照在上面的时候，真是美极了。以后再也没人会知道这栋别墅，还有清冷月色下的公园。安塞姆回答说，没错，他们当然搬走了那个橱柜，但它已经破破烂烂的了。"只剩一扇门，搁板也没了。"说完，安塞姆就离开了房间，两个男孩紧随其后。雷蒙低着头走到母亲身边："您不认得我了吗？"

索菲亚盯着他瞧了好一阵子。她控制住微微颤抖的嘴唇，替自己开脱。"这里太暗了。你又变了很多。"

三个男孩搬回一个板条箱，箱子沉甸甸的，他们得弯下腰才拖得动。他们把箱子扔在地上，手扶后腰挺起身来。那个箱子是他们在地下室发现的，地下室里还有两箱，里面是被耗子啃过的书。索菲亚请他们打开箱子，里面装满了像铁松果一样的玩意儿。安塞姆拿起一枚，说是手榴弹。

"只要不拽拉环，就不会爆炸。"

索菲亚问："我该拿它们怎么办？"

雷蒙说，最好是通知警察。索菲亚攥住他的胳膊，把他拽到一边。

"我一直想知道你去哪里了。"她沉默了一会儿，不知该怎么说下去，"你缺钱花吗？"面对沉默的儿子，她接着说："仗一打完，我就给佛特尼斯和里埃拉律师写了信。我指望不上那个律师，因为他总是拖上一年才回信，还经常扯开话题。我请他们无论如何也要找到你。几年后，我才知道你去了南美，后来又回了巴塞罗那。"她说呀说呀，一刻不停。她毕竟是他的母亲，他们该努力忘掉曾经发生的一切。她说呀说呀，说着自己觉得该说的话。说实话，她叫儿子来别墅见面，就是因为不想单独面对他。她觉得已经跟儿子疏远了，也为过去的事感到害怕。不过，她想看看儿子，帮他摆脱困境，好让自己安心。

"抱歉，稍等一下。"她走到安塞姆面前，递给他两张大钞。"虽然已经到下班的点了，但请把所有办公家具搬到屋子后面去，马上烧掉。"

她回到儿子身边，问他现在做什么工作，靠什么谋生。他说，他从美洲回来身子就垮了，但他不想聊这件事。

他还说，他已经结了婚，娶了个裁缝的姑娘，生了一儿一女，男孩叫雷蒙，女孩叫玛利亚。蜡烛突然灭了，三根蜡烛同时熄灭。安塞姆划了根火柴，重新点燃蜡烛，可它们一转眼又灭了。

"瞧瞧，我们说得没错吧？现在您该信了吧？"

索菲亚笑着给雷蒙讲了盒子和羽毛的故事。这时，一个矮胖妇人走进了大宅，手里挎着篮子，捧着一束花，身后跟着一条狗，站在了门边。最后，是索菲亚发现了她。那妇人见索菲亚在看她，便张开双臂走上前去。"索菲亚小姐！我还以为你们都不在了呢。"

索菲亚后退了一步，躲过阿曼达的拥抱。阿曼达望向雷蒙，问他是不是雷蒙。他当然变了不少，可她一眼就认出来了。他跟小时候一样，每当伤心或焦虑的时候，就会站得笔直，双脚并拢。她开心得热泪盈眶。她见过他出生时的模样，也曾把他抱在膝头。哦,那场洗礼啊!安塞姆拿着火柴盒,全神贯注地听着。

"想想看!家里的长子!艾拉迪先生开心得合不拢嘴,简直不敢相信。洗礼那天,别墅从上到下灯火通明,亮到第二天一早,就像烧起来了似的。"

阿曼达说想跟索菲亚私下谈谈,两人便离开了房间。阿曼达压低声音说,装珠宝的小保险箱埋在孔雀笼旁边。"上面压了一块圆圆的大石头。"银器埋在洗衣房的窗户底下,那扇正对露台的窗户。她在上面堆满了罐子,就是孩子们以前从垃圾堆捡的那种,装甲虫和蝌蚪的玻璃罐,还有空麻袋和破床垫。难道佛特尼斯先生没跟她提过吗?她拿走了特蕾莎夫人屋里的红窗帘,如果索菲亚想要回去的话,说一声就行。当然,阿曼达不得不把窗帘布裁短了,因为她公寓的天花板没那么高。她还拿走了几件旧餐具和一把分甜点用的奶油刀。

"不用还了,你留着做个纪念吧。"

有一天下午,阿曼达在月桂树下的石板上留了些花,然后朝后门走去,发现门躺在地上,被垃圾埋了一半。她滔滔不绝,眼睛闪闪发亮。

"对,他们又把垃圾丢在了那里。艾拉迪先生曾经没少为这件事生气。哦,索菲亚小姐,要是你知道就好了……"

她丈夫——刚从战场回来还没跟她结婚的时候,在兰布拉大街的一家餐馆当了厨师,所以婚后他们一直不缺吃的。除了付房租和买必需品,他的一大半收入都能存下来。赫苏斯·马斯德乌给她找了那套公寓。打仗的时候,她一直住在里面,一分钱也不用付,因为房主失踪了。

"您还记得赫苏斯·马斯德乌吧？他总是打着个软领结。"他在前线牺牲了，每张报纸都报道过这事，他的照片还上了头版。有五千多人参加他的葬礼，送了好多好多花圈。最后，她跟丈夫决定把后门竖起来，封上花园。他们找了个周日，扛着梯子过去，先关上大铁门，然后拿铁皮封住缝隙，再用钉子钉死。他们找了很多大石头，在门后垒起了一座石山。把门固定好以后，她丈夫架起梯子爬上墙头，她也跟着爬了上去。那时她身手还很敏捷。然后，他把梯子拽上墙头，再从另一侧放下去，方便她顺着爬下去。梯子上有三根横杠断了，害得她差点儿摔断腿。不过，她还是想办法蹦了下去。那时她的脚还没出毛病，不像现在走路一瘸一拐的。她丈夫抓着梧桐树枝爬下去，然后收起梯子，两人走回了家。

"索菲亚小姐！雷蒙！真是人生处处有惊喜啊！"

索菲亚解释说，她让儿子今天来别墅见面，是因为她还不确定会住哪家酒店。她告诉他们，她打算把宅子拆了，用这块地皮建豪华公寓。她陡然停下，问儿子缺不缺钱。雷蒙的脸涨得通红。

"我们会办个大派对。我在国外也有投资，要在巴黎和巴塞罗那两头跑。我们会办一场大大的团圆派对。我要见见你的孩子，还有我的儿媳。可惜现在办不了。"

阿曼达请索菲亚原谅，但如果像她说的那样，这栋别墅要被拆掉的话……阿曼达今天之所以进来，是因为她住在附近，经常路过。她时不时把花扔进花园，为那个女孩的灵魂祈祷。今天，她看见前门敞着，门口停了运货卡车和一辆出租车。如果别墅要被拆掉，她想留个纪念——从玫瑰丛里剪几枝，就是洗衣房墙上那丛肉色玫瑰。如果可以的话，她现在就去剪。索菲亚说没问题，然后陪着阿曼达走到厨房，阿曼达又讲了她独自待在别墅时发生的一些事。最后，索菲亚让阿曼达一个人待着了。她理了理头发，告诉雷蒙她要走了，可以让出租车捎他一程。雷蒙说想自己走走。索菲亚借着烛光开了张支票，几乎是硬塞进了他手里。

"阿曼达呢？"雷蒙问，"我想跟她道个别。"

"别管她了。她在摸黑找肉色玫瑰呢。"

雷　蒙

他向前走去，一只手插在裤兜里，攥着母亲刚给他的支票。他选了条岔路，溜进拐角，掏出支票瞄了一眼。再也不会吃不饱饭，再也不用担心房租，再也不用睡破床单，熨衬衫也不用只熨前胸了——因为电费很贵，电表又转得飞快。他太太，那个担惊受怕、心脏不好的妇人，终于能呼吸得轻松些了。她总在翻找快蔫巴的蔬菜，还有熟过头的水果，因为那些蔬果最便宜。她捡别人不要的衣服给孩子缝外套，还得忍受楼下邻居的喋喋不休，只因为邻居会借缝纫机给她用。他离别墅越来越远，树的气味陪伴着他，那股旧时的气息。多年来，他不得不压抑自己，不去回想那个地方，因为回忆就意味着沉沦。可他难以忘怀。他经常失眠，心脏还有杂音，他确信自己心脏有毛病。谁也说不清他的神经出了什么问题。夏天他总是生病。每年夏天他都会生病。无名的痼疾令他卧床不起。从父亲冲他大吼大叫，眼神充满责备的那一刻起，他的纯真年代就落幕了。那一瞬间，父亲毁掉了他的青春。他流落街头，一夜之间长大成人。多年后，战争期间，他的战友都在说家事、念家书、提问题，而他不得不告诉战友，自己孑然一身,家里没有别人了。回想起埃布罗河谷[1]和通往法国的加泰罗尼亚公路,他突然尝到了胆汁的味道。胆汁的味道,疲惫的味道,被抛弃的味道。仿佛一望无际的沙漠突然变成了一个硬结,哽在了他的喉咙里,害得他喘不过气来。他手里攥着支票,那可是一大笔钱呢。他不禁露出了微笑。想象一下,他是家族继承人!走在大街上,他的衣服满是岁月的痕迹,每根纤维都浸透了贫穷。他想起了大宅后面公园里的风。小时候,那风曾吹乱他的头发。他经常回想起儿时玩耍的公园。但渐渐地,他再也记不起那些树,因为人的心会受挫,会崩溃。他放慢脚步,好把童年抛在身后。他的思绪飘回到了妻儿那边。他的母亲,身体健康,精神矍铄,她钻进出租车之前,他在路灯下匆匆给她看了孩子的照片。她瞥了一眼照片,告诉他,他们长得很像他。他的思绪飘远了。玛丽娜后来怎么样了?她是里埃拉先生妹妹的大女儿,在他迷茫无助的时候帮过他,爱过他。那纯真无邪的爱,不可能有结果。那个时候,在他看来,爱不光是罪孽,更是诅咒。玛丽娜,年轻漂亮,充满母性,富于同情,温柔似水,她拥有甜蜜的双眼和圣人般的双手,在他不想活下去的时候爱过他。他必须娶对他的过去一无所知的女人,对他与家人的决裂一无所知,永远不会问为什么。他太太有个弟弟,在战场上不幸牺牲。也许正是因为她为弟弟伤心,他才娶了她。他想起了那根树杈,架在贾米细细的脖子上。每当他看见河流,看见大海,就会觉得头晕,不得不躺下,因为他无法忍受看到水。无边无际的水会将他吞没。

---

[1] 埃布罗河(Ebre),西班牙最长且流域面积最广的河流。1938年7月至9月在埃布罗河谷发生了埃布罗之战,是西班牙内战期间极为重要的战役。

他想起母亲在路灯下看着孙子孙女的照片。她这次没空见他们，因为她只能在巴塞罗那待几天。一儿一女，全都身体健康，茁壮成长。他太太已不再年轻，贫穷使她失去了活力。但在他眼中，她还是昔日的模样，因为她一直是他生命中的温柔乡。远在异乡的时候，尽管他百般不情愿，但还是会想起父亲。有一天，他带两个孩子去给外婆特蕾莎上坟。比起爱他这个外孙，外婆更爱玛利亚。有一段时间，玛丽娜一直写信给他，告诉他都谁过世了。他该给玛利亚献花，也该给特蕾莎外婆献花。但给玛利亚献花的时候，他得自己一个人去墓地。

阿曼达

她如此渴望踏上这片土地，都不知该先往哪里走了。她站在厨房门口，身边有小狗做伴。她忘不了那个小搬运工说的：屋里有鬼。蜡烛灭了，被某个看不见的人吹灭了，恍若她差点忘记的那一幕。多年前，在害怕一个人住在别墅之前，她爬上屋顶的那个夜晚，手里的蜡烛也被吹灭了。她边走边伸手摸索墙壁，找到了当年姑娘们冲凉用的水龙头。她想拧开它，但努力克制住了。那个水龙头早断水了，已经好多年了。两个搬东西的身影穿过露台，大声争执。高悬的钩月衬得夜空越发昏暗。月亮下面，浓密的树丛静静安歇。她轻手轻脚地走向被灌木和杂草包围的月桂树，单膝跪下摸索石板，但只摸到了泥土。她把带来的花留在了那里。要不是养成了把花扔过大铁门的习惯，她这辈子都不会再见到索菲亚小姐或者雷蒙。她把花扔过大铁门已经有很多年了。在封住后门并把钥匙交给佛特尼斯先生之前，她常常走进后院，把花搁在石板上，但从来没进过屋子。在她看来，随着时光流逝，屋里发生过的事显得越发可怕：整件事都令人感叹，无论是在墙上涂鸦还是捣毁家具，都是为了追求破坏的快感。她坐在紫藤架下的长椅上。索菲亚小姐刚才问她现在住在哪里。"等我回巴塞罗那，会去看你的。"虽说这话并不是真心，但她还是十分感激。小狗跑到她裙边，开始呜呜叫。真的有鬼……她伸手摸了摸脸，肯定是蜘蛛从树枝上跳了下来，只是蜘蛛罢了。坐在长椅上，她能看见大宅餐厅的法式双开落地窗。她闭上双眼，眼前浮现出过去的一幕幕：那一大束栀子花，那欢庆的气氛，那么多的活儿要干。那是他们第一次邀请律师和他太太共进晚宴，是特蕾莎夫人的主意。夫人说，该对这位可敬的律师好一些。晚宴前一天，阿曼达花了十四个钟头擦拭所有要用的银器和玉兰花果盘。特蕾莎夫人下楼来查看进度，还开玩笑说，如果她没把银器擦到锃亮，就得请律师太太来擦了——谁让她叫康斯坦西娅呢，肯定很有耐心。这话惹得大家哈哈大笑。当天早上，特蕾莎夫人美得不可方物：一袭雪白长裙，腰间别着一束丁香花，那花是用精致的丝带做成的，只有在时尚之都巴黎才能找到那么别致的设计。离开厨房之前，特蕾莎夫人告诉她们，她希望所有仆人晚宴时都穿一身白，鞋要擦得像镜子那么亮。最重要的是，她不希望看到裙摆底下露出一点儿衬裙，因为那是懒惰的表现，而菲洛梅娜经常犯这个错误。菲洛梅娜涨红了脸，泪水在眼眶里打转，说，她的衬裙比裙子长，又不是她的错。"那就把它提起来！"

小狗跑到了她身边，她望向黑黢黢的大宅，看见避雷针旁边有个影子在动，但是看不太清楚，可能只是棵杂草。树上没有一丝鸟叫，而那棵月桂树上以前总是站满了鸟。晚宴当天，索菲亚又耍起了脾气：她们给她穿上从瑞士订购的蕾丝裙，背后有个大大的白绸蝴蝶结，还给她烫了卷发。这让她很不爽，因为她不得不整晚戴着铁质卷发器。晚上，索菲亚对安塞玛说："如果不让我跟大人一起吃，我就什么也不吃。"阿曼达告诉特蕾莎夫人，索菲亚让厨娘安塞玛很难办。特蕾莎夫人拎起了她那条斑鸠灰连衣裙的裙摆。那条裙子用挺括的生绸做成，每走一步都会沙沙作响，还会露出石榴红缎子鞋的鞋跟。夫人说，如果索菲亚不想到厨房跟下人一起吃饭（阿曼达倒是觉得，在厨房里吃饭要自在得多），就让她在游戏室里吃。当时还是小不点的索菲亚回答说，如果不能跟父母和客人一起吃，她就什么也不吃。她气冲冲地扯开了袖子上的蝴蝶结。特蕾莎夫人一时失控，扇了她两个大耳光。索菲亚没有哭，而是冲母亲吐舌头扮鬼脸。夫人转过身去，假装没看见。

餐桌中央的装饰品是闪闪发亮的白瓷美人鱼，里面插满肉色玫瑰，两边分别摆着专供重要场合使用的盐碟：两只鎏金的水晶天鹅和配套的小金勺。一切都美妙绝伦：华贵典雅的帝政风格瓷器和银餐具，上面印有瓦尔达拉家族的首字母，周围环绕着碧绿的珐琅花环；还有郁金香形状的香槟杯，以及手工编织的精美蕾丝桌布，那种编织技艺有个专门的称呼，可惜想不起叫什么了。走进餐厅就仿佛步入了天堂。下午两点，阳光照进餐厅，每样东西都闪闪发亮。负责斟酒的菲洛梅娜戴着白手套，像百合花一样纤细苗条，美目极具异域风情，整晚都站在瓦尔达拉先生的座位后面。瓦尔达拉先生胡须浓密，看起来就像《圣经》里威严的族长。大家都说，他婚前风流，可婚后简直是个圣人。他的开棺守灵仪式是在书房里办的，那间屋子专门用来做这个。艾拉迪的父亲和泰伦西叔叔送来的花圈极尽奢华。艾拉迪父亲送的花圈用深浅不一的红玫瑰扎成,泰伦西叔叔送的花圈则以嫩枝编成,垂下的紫色丝带足有一英尺宽。索菲亚对此不以为然:"泰伦西叔叔送的花圈更适合给女士。"尤拉莉娅阿姨送的花圈是玫瑰与百合,旅居海外的贝尔加达先生送的则是带白边的艳粉色茶花。当时是大冬天,谁知道那些花是从哪里找来的,又是在哪间温室里绽放的?简直是个奇迹!世上所有的鲜花陪着瓦尔达拉先生走完了生命最后一程。他去世的情景十分凄惨。他一下子就失去了知觉,虽然眼睛还睁着,但什么也看不见。在撒手人寰之前,他足足呻吟了三天。阿曼达回想起来,他收到的花比特蕾莎夫人多。她为夫人守灵时,等到大家都累了,回去休息了,才蹑手蹑脚地走到屋外,摘了一朵夫人心爱的肉色玫瑰,就是那些爬了洗衣房满墙的花儿。她把一朵玫瑰藏在了乳沟里,免得被索菲亚小姐发现——她可不想旧事重演。当初,她把一束玫瑰摆在艾拉迪先生胸前,索菲亚看见后训了她一顿,叫她赶紧拿走。蒙黛塔和安托尼娅端上了生蚝,全都事先撬开了,搁在盘子里的碎冰上。瓦尔达拉先生把第一枚生蚝送到嘴边,兴高采烈地说:"生蚝就是美人鱼的唾沫。"律师太太听了脸色苍白,一枚生蚝也吃不下去了。她长得不好看,胸脯平坦,腿脚无力。而特蕾莎夫人则恰恰相反,胸部丰满,脚踝有力。律师忍不住时不时盯着她看。从大老远就能看出,他对夫人十分爱慕。桌上的鸽肉卷被一扫而空,连一茶匙酱汁也没剩下。"真不错,"安塞玛妈妈说,"我费劲巴拉地把它们做出来,可算没白费力气。"洗碗的时候,菲洛梅娜告诉她们,瓦尔达拉夫人跟律师在桌子底下拿脚蹭来蹭去,肯定把半边鞋子都磨秃了。饭后,两位先生进书房喝咖啡,两位女士则在餐厅的法式双开落地窗边喝咖啡。她们彼此无话可说，毕竟两人截然不同。过了一会儿，她们就去看丈夫在做什么。菲洛梅娜大笑着走进厨房，说两位先生在猛抽烟。瓦尔达拉先生提议去二楼大厅打几局台球，但里埃拉先生婉拒了，说自己不擅长打球。接着，他们谈起了维也纳。"紫罗兰和小提琴？"安塞玛姨妈问。瓦尔达拉先生似乎是在炫耀。他说多瑙河颜色灰暗，从维也纳城边穿过，是世上最悲伤的河。但那里的树林……夜莺歌唱的树林，渔夫打鱼的小河……七点过后，蒙黛塔帮康斯坦西娅夫人披上焦糖色的毛皮披肩，内衬是印花丝绸。老爷夫人一直将他们送到门口。第二天早上，跑腿小厮送来一束栀子花，客厅里顿时花香四溢。特蕾莎夫人捧起花束，把脸埋了进去，开心得双颊泛红："就算变色了，还是这么香。"她摘了一朵塞进紧身胸衣，一整天都戴着花走来走去。多年后她仍然收在鼻烟盒里的，应该就是当年那朵花，旁边摆着里埃拉先生的名片。回屋睡觉前，夫人去给索菲亚晚安吻。小索菲亚被关了禁闭，因为蒙黛塔用托盘给她送了晚餐，收盘子时才发现她什么也没吃。她坐在床上，一丝不挂，正准备吃律师太太送她的盒子里的最后一块巧克力软糖。她的瑞士蕾丝裙丢在地上，被扯得粉碎。

阿曼达心想："这栋宅子总是让我害怕。"晚上，她把自己反锁在卧室里，总觉得楼下有声响；而她在楼下的时候，又觉得楼上有响动。刮风的晚上更糟糕，因为狂风呼啸害得她什么也听不见，但那声响依然如故。她站在月桂树前，念了一段主祷文。她把几张照片带回了自己的公寓，免得它们跟记忆一起弄丢。看着穿镶宝石礼服的特蕾莎夫人，她心中充满喜悦；看着索菲亚和艾拉迪的结婚照，还有孩子们的照片，她则会发出叹息。第一次领圣餐那天，玛利亚戴着茉莉花冠。阿曼达又觉得有人在摸她的脸，便停下脚步，小狗绕着她疯狂打转。她刚才是从厨房出来的，现在要再穿过厨房回宅子里。她时不时停下脚步。小狗汪汪直叫，垂下尾巴。她想走通往后门的小路，但天太黑了，寂静让她觉得害怕。她僵在了原地：又感觉有人抚过她的脸颊，比随风飘动的蛛网触感更实在。仿佛有一只看不见的手在轻轻抚摸她，从上往下爱抚她的脸颊。她没有被吓到。

她站在树林前，喃喃自语："如果是家里的谁在想我，愿主保佑，让他安息吧。"

她站在原地，思绪停摆，仿佛独自站在沙漠中央，既没有天空也没有大地。她渐渐恢复了平静。不远处，跟她眼睛齐平的地方，以漆黑的树林为背景，某样东西吸引了她的注意：那是一小片雾气，轻若无物，徘徊不去，就像一只透明的蝴蝶翅膀，渐渐远去，最终消失，仿佛被大地吞了进去。她打了个冷战，赶紧在胸前画了个十字。

洗衣房的墙上爬满了玫瑰，她伸出一根手指蹭了蹭窗玻璃，艾拉迪先生曾透过那块玻璃偷看姑娘们用水管冲凉。随后，她剪下两根玫瑰枝条，心情立刻平静下来。三个搬运工坐在前厅的地板上，围着点燃的蜡烛抽烟喝酒。

"夫人和她儿子已经走了。"安塞姆告诉她。当然了，她在户外待了那么久。她跟搬运工道了晚安，努力集中精神。某样东西吸引了她的注意，可她不记得是什么了。为了节省时间，她走进餐厅，试图弄清究竟是什么在困扰她。桌上立着一根点燃的蜡烛，靠蜡油粘在桌面上。她借烛光瞄了一眼剪下的玫瑰枝条，这才意识到它们早就枯死了。她刚才就有所怀疑，因为剪枝时的声音干巴巴的，于是把玫瑰枝条搁在了蜡烛旁边。她比以往任何时候都瘸得厉害，内心却甘甜如蜜。她在门廊上停住脚步，走下台阶，从两排栗树中间缓缓走过，然后穿过马路，站在对街爬满藤蔓的围墙底下，打量那栋别墅。天上的弯月已经离避雷针很近了。她不无忧伤地叹了口气，小狗平静地跟着她往前走。走出大约五十步后，她突然灵光乍现，明白了到底是什么不对劲，那个顿悟仿佛是从她灵魂的某个角落冒出来的：如今已模样大变的雷蒙，简直是赫苏斯·马斯德乌的翻版。

耗 子

它蜷缩在刨花和破布堆里，眼睛红通通，脊梁光溜溜，竖起耳朵听动静。外面万籁俱寂，它肚子里有什么在翻腾。于是，它爬动起来，踩着散落的纸张，穿过天花板镀金的房间，挂着水晶吊灯的房间，屋里摆着破碎的瓷烛台，蜘蛛在上面结了网。屋里的墙纸凹凸不平，在潮湿的角落里松垮垂落，家具、花瓶、抽屉都堆在地板上。有人曾经住在这里，那么多虚荣与爱恨，如今只剩下尘埃，以及辉煌与遗忘的凄凉景象。它穿过前厅，越过喷泉，跃过喷泉池里枯萎的睡莲，从雪花石膏做的葡萄和香梨底下钻过——一切都破败不堪。它继续前进，清楚自己要去哪里。它自信满满，浑身上下充满活力，仿佛什么也无法阻挡它前进。它蹿上楼梯，沿着窗帘一角爬到窗边，从一块破掉的玻璃钻到外面，然后顺着窗台一路小跑，小心翼翼地沿着排水管滑下去，落到地面，在高草丛中和石子路上继续前进。地面上时不时冒出一棵孤零零的小树苗，害得它不得不绕道。它从紫藤架下的长椅前经过，跃过地底冒出的树根，它们就像大地的神经。它猛地停下了脚步——墙外传来了敲击声，有人在倒垃圾。它抬起头，仔细观察。它身后矗立着高高的避雷针、两座带垛口的塔楼，还有锻铁屋檐边的尖顶。在夜色的映衬下，它们都像纸板一样扁平。墙外的敲击声停止了，它钻进了巨大的阴影地带。那里树木疯长，荆棘环绕，蕨类植物无精打采地耷拉着，干枯的落叶底下冒出了不少亮闪闪的嫩芽。它只敢在深夜去那个地方，远离三棵可怕的雪松，钻进浓密的野玫瑰和金银花丛。在那里，树皮皱巴巴的金合欢将在春天再度绽放，桑树、橡树和菩提树掩映着各类灌木和丁香，那些丁香已经忘了该如何伸展自己的羽翼，与浓密的黄杨树和一丛丛竹子混杂而生，那些竹子有人的胳膊那么粗。到处都爬满了藤蔓，四处侵略蔓延，简直令人窒息。池水边藤蔓缠绕，黑乎乎的，叶子直挺挺的，遮不住一串串小黑果。由于疏于管理，加上迁延日久，这个曾经整洁有序的地方像是染上了恶疾。几年前的一天，鸟儿统统从新的、老的、被风刮折、被雷劈断的树枝上飞走了，从树荫遮蔽的鸟巢里飞走了。那棵梧桐有上百年了，树下就是那个垃圾堆。梧桐树干上长满了绿毛，却不完全是青苔。它绕过一堆堆干稻草，向树上爬去，爬向树上的黄叶，爬向头顶那颗守护它的星星。在宜人的暮色中，那颗星星定在空中，一闪一闪，好似钻石。它顺着树枝爬上墙头，停下来抽动鼻子嗅了嗅，然后找了根藤条，拽着滑了下去，刚好落在垃圾堆边。循着干酪皮的气味，它冷静地翻起了食物残渣，破纸袋在它身下窸窣作响。找到要找的东西后，它立刻用前爪紧紧护住。草丛的另一侧跑来了两只耗子，小耗子。朝向田野的那一侧又来了四只。它们跑跑停停，宛若活生生的暗影碎片。

吃饱喝足后，它从刨花底下钻出来，开始往树上爬，两只小耗子紧随其后。它沿着原路返回,但突然拐向西边,跑到宅子正面爬满另一种藤蔓植物的地方。那种植物的叶子是亮绿色,到了秋天会变红,就像火烧似的。那些植物早就枯死了,但黏在墙上的"脚爪"还在,撑起越往上越稀疏的枝条。那里原本是一片藤蔓植物的海洋,晴朗的日子里,绿叶会在阳光下随风摇曳,如今却只剩乱糟糟的枯枝。它一刻不停地往上爬,两只小耗子跟在后面,它们仨的肚皮里都装满了街边杂货店按盎司卖的干酪皮。它们爬上屋顶,沿着屋檐一路小跑,最后从塔楼的一处豁口钻进了大宅。

它被一声巨响惊醒,立刻缩进角落,看着三个高大的身影走来走去。它在那里躲了一上午,快到中午的时候,一个身影走进了属于它的角落,把所有东西弄得乱七八糟。它的身子僵住了,但又觉得好奇,在原地焦躁不安。接着,一块木板被掀了起来。它心里害怕,瞪大眼睛,拖着断了的尾巴直立起来,向那人发出挑衅。接着,它飞也似的逃跑了,躲在一堆文件底下。天色渐渐暗下来,但屋里还有光,几簇颤动的火苗在阴影中摇曳。趁着拿蜡烛的人还没有过来,它慢慢钻了出来。一走上露台,它就翘起鼻子,侧耳倾听。在井边,它听见了某种动物的呻吟。一切都跟过去一样,没有任何变化,但它感到不安。危险包围了它,让它不敢动弹。那个众所周知的影子,像火焰一样滑行的雾之翼,是如此之近,又是如此之低,拂过它的耳畔。它小跑起来,跑呀跑呀,跑了好久才停下,心怦怦直跳。随后,它看见三个黑影把从宅子里搬出的东西垒起来,垒成好大一堆,然后点了一把火。它听见噼里啪啦的声响,看见火红的烈焰蹿上半空。公园里靠近后院的那些树,它们的枝叶似乎也在燃烧。大火整整烧了一夜,它不知该上哪儿去睡觉。它在宅子里兜了一圈,哪里都不安全,连块破布也找不到。它喘不上气来,觉得不舒服,便跑到栗树那边,爬上了一棵树,树干上有个窟窿,它悄悄钻了进去。

几天后,另一些身影过来砍树,将大宅夷为平地。很快,他们就发现栗树边有只恶心的大耗子,脑袋像被什么啃过了似的,一群绿头苍蝇正绕着它打转。

人物索引表

特蕾莎	娘家姓戈达伊，婚前为鱼贩，第一任丈夫罗维拉为金融家；与第二任丈夫瓦尔达拉育有一女索菲亚
阿德拉姨妈	特蕾莎母亲的姐姐
伊莎贝尔	特蕾莎母亲的表姐，经营绣坊，特蕾莎年轻时曾前往学习刺绣
罗维拉	全名尼克劳·罗维拉，特蕾莎的第一任丈夫，风烛残年的金融家
贝古	珠宝商
瓦尔达拉	全名萨尔瓦多·瓦尔达拉，特蕾莎的第二任丈夫，曾为外交官
芭芭拉	维也纳小提琴手，瓦尔达拉婚前的情人
华金	姓贝尔加达，瓦尔达拉的前同事兼好友，特蕾莎之女索菲亚的教父
拉斐尔	华金的哥哥，尤拉莉娅的丈夫
尤拉莉娅	特蕾莎的好友，拉斐尔的妻子，华金的大嫂，特蕾莎之女索菲亚的教母
米奎尔	姓马斯德乌，点灯人，特蕾莎婚前的情人，收养与特蕾莎的私生子赫苏斯

赫苏斯	姓马斯德乌,特蕾莎与米奎尔的私生子,特蕾莎的教子
索菲亚	特蕾莎与瓦尔达拉的女儿,艾拉迪的妻子 艾拉迪去世后改嫁法国人德斯法戈斯
路易斯	全名路易斯·洛卡,索菲亚婚前的追求者
艾拉迪	姓法里奥斯,索菲亚的丈夫,婚前为戈黛娃夫人的情人
西奥多	艾拉迪的父亲
泰伦西	艾拉迪的叔叔,西奥多的弟弟,经营服装店与服装厂
戈黛娃夫人	本名皮莱尔·塞古拉,夜总会歌手,戈黛娃夫人为其艺名;艾拉迪婚前的情人,玛利亚的亲生母亲
塞巴斯汀	姓桑切斯,戈黛娃夫人的经纪人
菲利普	姓阿蒙戈尔,塞巴斯汀管家的儿子,戈黛娃夫人的夜总会表演搭档
玛利亚	艾拉迪与戈黛娃夫人的私生女,被艾拉迪与索菲亚收养
雷蒙	艾拉迪与索菲亚的大儿子
贾米	艾拉迪与索菲亚的小儿子
马吕斯	索菲亚好友巴萨雷尼夫妇的儿子,索菲亚之子雷蒙的大学同学
佛特尼斯	全名何塞普·佛特尼斯,商务经理,瓦尔达拉家的财务顾问
玛丽亚	佛特尼斯的妻子,银行家雷卡森的女儿,曾与埃斯特夫律师的儿子订婚
里埃拉律师	全名阿马德乌·里埃拉,瓦尔达拉家的律师,特蕾莎婚后的情人
康斯坦西娅	里埃拉律师的妻子
玛丽娜	里埃拉律师的妹妹,其教女也叫玛丽娜

玛丽娜（小）	里埃拉律师妹妹的大女儿，索菲亚之子雷蒙的同学，曾爱上雷蒙
萨宾娜	里埃拉律师家的女仆
罗塞塔	里埃拉律师家的女仆
法奎拉	瓦尔达拉家的家庭医生，其儿子后来也成为医生
安塞玛	瓦尔达拉家的前厨娘，阿曼达的姨妈
安托妮娅	厨娘安塞玛手下的厨房帮佣
阿曼达	全名阿曼达·瓦尔斯，瓦尔达拉家的厨娘，前厨娘安塞玛的外甥女；一度与艾拉迪有染，后成为瓦尔达拉家的管家与老年特蕾莎的陪护人
埃瓦莉斯塔	特蕾莎之女菲亚儿时的奶妈
罗莎女士	玛利亚与雷蒙儿时的家庭教师，后成为玛利亚的陪护人；司机马塞尔的情人，暗恋索菲亚的丈夫艾拉迪
罗德斯	玛利亚与雷蒙儿时的钢琴老师
安吉丽塔	钢琴老师罗德斯的妹妹
维森斯	罗维拉家的马车夫
克莱蒙	瓦尔达拉家的马车夫
米奎尔	瓦尔达拉家辞退车夫克莱蒙后的汽车司机
马塞尔	艾拉迪的汽车司机
非利西娅	特蕾莎在第一任丈夫罗维拉家的贴身侍女
安托尼娅	瓦尔达拉家的洗衣女仆
蒙黛塔	瓦尔达拉家的女仆，负责照顾动物
伊莉莎	瓦尔达拉家的女仆，与艾拉迪有染
格蒂丝	瓦尔达拉家的女仆
费罗梅娜	瓦尔达拉家的女仆
西蒙娜	瓦尔达拉家的熨衣女仆
路易莎	瓦尔达拉家的女仆
克里斯蒂娜	瓦尔达拉家的女仆

奥莉薇娅	瓦尔达拉家的女仆
玛丽埃塔	瓦尔达拉家的女仆
埃斯佩兰萨	瓦尔达拉家的熨衣女仆
米凯拉	特蕾莎晚年的贴身侍女
玛塔	瓦尔达拉家的女仆
西尔维娅	索菲亚的贴身侍女
杰西塔	接替阿曼达的厨娘
尤利娅	瓦尔达拉家的女仆
安娜	瓦尔达拉家的女仆
维吉尼亚	瓦尔达拉家的女仆
宝琳娜	瓦尔达拉家的女仆
康索尔	索菲亚的美甲师
罗萨莉亚	瓦尔达拉家的女仆
杰梅斯	雕刻匠,经营雕刻石像和石碑的工坊
安塞姆	三名搬运工里最年长的
奎姆	三名搬运工里最年轻的